ドS刑事
井の中の蛙大海を知らず殺人事件

七 尾 与 史

幻冬舎文庫

ドS刑事（デカ）

井の中の蛙大海を知らず殺人事件

1

夢の中の長いトンネルを抜けると、そこは見知らぬ部屋の中だった。

代官山脩介はまぶたをこすりながら上半身を起こした。心地よい目覚めだったのも、このフカフカのダブルベッドのおかげだろう。

それにしてもと思う。

ここはどこなのだ。

もうひとつ丁寧にメイキングされたベッドが隣り合っている。ここはベッドルームのようで、開いた扉の向こう側の部屋には、ソファやテーブル、液晶テレビがある。窓はカーテンで塞がれているが、間接照明の柔らかな明かりが部屋全体にシックで落ち着いたムードを醸し出していた。

塵ひとつ落ちていない絨毯や磨き込まれた調度品に、ラグジュアリーな雰囲気。

おそらくホテルの一室だろう。それもスイートルームに違いない。

代官山はベッドの上で首を捻った。

自分はワイシャツとズボンのままベッドに横たわっていた。ネクタイは緩められている。

そもそもホテルなんかに立ち寄った記憶がない。

代官山は記憶をたどってみる。


最後に覚えているのは、職場の連中との打ち上げだ。担当していた事件が見事に解決して、三係のメンバーと中目黒の少し高級な焼肉屋で慰労会となった。

代官山は警視庁刑事部捜査一課第二強行犯捜査・殺人犯捜査第三係に配属されており、慰労会にはその三係の連中に加えて、同じ事件を担当指揮した白金不二子管理官も参加していた。迷宮入りすると思われていた凶悪事件の迅速な解決に、渋谷浩介係長も上機嫌だった。

今回も現実に起こったのが信じられない、エグい事件だった。

黒井マヤとコンビを組んでからというもの、筆舌に尽くしがたい凶悪犯罪ばかりにかかわっている。それぞれの事件はそれだけでミステリ小説が書けそうなものばかりだ。警察を引退したら小説家になろうかと本気で思う次第である。

この前もマヤに強制的に映画館に連行されて無理やりホラー映画を観せられたが、正直自分たちが担当してきた事件のほうがずっと猟奇的かつ残虐なので、思いきり退屈してしまった。ラスト三十分は夢の中だったため、作品の内容は覚えていない。映画に登場する殺人鬼には、まるで闇が足りない。おそらく作り手は本当の殺意や狂気というものをご存じないのだ。ただグチャグチャと殺戮(さつりく)をくり広げればいいというものではないだろう。

そもそもスクリーンの中で転がる死体が美しくない。

死体を演じる役者の表情もさることながら、四肢の屈曲具合、血糊(ちのり)のデザイン、そしてなにより風景に溶け込んでいない。本当の傑作というものは死体が転がるワンシーンですら絵になるものだ。明らかに作り込みが足りてないし、そもそも作り手のセンスが感じられない。正直、時間の無駄という感想でしかない。

どうやらマヤも同感だったようで、映画館を出たあとのディナーで五時間にわたってその作品のことをディスっていた。警察庁次長である父親をけしかけて監督を逮捕させると息巻くほどにおかんむりだったが、今ごろ彼は無事なのだろうか。あの父親は、愛娘のためなら本当に動きかねない。

今回の事件は都内の若い女性の「顔」を狙ったものだった。彼女たちは夜道を歩いているところをハンマーで殴られ、気絶したところをワンボックスカーに連れ込まれる。死人は一人も出ていないが、こんなことをされるくらいなら死んだほうがマシと思えるような凶悪さだ。とはいえ、性的暴行は受けていない。

犯人の目的は他にあった。

被害者の若い女性たちは、なんと顔の皮を剝(は)がされていたのである。犯人は顔の皮を剝ぐと、被害者たちを路上に捨てて逃走した。犯人は犯行時に「うさぴょんマン」の仮面を被っており素顔を隠している。またワンボックスカーはすべて盗難車であり、その後発見されても指紋や遺留品が残されていなかった。完璧に人目を避けての犯行だったので、目撃証言もほとんど得られない。捜査会議では、白金管理官が眉間に皺を寄せてものすごい剣幕でまくし立てながら捜査員たちに檄を飛ばすも、犯人像は一向に見えてこない。

そんな警察をあざ笑うかのように都内各地で被害者は増えるばかり。マスコミ連中も警察批判キャンペーンで盛り上がりつつあった。そのうち犯行は鳴りを潜めて、捜査員たちの脳裏にも「迷宮入り」の単語がほんのりと浮かんでいた。犯人がこのまま地下に潜ってしまえば現状ではお手上げだ。実に不謹慎な物言いだが、未遂でも起こしてくれないと、現実的には犯人に近づくことができない。

犯人に対する怒りと、遅々として進捗しない捜査へのもどかしさと失意で険悪な空気が広がっていた捜査会議で、マヤは欠伸を噛み殺しながら退屈そうにしていた。雛壇には築田信照一課長を筆頭に管理官の白金不二子、池上卓署長、そして渋谷係長が着席してこちらを向いている。

「黒井マヤ巡査部長」

そんな彼女に、白金はキリリとした目つきで声をかける。

　彼女はマヤと同じ黒百合女子学園のＯＧであり、マヤの大先輩である。年齢は四十歳。昨今のアラフォー女性は魅力的だと代官山は思うが、彼女も年を重ねながら磨かれていった美貌の持ち主だ。少し気が強そうな感じのする目鼻立ちではあるが、それがまたいい。小柄であるが、その瞳の奥には強い正義感と使命感が宿っている。それもそのはず、彼女の父親も警視庁で管理官を務め現在は引退されている。

　そんな彼女は、後輩であるマヤとそりが合わないようだ。

「なんですか」

　マヤが面倒臭そうに応じた。

「あなたの見解を聞きたいです」

　白金はマヤの神がかった洞察力に勘づいているようだ。渋谷が「お前はなにかつかんでいないのか」と言いたげな視線を代官山に送っている。代官山は首を小さく横に振った。そんな情報をつかんでいたなら、とっくに報告している。マヤは現場で血のついた凶器を見つめながら瞳を輝かせていただけだ。とはいえ今回は死体が出ていないので、彼女の関心は凶器だけのようだった。あとは「年下の上司」である浜田学（はまだまなぶ）警部補に生命にかかわる危害を加えつつ、暇をつぶしていた。

　彼は頭を十三針ほど縫ったが、その後の飲み会では元気そうにしていた。さすがに空元気かと心配していたが、カラオケで連続十三曲も熱唱していたから本当に元気だったのだろう。元気の秘訣を聞いてみたいものだが、聞いたところでなんの参考にもならないだろう。彼の不死身体質はもはやファンタジーであり、捜査一課の連中の間でも語り草になっている。もっともそれらをすべて帳消しどころか、マイナスにするくらい無能であるが。むしろ彼の失敗談のほうが伝説である。

「私はヒラのペーペー捜査員ですよ。見解なんてあるわけないじゃないですか」

マヤは艶やかな黒髪の毛先をもてあそびながら言った。

白金の目つきが険しくなる。

「なんでもいいんだよ。ちょっとでも気になることがあるようなら言ってくれないかな」

渋谷がなだめるように言う。

定年前の彼はこんなところで迷宮入りにして自分のキャリアに汚点を残したくないのだ。現場主義の捜査員が多いとされる捜査一課で、彼は実に公務員気質の上司である。現場よりも上司への根回しや昇任試験を重んじて係長にまで上りつめた。浜田のようにキャリアではない立場としては出世したほうである。そんな彼は代官山をマヤのお目つけ役に指名した。それだけでなく浜田の世話まで押しつけた。そろそろこの役回りから手を引きたいと思っているが、他に適任者がいないのも現実だ。

「苦言ならありますけどね」

マヤは小馬鹿にするように鼻を鳴らしながら言った。

彼女のことを知らない所轄の刑事たちの間にざわめきが起こるが、本庁の刑事たちは興味深そうに彼女のことを見つめている。彼らもマヤの洞察力のすごさが分かってきているらしい。今までにも幾多の難事件が彼女の「気まぐれ推理」によって解決に導かれたのだ。だからこそ年配の刑事曰く「小娘」の発言に一目を置いているのである。もちろん一課長も同様だ。

「いや、我々が聞きたいのはそういうことじゃなくて……」

渋谷は困り顔の前で手を左右に振った。渋谷とマヤのやりとりは、もはや三係の風物詩とさえいえる。

「聞きましょう」

渋谷の発言を遮るように、白金がマヤを促した。彼女は立ち上がると、背筋を伸ばして白金と向き合った。そして見るからに白々しい咳(せき)払いをする。

さあ、ショーの始まりだ。

「はっきり言って皆さんは勉強不足です。だからこんな簡単な事件も迷宮入りにしちゃうのよ」

彼女はしれっと告げた。今度は本庁の刑事たちからも、ざわめきが湧き起こった。いつものようにマヤは気にも留めていない様子だ。

「ちょ、ちょっと黒井さん」

代官山が立ち上がって制止しようとする。

さすがにこれはマズい。

「いいから続けなさい」

雛壇から白金のピシャリとした声が飛んできた。代官山は大人しく着席する。

どうなっても知らんぞ。

渋谷は「なんとかしろ」と言わんばかりに代官山を睨んでいる。

「我々警察は凶悪犯罪を扱っているのに、どうしてホラー作品に目を通そうとしないのですか。事件の真相は、映画や小説で描かれているんですよ。古今東西、あらゆる手口や動機や犯人像が出尽くして、もう新しいプロットはないと言われています。つまり現実に起こる事件の真相も、既存の作品の中で描かれているわけです。つまりホラー映画は真相の参考書なのです」

マヤはまるでコンサルタントのように、歯切れよく語った。

「つまり我々警察官はホラー映画を観るべきだと？『悪霊のはらわた』なら観たことがあ

りますけど」

――違う、違う、『死霊のはらわた』ですよ、白金さん。ちなみに監督はサム・ライミです。

代官山が指摘するまでもなく、マヤが訂正した。

彼女のおかげですっかりホラー映画に詳しくなってしまったじゃないか。ていうか白金さん、あんた『死霊のはらわた』なんて観てたんかい！

代官山は心の中でツッコミを入れる。

「真相は映画の中にあります。多くの映画に触れていれば、どんな事件の真相もおのずと見えてくるはずなんですけどねぇ」

マヤが嫌みたらしくため息をついた。これには他の刑事も苦虫をかみつぶしたように顔をしかめた。しかし彼女の言う真相がまったく見えていないのだから、なにも言えない。

「それで本件の真相が描かれている映画とはなんですか」

白金が辛抱強く問い質す。

マヤは咳払いをした。

会場がサッと静まる。

「グラン・ギニョールをご存じですか」

雛壇に座る白金も一課長も渋谷も小首を傾げた。代官山も初めて聞く名前だ。

「知ってまーす！」

隣に腰掛ける浜田が手を挙げた。

額にはもはやトレードマークとなっている包帯を巻いている。

これがないと浜田という気がしない。

「浜田くん」

白金が指名すると、彼は嬉々として立ち上がった。

こちらも白々しい咳払いをする。

「グラン・ギニョールというのは、十九世紀末から二十世紀半ばまでパリに存在した小劇場です。一八九七年に劇作家のオスカル・ムトニエがもともと礼拝堂であった小劇場を買い取って改装したことで始まりました。ギニョールというのはフランスの人形芝居で有名なストック・キャラクターが由来だそうですが、この劇場は人形劇ではなく役者たちが演じる普通の芝居小屋だったんです」

それからしばらく浜田の蘊蓄が続く。さすがは東大卒のエリートキャリアである。その知識が捜査の役に立てばいいのだが、そうなったことはない。これも浜田クオリティである。

グラン・ギニョール。

なんでも猟奇殺人や悪魔や妖怪話などホラーやスリラーに特化した劇場だったようだ。もしその時代にマヤが生きていれば毎日のように通い詰めたに違いない。いわゆる見世物小屋的な娯楽施設だったのだろう。いつの時代も、怖いモノ見たさは商売になるというわけだ。

「で、そのグラン・ギニョールがどうしたというのです？」

白金はマヤに視線を戻した。

「その劇場の最後の芝居をご存じですか」

彼女の問いかけに白金は「さあ」と肩をすくめた。

さすがに浜田も知らないようで首を横に振っている。もちろん代官山も知らない。

「ジャン・ルドン原作『顔のない眼』という作品です」

他にも知っている者はいないようで会場に戸惑ったような空気が広がった。

「この作品は一九五九年にジョルジュ・フランジュ監督によって映画化されています」

出演はアリダ・ヴァリ、ピエール・ブラッスール。モノクロのフランス・イタリア映画らしい。まだ観たことがない作品だ。アリダ・ヴァリはダリオ・アルジェント監督の代表作『サスペリア』に出演していたので知っている……んだ、俺は！

「それで、犯人はずばり誰なんだっ!?」

痺れを切らした様子で簗田一課長は立ち上がるとマヤに声を荒らげた。

「そんなんで犯人を特定できたら、一課長なんて必要ないですね」

「黒井巡査部長！」

白金がテーブルを叩いて一喝するが、マヤは動じる様子がない。一刻も早く真犯人を逮捕したいと願う一課長も、マヤの機嫌を損ねたくないのかなにも言わずに着席した。

「犯人は医者で娘がいます。犯人の動機は娘を救うためです」

「どういうことですか。犯人は誰なんですか」

白金も痺れを切らしたようだ。こういう場面で、マヤは必ずもったいぶった物言いをして上司をヤキモキさせる。渋谷もそんな表情でやりとりを見守っている。もっともマヤがこの雰囲気を楽しんでいるのは、今さら言うまでもない。

「黒井さん、もう充分でしょう」

代官山がささやきかけると、彼女はまたも白々しい咳払いをした。

会場がしんと静まった。

マヤはある男性医師の名前を口にした。捜査線上に一度として浮上してこなかった、初めて聞く氏名だった。

誰も知らなかったようで、その名前を告げられたとき、一同ポカンとしていた。

それでも捜査員たちは、一時間後にはその人物を署まで連れてきた。

その男性は警察が来たことで観念したのか、取調べ室での尋問で呆気なく自分の犯行であると自白した。彼の自白どおりに自宅を調べてみると、瓶詰めにされた被害者たちから剝ぎ取った顔面の皮膚が出てきたというわけである。

映画『顔のない眼』は交通事故で顔に大やけどを負った娘のために、医師である父親が他の若い娘の顔の皮膚を剝ぎ取って移植しようとする物語である。そこでマヤは該当する医師を調べてすでに見つけ出していた。顔に大やけどを負った娘であるが、一時的にはきれいに治ったものの、拒絶反応が起こり、元のただれた状態に戻ってしまったという。これも映画と同じ展開だ。

今回もマヤは真犯人の目星をつけていながら内緒にしていた。もっとも推理の根拠が古いホラー映画では、普通なら相手にされない。

今回もたまたま映画の内容と一致したに過ぎないのだが、それでも実際に起こる事件のすべてはすでになんらかの作品に描かれているというマヤの主張に説得力を感じ……ないでもない。この映画を知っていれば、この男性が早い段階でなんらかの形で捜査線上に上がっていたのかもしれない。アリバイなどを洗っていけば少なくとも疑いを持てたはずだ。

捜査ではわずかな手がかりが突破口になったりする。

マヤがいなければ、その手がかりを見過ごしてしまうところだった。

彼女のような刑事が事件を担当していたことが、犯人にとっては不運だった。今までにも何度も言及していることだが、マヤが刑事になった動機は、正義感や使命感では断じてない。彼女の興味や関心は殺人現場なのだ。

現場に転がる殺害死体、凶器、数々の遺留品。

彼女はそれらを愛おしそうに、慈しむように眺めている。そして隙あらばそれらをこっそり自宅に持ち帰ってコレクションにしてしまうのだ。なんでもアングラな世界では殺人に使われたアイテムが流通するルートが存在するらしい。夜な夜な、彼女は父親のクレジットカードでそれらを買い漁(あさ)っているのだろう。彼女が一人で住んでいるマンション(父親が買い与えた高級物件)で、血液の付着したアクセサリーを見たことがある。きっとそれがそうなのだろう。

とにかく事件は解決して、慰労会が開かれたというわけだった。

2

腕時計を確認すると昼の十二時を回っている。

昨夜は二次会まで参加して、マヤと浜田の三人でタクシーに同乗して帰路についたはずだ。少し飲み過ぎたこともあって、車中で気分が悪くなった。するとマヤが飲み過ぎに効くというドリンクをくれた。彼女が「即効性がある」と言うから、その場でキャップを開けて一気に飲み干した。

ドリンクをイッキ飲みした……。

それが一番最後の記憶だ。

つまりタクシーの中で気を失ってしまったということである。

代官山はベッドから降りると絨毯の上に揃えられている自分の革靴を履いた。ハンガーにジャケットが掛けられていたので外して袖を通す。壁の鏡に映してみると寝ぐせが気になったので、手に唾をつけてそそくさと直した。そして緩んだネクタイを締める。

まだ昨夜の酒が残っているのか、足下がわずかに揺れている気がする。

いや、ちょっと待てよ……。

代官山は立ち止まって意識を集中してみた。

たしかに揺れている。といっても地震の揺れ方とは明らかに違う。

「どんなホテルだよ」

代官山は頭を掻きむしりながらベッドルームを出る。こちらは少し広めのリビングになっていた。部屋の中央には、テーブルと一緒に座り心地のよさそうなソファが置かれている。テーブルもソファも見るからに高価そうだ。もちろん他の調度品も同様である。こちらの部屋も窓はカーテンで塞がれている。

喉に渇きを覚えたので備え付けの冷蔵庫を開けたとき、部屋全体が今まで以上にフワリと揺れた。といっても転倒するほどではない。仮にタワービルの高層階だとしても、これほどまでに揺れるのは構造的に欠陥があるのではないか。

冷蔵庫の中にはデザイン性の高い、お洒落なラベルが貼られたヨーロッパのミネラルウォーターやジュース、酒類が入っていた。いずれも高価そうで、手にするのもためらわれる。とはいえ喉が渇いて辛いので、ミネラルウォーターを開封してラッパ飲みした。冷たさを伴った液体が喉元を通りすぎていく。ヨーロッパのミネラルウォーターといってもただの水にすぎないのに、どうしてこんなに美味いのだろう。

代官山は瓶を空にして口元を拭った。頭の中もスッキリしたような気がする。

そもそもここはどこなのだ。誰がいったいなんのために自分をここに運んだのか。答えは一つしかない。

黒井マヤである。

あの飲みすぎに効くというドリンク剤の中に、睡眠薬かなにかが盛られていたのだ。そうでなければこんな意識の失い方をするはずがない。たしかに飲みすぎてしまうことはあるが、この年齢になって自分の限界は心得ている。記憶が飛んでしまうような飲み方はしない。だいたい飲みすぎて気分が悪かったとはいえ、記憶を失うほどの酒量ではなかった。マヤが薬を盛ったのに違いないのだ。つまり代官山はこのホテルの一室に拉致されたというわけである。

またあの父親が出てきたりしないよな……。

頭の中でダーク・ベイダーのテーマ曲が流れる。マヤの父親、黒井篤郎は警察庁次長である。彼女の傍若無人が許されるのは、もちろん父親の存在があるからこそだ。そういえば先日、事件現場から血液の付着したハンマーを持ち帰ろうとしたマヤを制止した、正義感溢れる、というか健全な精神の持ち主である若い刑事が、どこかの島の駐在所に左遷されたと聞いた。今年に入ってからすでに四人目だ。そんなこともあり保身第一を信条とする渋谷は、部下であるマヤに対して腫れ物に触るように対応する。先日も代官山に「彼女のことをエマ・ワトソンだと思え」と言った。本物のエマ・ワトソンは、嬉々として浜田に致命傷を与えたりしないと思う。

そんな娘の父親が警察庁のナンバー2だ。捜査員はもちろん、一課長にとってですら黒井篤郎は雲上人だ。もし彼が視察に来るとなれば大騒ぎになるだろう。先日もマヤが仕組んだ両親の前での強制的なプロポーズの途中に事件の一報が入り、九死に一生を得たばかりだ。仮に事件が起こらずあそこでプロポーズを完遂していなければ、あの父親にその場で撃ち殺されていたに違いない。冗談抜きに本気だし、彼なら死体の一つや二つを闇に葬ることくらいどうってことないはずだ。

またフワリと大きく揺れたので、代官山はわずかによろめいた。気分が悪くなりそうな揺れ方だ。

「欠陥建築ホテルかよ」

ぼやきながら窓のカーテンを開く。

代官山は我が目を疑った。建物がない、道路がない、人がいない。窓の外は想像した景色とはかけ離れていた。

そこには水平線が広がっていた。

「海!?」

代官山は再び周囲を見回した。揺れると思ったのはそういうことだったのだ。

そしてどうやらここは客船の中らしい。それもフェリーとか小型船舶ではなく、世界中をクルーズできる、いわゆる豪華客船のようだ。

そのとき部屋の扉が開いた。

「あら、代官様おはよう。起きたのね」

言うまでもなくマヤの声だ。扉のほうを振り返るとはたしてマヤが立っていた。彼女は代官山のことを代官様と呼ぶ。というか三係の連中にはそう呼ばれている。

「代官山さん、ぐっすりでしたね」

次に浜田がぴょこんとドア枠から顔を出した。その顔立ちは中学生でも通りそうなほどだ。つぶらな瞳にカールした髪。宗教画に描かれる天使のような無垢な顔立ちをしている。無垢すぎて気持ち悪いくらいだが。小柄な体にブカブカのトレンチコート。英国バーバリー製なので仕立てがいいが、本人はそれに見合っていない。

階級は警部補。I種試験に合格したキャリアは入庁すると警部補からスタートする。マヤより一つ、代官山より二つ上の階級である。そして彼だけは「代官山さん」と呼んでくれる。階級的には上司であるが大学を出たばかりの新米だ。

「いったい、どういう……」

代官山はマヤに問い質した。

「ごめんなさいね。あなたタクシーの中で寝ちゃったから、どうしていいか分からなくて」

「どうしていいか分からないから、クルーズ船の客室に連れてきちゃったというわけですか」

「それしかいい方法が思いつかなかったのよねえ」

マヤがしれっと答えた。クルーズ船の客室、それもスイートルームがビジネスホテルのように飛び込みで確保できるはずがない。

「どうして浜田さんまで？」

「そんな言い方しないでくださいよぉ。姫様ひとりで代官山さんを運べるはずがないじゃないですか」

浜田が拗ねたように答えた。唇を尖らせる表情が妙にかわいい。マヤと二人きりでないことに、安堵していいのかすら分からない。とにかく現状が呑み込めない。

「でもご安心ください。代官山さんが寝ている間に僕たちが避難訓練を済ませてきましたから」

浜田がポンと小さな胸を叩いた。

「避難訓練なんてあったんですか。で、なんなんです、この客船は」

代官山はカーテンの開いた窓を指さした。

「聞いて驚かないでね」

「今さら驚きませんよ」

代官山は肩をすくめた。浜田がニヤニヤしている。

「リヴァイアサンよ」

「マ、マジっすか⁉」

聞いて驚いた。

リヴァイアサンといえば、最近完成したという超豪華客船である。先日のニュース番組でも取り上げられていた。その映像を少しだけ観たが、高級レストランやバーはもちろん、プールやスポーツジムにゴルフ場、さらには映画館やミュージカル劇場まで備わった、庶民には縁のなさそうな豪奢な設備だった。

「今日が処女航海というわけ。それに立ち会えるなんて私たち、ラッキーよ」

マヤはにっこりと微笑みながら言った。浜田も隣で拍手をしている。

「な、なんでそんなことに？」

「リヴァイアサンのオーナー会社の社長がパパの知り合いなの。それで私たちのハネムーンに……」

「ちょっと待ったぁ！」

代官山は胸の前に両手を開いて彼女の言葉を遮った。

「いま、黒井さんはハネムーンとおっしゃいましたが」

「ええ、おっしゃったわよ」

マヤは一点の曇りもない澄んだ目を向けながら告げた。

「ええっ！　姫様、代官山さんと結婚するんですか」

浜田がつぶらな目をさらに丸くした。

「ええ、そうよ」

「ちょ、ちょ、ちょっと……それって僕のこと……は……」

よほどショックだったのだろう。

浜田は電池が切れたオモチャのロボットのように、固まったまま動かなくなってしまった。人間、ここまで動きを完全に止めることができるのかと思うほどに、微動だにしない。心臓は動いているのだろうか。彼の場合は脈動が多少止まっても大丈夫だと思うが、心配になる。

「いやいやいやいや……。そのような契りはまだ交わした記憶がございませんが」

「代官様、ちょっと気が早すぎるわよ」

彼女はチッチッチと舌打ちしながら、人差し指を左右に振った。

「へっ？」

「結婚式もしてないのに、ハネムーンなんてするわけないでしょ。順序が逆よ。今回は下見に決まってんじゃない。バッカじゃないの！」

腕を組みながら相手を蔑むような目つきで「バッカじゃないの！」

いつもの彼女の台詞(せりふ)。これを聞くと最近どういうわけか、妙に嬉しいというか……。

「下見？」

「当たり前でしょうが。入学式もしてないのに、修学旅行する学生がどこにいるのよ」

「そりゃそうですよね……俺の早とちりでした、すいません」

代官山は素直に頭を下げた。

下見か……。少し安堵する。そりゃそうだよな、結婚式も挙げてないんだし……。

そこでふと気づく。

いやいやいや、結婚が前提になってますよね!?

黒井篤郎から向けられる銃口が脳裏に浮かんできた。この前提は覆せないのか。

「あらぁ、新婚さん？」

そのとき、マヤの背後から声がした。扉が開いたままなので声の主は廊下にいるはずだ。

「新婚じゃありませんっ！」

突然、復活した浜田がきっぱりと否定する。

浜田とマヤがくっついてくれたら……それはそれでとんでもないことになりそうだ。その二人の面倒を見るのは間違いなく代官山なのだ。

とりあえず浜田の心臓はきちんと動いているようなので安堵する。浜田という男は、不死身のくせして実にしょうもないことで命を落とすキャラクターのような気がするのだ。真っ二つに切断しても高温で炙っても、真空に放置しても死なないくせに寿命はわずか半年というクマムシのようなタイプだ。殉職も困るが、こんなところで絶命されるのも実に迷惑である。

代官山は廊下に顔を覗かせてみた。

「あらぁ、イカマンさんね」

車椅子の老女が、代官山を見て嬉しそうに言った。

「イカマン？」

耳慣れない言葉に思わず聞き返すと、彼女はにっこりと微笑んだ。白髪の小柄な女性だ。皺や肌つやからして相当に高齢と思われるが品のある、そしておばあちゃん特有のかわいらしい顔をしている。服や身につけているアクセサリーも上品だ。もっともこの船の乗客であるなら、それなりにセレブであるはずだ。この女性には金持ちが醸し出す、ゆったりとした豊かな余裕が感じられる。見れば車椅子の造りも手が込んでいるようで、素人から見ても高価であることが分かる。

「おばあちゃん、イカマンじゃなくてイケメンでしょ」

車椅子を押している若い女性が苦笑しながら老女に声をかけた。

アーモンドを思わせる瞳にすっと通った鼻筋、そして肩までかかる黒い髪。あどけなさの感じられる顔立ちからして、まだ大学生、いや高校生かもしれない。これから数年もすれば、大人の色気を身につけて男性を惹きつけて止まない美女になるだろう。今はまだ素朴さがそれらをカムフラージュしている。美貌にも家庭環境にも恵まれたお嬢様といったところか。

「あらぁ、私はてっきり加山雄三かと思ったわ」

それを聞いていたマヤと浜田がプッと吹き出す。代官山も笑いそうになった。

「おばあちゃん、全然違うから」

少女が慌てて否定した。さすがに加山雄三には似てないし、言われたこともない。顔のタイプがまるで違うと思う。

――ぼかぁ、幸せだなあ。

みたいなくさい台詞を吐くこともあり得ない。あの世代の女性たちはあんな台詞にしびれていたのか。

「あっ！　全然違うなんて言っちゃって私ったら……失礼ですよね。ごめんなさい」

彼女は申し訳なさそうに代官山に向かってペコリと頭を下げた。

「いえいえ、加山雄三だなんて光栄ですよ」

代官山は老婆に向かって微笑んだ。

「加山雄三さん？　どちら様でしたかしら」

彼女はポカンとした表情を向けた。

「はい？」

話の流れが読めずに代官山は聞き返した。

「すみません。おばあちゃん、ちょっと認知症が入ってまして」

少女は小さな声で告げてきた。

「ああ、そうなんだ。君はお孫さんかい？」

「はい。両角（もろずみ）マキと言います。こちらの両角加代（かよ）が私の祖母です」

「よろしくね、雄三さん」

代官山も苦笑するしかない。

「だからおばあちゃん、この方は加山雄三じゃないんだってば」

「あら、そうなの。だったら雄三さんはどこにいらっしゃるの」

加代は真顔で言った。

「だいたいおばあちゃん、知り合いじゃないでしょう」

「そんなことないわよ。昔はよくうちに来てたもの」

「だからそれはテレビ番組なの。うちに来ていたわけじゃないの」

二人のやりとりに代官山も思わず笑い声を立ててしまった。

「そうなのぉ。雄三さんは今日はテレビのお仕事なのね」

「だから違うんだって」

マキは呆れたように肩をすぼめた。

「今日はおばあちゃんを連れて？」

「はい。せっかくのリヴァイアサンですからね。おばあちゃんの世話をするなんて口実です。本当は両親が来る予定だったんですけど、どうしても仕事の関係で来られなくなってしまって。だから代わりに私がおばあちゃんと一緒に行くということになりました。ねえ、おばあちゃん」

マキが顔を向けると加代はうなずいた。

「雄三さんとの新婚旅行を思い出すわ」

彼女は遠い目を天井に向けた。

「おじいちゃんの名前は正樹さんでしょ。ひと文字も合ってないじゃない。今ごろ天国でずっこけているわよ」

どうやら加代の夫はすでに鬼籍に入っているらしい。

「雄三さん。よかったらあとで私たちの部屋に遊びにいらして」

もはや加代の中で代官山は「雄三さん」で固定されてしまったらしい。マキも諦めてしまったのか訂正しない。普段は「代官様」だからニックネームで呼ばれるのは慣れている。

「ええ、ぜひ」

「おばあちゃん、いきなり失礼でしょ」

マキが加代の耳元で注意した。

「どちらの部屋に滞在されているんですか」

今度は浜田が尋ねた。

「廊下の突き当たりの部屋です」

「それってグランドスイートルームよね！」

今度はマヤが顔を輝かせた。

「え、ええ……たぶん、そうかと思います」

マキが戸惑ったように答える。

「ぜひぜひぜひ、伺わせていただくわ」

「ええ、ぜひどうぞ」

彼女は大きくうなずきながら言った。

「私たち、ただのスイートなのよ。パパのコネなんてこんなもんよ。所詮、国家公務員だわ」

マヤは小さく肩を落としながらため息をついた。

「お父様は公務員なんですね。どちらの？」

「警察庁よ」

「ええ！　もしかしてお二人は……？」

マキは手を組んで大きな目を見張った。

「警視庁捜査一課でぇす」

「お二人」ではない浜田が答えた。

「そうだったんですか！　なんだか心強いです。もし映画みたいにリヴァイアサンがテロリストに襲われても、お二人がいれば安心ですね」

マキが頼もしそうに言った。

「い、いや、さすがにテロリストは無理だけど」

「そうなんですか」

「ああいうのはまたちょっと別の部署なんだよね」

対テロは、警視庁なら公安部や警備部である。

「それでも刑事さんが二人も近くにいてくれるのは心強いですよ」

浜田はメンバーに入っていないらしい。気の毒な気がしないでもないが、彼は気にしていないようだ。ハイパーポジティブな思考の持ち主だから、自分は含まれていると考えているのだろう。

「それにしてもさすがに広いなあ」

代官山は廊下を見通した。マキと加代の部屋があるという廊下の突き当たりはここからずっと先だ。

「刑事さんはまだ中を見学してないんですか」

「そうなんだよね。ここには拉致されてきた身だから」

代官山は当てつけるように言った。マヤがギロリと睨んできた。

「まてまた、面白いこと言いますね」

マキがケラケラと笑った。若い娘との談笑はホッと和むものがある。このくらいの年代の女性と会話をする機会はなかなかない。

「あっ、そういえばショッピングストリートで江陣原さとみを見かけましたよ」

浜田が指を鳴らしながら言った。

「江陣原さとみってあの女優さんですか」

マキが尋ねると、浜田はうんうんとうなずいた。

「私、大ファンなんですよ！　この船に乗っているんですね」

マキが心底感激したように瞳を輝かせた。

江陣原さとみは連続ドラマや大作映画でも主役を張る有名女優だ。テレビコマーシャルでもよく見かけるので代官山も知っている。美しいのはもちろんだが、若手の女優の中でも演技力は卓越している。先日のワイドショーでハリウッド映画の大物俳優の相手役に抜擢（ばってき）されたと報じられていた。

「江陣原さとみなんて、すごいですね」

代官山も少々気持ちが浮ついた。一度でいいから生の江陣原を見てみたい。

「なんたってリヴァイアサンの処女航海ですからね。他にも多くのセレブが乗っていると思いますよ」

浜田はまるで船主のように誇らしげに言った。

たしかに日本が誇る最新鋭豪華客船だけにマスコミも注目しているし、この処女航海のチケットだってプレミアがついているはずだ。よほどのコネがなければ入手は難しいだろう。それをゲットしているのだからさすがは警察庁のナンバー2である。浜田の言うとおり、芸能界だけでなく政財界や文化人などさまざまな分野の有名人がこの船に集結しているに違いない。先ほどから乗客と思われる何人かの男女が廊下を行き来しているが、いかにもセレブな雰囲気をまとっている。

「両角様」

通りかかった男性が、加代に声をかけて近づいてきた。

「あら、西園寺さん」

男性の年齢は、五十代後半といったところか。長身でがっしりとした体格をしている。渋みのある顔立ちは往年の銀幕俳優を思わせる。しかし彼は乗客ではないようだ。なぜなら制帽と制服を着用しているからである。左右の肩章には四本の金筋が入っている。制帽には金色の錨を羊歯が取り囲んだデザインの帽章、庇にも羊歯模様の金モールの刺繍が施されていた。

「お嬢さんも、お越しになっていただけたんですね」

「今日は父と母が来られないので、私と祖母だけです。リヴァイアサンの処女航海に立ち会えるなんて光栄です」

マキがにこやかに話すが、男性の表情は少し硬かった。

「こちらこそお越しいただき、ありがとうございます」

「西園寺さん、なんだか緊張しているみたいですね」

マキが男性の顔を覗き込むようにして言うと、彼はぎこちない笑みを見せた。

「処女航海ですからね。身が引き締まる思いですよ」

この日までにいろいろあったのか、表情に疲れの色がほのかに浮かんでいる。

「タイタニック号みたいにはなりませんよね」

マキがいたずらっぽく言った。

レオナルド・ディカプリオ主演の映画を思い出す。タイタニック号は氷山にぶつかって沈没した。

「タイタニック号の海難事故は一九一二年、今から百年以上も前の出来事です。リヴァイアサンは最新鋭の人工知能を搭載したハイテクの要塞ですから、あらゆる事態に対処できるようになっています。だから大船に乗った気分でクルーズを楽しんでください」

「リヴァイアサンは大船どころじゃないですよね」

マキが無邪気に笑うが、男性のほうはまだ緊張しているようだ。明らかに表情が硬い。いくら最新鋭とはいえ、処女航海である。これだけの規模の客船だったら乗客はもちろん、乗組員も相当な数に上るはずだ。彼らの安全に対しての全責任を担っているのだから、相当なプレッシャーだろう。

「こちらの殿方はどなたなの？　雄三さん？」

その男性をぼんやりと見つめながら、加代がマキに聞いた。

「おばあちゃん、世の中に雄三さんが何人いるっていうのよ。こちらは西園寺さんでしょう」

「両角様、お久しぶりです。西園寺寛人（ひろと）でございます」

男性は一瞬浮かべた苦笑を隠しながら加代に向かって深々と頭を下げた。しかし心当たりがないようで加代の瞳はぼんやりとしたままだ。

「西園寺さん……はて？」

「もう、しっかりしてよぉ。リヴァイアサンの船長さんよ」

マキは加代に言い聞かせるような口調で言った。制服や制帽の記章がいかにも船長のそれだ。

「はああ、そうだったわね。西園寺さん、思い出したわ。この前の船はなんでしたっけ？」

加代はパンと手をはたきながら言った。

「クイーン・ウロボロス号ですね」

「そうそう。主人と一緒にお世話になったわ」

「もう七年前ですね。私にとっても良き思い出です」

加代も西園寺のことを思い出したようだ。

「ご主人の正樹さんが亡くなって、五年が経ちますね」

西園寺はしんみりと言った。マキも神妙にうなずいている。

「五年……」

またも加代は曖昧な表情になった。代官山の隣で浜田が「モロズミマサキ？」とつぶやきながら、こめかみを指で押さえている。

「ごめんなさい。おばあちゃん、少し認知症が出てしまって、記憶が混乱しているんです」

「そのことはお父様よりうかがってます。なにかありましたら、スタッフにお申しつけください」

「ありがとうございます」

「西園寺さん、あなた船長さんなら船を操縦しなくても大丈夫なの」

加代が西園寺の腕を引っぱった。

「リヴァイアサンは最新鋭の人工知能コンピューターを搭載したオートパイロット機能を備えているので人間の手による操舵はほとんど必要ありません。それでもなにが起こるか分かりませんので操舵装置の前には一等航海士が常駐しています。なので船長といっても艦橋にいることは少ないです。こうやってゲストの皆さんとお話しして、なにかあったら指示を出すことが私の仕事です」

「もしブリッジの装置にトラブルが起こったらどうなるんですか」

マキが心配そうに尋ねた。

「四階にサブコントロール室、我々はサブコンと呼んでいますが、そちらには予備の装置が揃っているのでなにがあっても即座に対処できます。ご安心ください」

「大船に乗ったような気分でいいわけね」

加代が納得したようにうなずいた。亡くなった夫のことは気にしていないようだ。やはり認知症が出ているのだろう。

「両角様、大船ですから」

西園寺の返しに一同どっと笑った。

「それでは」

まだ緊張が解けないのか西園寺は硬い表情のまま制帽のつばを指先でつまんで会釈すると、そそくさとマキたちから離れていった。船長だけに、セレブな乗客たちへ挨拶回りをしているのだろう。

「すごいですね。船長さんとお知り合いなんだ」

浜田は遠くなっていく船長のシャキッと伸びた、広い肩幅の背中を見つめながら言った。

「ええ。西園寺さんとは家族ぐるみのおつき合いです。祖母も亡くなった祖父と一緒に西園寺さんの船で何度かクルーズをしたことがあるみたいです」

「両角さんってもしかしてマサキグループの両角さんですか」

「ええ……そうですけど」

マキは遠慮がちに答えた。

「やっぱり！」

浜田は指をパチンと鳴らした。

「マジ？」

代官山も思わず聞き返した。

マサキグループといえば、製薬や食品、玩具、化粧品メーカーなど多数の会社を経営しているグループ企業で、もちろん代官山も知っている……というより日本人であれば知らない者はいないだろう。浜田によるとマキの祖父であり加代の夫である両角正樹が創業者で、グループ名は彼の名前に由来しているという。

「なるほど。一流の人間が持っているコネはやはり一流よね。三流の人間とつき合うのは時間の無駄以外のなにものでもないわ」

マヤが鼻を鳴らした。鼻につく物言いだが、彼女の言い分にも一理あるかもしれない。一流といわれる人間たちは、代官山たち庶民の知らないところでさまざまな特典を得ているのだ。またそれらの情報は一流の人間たちだけで共有される。その中に入っていかなければ決して得ることができない。庶民はテレビのモニターを通してリヴァイアサンを眺めながらため息をつくしかない。

「それでは私たちも部屋に戻りますね」

マキは加代の車椅子に手をかけた。

「雄三さん、ぜひ遊びにいらしてね」

加代が代官山に向かってにっこりと微笑みかけてくる。

「ぜひ、伺わせていただきます」

代官山は小さく頭を下げる。

「あの、私の口元になにかついてます？」

突然、マキがマヤに向かって口元を押さえながら聞いた。

「いいえ、ごめんなさい。なんでもないの」

マヤが両手を左右に振りながら答えた。

「そ、そうですか……」

マキは一瞬だけ不審げな表情を向けたがすぐに笑顔に変わった。そして車椅子を押しながら離れていった。

「マサキグループ創業者のご夫人とお孫さんだったんですね。リヴァイアサンの乗客ともなるとさすがに違うなあ」

「あら、代官様。私たちも立派な乗客ですけど」

マヤはいつものように腕を組みながら相手を見下すような目つきで言った。

「そこなんですよ！」

代官山は手をパンとはたいた。

「なによ」

「なによ、じゃないですよ。完全に誘拐じゃないですか」

「誘拐だなんて人聞きが悪いわね。こっちはタクシーの中でいきなり気を失ったあなたを介抱してあげたのよ。あのまま放置していたら死んでいたかもしれないわ」

「なんでタクシーだったのが船になるんですか。そもそもこの船はどこに向かっているんですか」

代官山は窓を指さした。雲一つない空と海の水面しか見えない。

「香港よ」

「はあ？」

思わず聞き返す。

「中華人民共和国の南東海岸にあって南シナ海に面する、面積は東京二十三区の約二倍、人口約七百万人。一九九七年にイギリスから返還された中華人民共和国香港特別行政区よ。そんなことも知らないの？」

「そうじゃなくて！　海外に行くならパスポートが必要でしょう。俺、家に置きっぱなしですよ」

「それは心配いらないわ。ちゃんと回収しておいたから」

「回収って……俺の部屋に勝手に入ったんですか」

「だって私、刑事だし」

マヤは一点の曇りもない表情でしれっと答えながらポケットから代官山のパスポートを取り出した。有効期限はまだ充分に残っているはずだ。

「刑事だったらなにをやってもいいんですか！」

「そういうことはパパに言ってもらえる？」

マヤは代官山の目の前でパスポートをヒラヒラさせた。

ぐぬぬぬ……。

父親を引き合いに出されて口ごもってしまった。あの父親は心底苦手だ。

「まあまあ、お二人とも。せっかくなんだから船内を散策しましょうよ」

浜田が無邪気にとりなした。

「だけど……俺たち、仕事は大丈夫なんですか」

今日は非番だが、明日はいつもどおり出勤しなければならない。

「それは大丈夫です。有休申請しときましたから」

「そんな勝手な……係長が許さないでしょうが」

「それが、『ゆっくり楽しんでこいよ』って言ってくれました」

渋谷はマヤの言いなりだ。もっとも代官山たちに大して期待していないのだろう。三係の他の連中は、充分に優秀な捜査員である。大抵の事件においてマヤの推理がなくても、犯人逮捕までこぎつける。少なくともマヤと浜田がいなければ、渋谷も二人のＳＭなやりとりにヤキモキして胃に穴を開けずに済む。それを思うと彼の気持ちも分からないではない。

「そうよ、代官様。そもそもリヴァイアサンに乗船できるのは、一握りの選ばれし者だけなのよ。私たち権力者や資本家に搾取された、課長とか部長みたいな下々にとって、ここは夢のまた夢でしかない領域なの。せっかくだから楽しみましょうよ」

「そ、そうですね……」

もはや観念するしかなさそうだ。ここで意地を張ったところで今さら家に帰ることができるわけではない。そしてここはリヴァイアサンだ。マヤの言うとおり、代官山たち「シモジモ」が願っても立ち入れるような場所ではない。それにマヤと浜田の子守という理不尽な職務にずっと耐えてやってきた。たまにはこれくらいのご褒美をもらっても罪はないだろう。

マヤが代官山の前に立って曲がったネクタイを直し、

「それでは行きましょう」

と、代官山の肘に腕をからめてきた。

浜田が恨めしそうに代官山を見つめている。

3

東京・赤坂。ポセイドン・ジャパン本社。社長室。

海原清太郎(かいばらせいたろう)は窓の外を眺めた。

三十五階という高さであるが、付近には同程度以上のビルが乱立している。今日は社長である清太郎の誕生日だ。初航海にはこの日を選んだ。清太郎は窓際を離れてデスクに向かった。使い切れないほどに広いデスクの上には、大型客船の精巧な模型が置かれていた。

リヴァイアサン。

名づけ親は清太郎だ。この船を手に入れることは、清太郎にとって悲願中の悲願だった。最近の日本における造船業の衰退は著しいと言われている。船の需要は、昨今の世界の景気動向を反映して縮小傾向にある。かつて世間を席巻した日本の造船業界は、二〇〇八年のリーマン・ショックを受けて受注が激減した。さらに世界的な市場の縮小に加えて、アジアの造船所が安価を武器に次々とシェアを奪っていった。昨今の円高の逆風も相まって、日本の造船業そのものが存亡の機に立たされている。そこへもって造船技術者の高齢化、また受注が減り撤退した企業も少なくないことから、後継者の育成が手薄になっていた。現在はもちろん、これから将来にわたり技術者不足に悩むことになるだろう。最近も三菱重工が大型客船の建造から手を引いたばかりである。

大型のクルーズ客船は、欧州大手三社でシェアの九割を占めている。日本の企業はその牙城を崩せなかったわけである。しかしこのまま造船業を衰退させてはならないと気炎を上げたのが、日の丸重工である。日の丸重工は、欧州に負けない大型客船を建造して再び日本の造船業界に活気を取り戻そうと着手した。清太郎の父親が勤務していた企業である。父の背中を眺めて育った清太郎も、やはり船を扱う現在の会社に就職した。

そして激しい出世競争を勝ち上がって社長の座を射止めた。その彼が、日の丸重工の渾身の逸品を手に入れたいと思うのは必然であった。社内の幹部連中からは反対意見も多く出た。

大型客船クルーズは日本人にはなじまず、集客が伸び悩んでいる実態もある。

しかし清太郎には確信があった。リヴァイアサンは今までの客船とはモノが違う。格が違う。必ず、顧客たちの満足を得られるし、熱心なリピーターを生み出す。いわば海のディズニーランドになり得ると。

そして今日の午前中、清太郎の目の前でリヴァイアサンは二千人を超える乗客と千人のクルーやスタッフを乗せて旅立っていった。船の後ろ姿を見て、清太郎は涙を止めることができなかった。その姿にかつての父親の背中が重なったからだ。

いい歳してなにを感傷に浸っているのだろう。

清太郎は苦笑を漏らすと、椅子に腰を落とした。人生の集大成というべき大きな仕事をやり遂げた。あとは定年を待つばかりの身だ。老後は妻を連れて今度は自分たちが客船のゲストになって世界を回ろう。

そんなことを考えていると電話が鳴った。

「磯谷(いそたに)様からお電話です」

秘書の鈴木(すずき)京子(きょうこ)の声だった。

「磯谷？　磯谷先生かな」

清太郎は糖尿病を患っていて週に一度、近くの大学病院に通っている。磯谷准教授は担当のドクターだ。

「内服薬について言い忘れたことがあるから、お伝えしたいとのことです」

「つないでくれ」

わざわざ電話してくるくらいだから、よほど重要なことなのだろう。

「それではお話しください」

「磯谷先生」

清太郎は通話口に声をかけた。

「カイバラセイタロウ社長ですか」

返ってきたのは機械的で抑揚の乏しい声だった。明らかに磯谷ではない。

「君は誰だ？」

「私の名前はマモー」

「マモー？　ふざけているのか」

清太郎は通話に出たことを後悔した。明らかにイタズラ電話だ。しかし磯谷医師を騙って
いた。つまりそれなりに清太郎の身辺を把握しているということだ。

「ふざけてなどいない。かといって長電話するつもりもない。用件だけ言おう。我々はリヴァイアサンに爆弾を仕掛けた」

「はぁ？」

清太郎は素っ頓狂な声を上げた。

電話の相手……今「バクダン」と言わなかったか。

「乗客二千七百とスタッフ千百、合わせて三千八百人の命はあんたの行動いかんにかかっている。一回しか言わないからメモの準備をしたほうがいい」

ペンとメモ帳はデスクの上にある。清太郎はペンを手に取った。

ペンを握る指の関節が真っ白になっていた。

4

「ほぉえええええ」

代官山は天井を見上げながら変な声を上げた。

「すごいですよね」

浜田も口をポカンと開けたなんともマヌケな表情で同じように見上げている。

「これが船の中だなんて信じられない」

高級ホテルのロビーを思わせる広々としたフロアには、そこら中に豪奢なテーブルやソフアが並べられており、着飾った乗客たちがお茶を楽しんでいる。フロアに流れているクラシック音楽は放送ではなく生演奏だ。フロアの真ん中にはグランドピアノが設置されており、それを取り囲むようにして四人の弦楽器奏者たちが演奏をしている。天井は吹き抜けになっており、三層分のフロアの踊り場が代官山たちを取り囲んでいる。階段の手すりや柱などフロアを形成するそれぞれのパーツが、デザイン性豊かに作り込まれている。オーシャンブルーに彩られた足下の絨毯も、足首が埋まってしまうのではないかと錯覚するほどにフカフカだ。このロビーは船内の中央部にあるので窓がなく外の様子が分からない。だから自分たちが海の上に浮かんでいるなんてとても思えない。ここでは揺れもほとんど感じられない。

「フィンスタビライザーのおかげで航行時の揺れは最小限に抑えられているんですよ」

「なんですか、それは」

「船底近くの両舷に突出した魚のひれのような金属板のことですよ。船の揺れに対応して水流に対する角度がコンピューターで自動的に調整されて、このとき生じる揚力でローリング、つまり船の揺れを抑える装置です」

浜田が得意気に説明する。いったいどこでそんな知識を仕入れてくるのだろう。

客室から持ってきたリヴァイアサンのパンフレットに目を通した。そこにはリヴァイアサンのデータが記載されていた。

船名：リヴァイアサン
全長：三百メートル　全幅：四十メートル
総トン数：十二万トン
巡航速度：二十二ノット（時速四十一キロメートル）
喫水：九メートル
乗客定員：二千七百人　乗務員：千百人
客室数：千三百六十五
階層：十九
プール数：四　レストラン数：十

この大きなラウンジ、アトリウムホールは五階にある。一階から三階までは海面下にあるためエントランスは四階となっている。

「吹き抜けの天井の上には私たちの客室があるのよ」

客室は九階から十四階に割り振られている。代官山たちが宿泊するスイートは客室フロアの最上階、つまり十四階に位置している。十四階はロイヤルデッキと呼ばれ、その名前のイメージどおり、各種スイートルームが並んでいる。このフロアにはカードキーで動かす専用のエレベーターがあって、他のフロアの客たちは立ち入ることができないため、プライバシーが守られている。

もちろんスイートルームは他の部屋に比べてかなり広めだ。代官山もここに来る前に確認したがバルコニーには日よけのパラソルとシックなデザインのビーチチェアが二つ置かれていた。それに寝そべりながら、果てまで続く太平洋を眺めて潮風に吹かれたら抜群に気持ちよさそうだ。

代官山はテーブルに置かれていたメニュー表を手に取った。そこには軽食や飲み物の値段が記されている。

「コーヒーが二千五百円!?」

思わず声を上げたので周囲の乗客たちの注目を集めてしまった。代官山はメニュー表を戻してそそくさとテーブルから離れた。

「ちょっと、代官様。恥ずかしいじゃない」

「いくらなんでもちょっと高すぎませんか」

二人で五千円だ。それってちょっとしたランチやディナーの値段である。

「ここをどこだと思っているのよ。ドトールとかスタバみたいな卑しい貧乏人が利用するお店とは違うのよ」

「すいません」

代官山は素直に頭を下げた。ここは自分の生きている世界とはまるで違う。郷に入っては郷に従えというが、ここは従うしかない。なんといってもしばらくここからは出られない。この世界の人間に合わせていくしかないだろう。とはいえ、コーヒー一杯の値段でショックを受けているのだから、我ながら先が思いやられる。

「代官山さん、ちょっといいですか」

突然、浜田が代官山の袖を引っぱった。

「なんですか」

「姫様には内緒で話があるんです」

彼は子供っぽい顔ながらも、真剣な眼差しを向けている。マヤはロビーの中ほどに設置されたカラフルな熱帯魚が泳ぐ水槽を眺めていた。水槽といっても高さは三階分ほどあってちょっとした水族館だ。代官山と浜田はマヤからそっと離れた。

「浜田さん、どうしたんですか」

「姫様は僕たちを試していると思うんですよ」

「試すってなにをですか」

「そんなの決まっているじゃないですか。僕と代官山さん、姫様にふさわしいのはどちらかってことですよ」

「はぁ？」

代官山はマヌケな声を返してしまった。

「これはおそらくお父上の差し金です。愛娘の配偶者になるべき相手を選別しているんですよ。姫様ほどの女性ならこれまでにもいろんな男性が候補に挙がったでしょうけど、最終的に残ったのは僕と代官山さんというわけです。そりゃ、僕は東大卒のエリートキャリアですからね。正直、どうして代官山さんが選ばれたのか理解に苦しむところではあるんですけど」

「は、はぁ……」

「いわば今回のクルーズツアーは最終選考だと思うんですね。いや、絶対に間違いないですよ」

いつの間にか浜田の目つきが挑戦的になっている。彼はさらに続けた。

「姫様も姫様で僕と代官山さんの間で心が揺れているんです。配偶者は一人だけですからね。どちらか一人を選ばなくてはならない。でも二人とも愛しすぎていて決めきれない。それでご両親に相談したんでしょう」

「そこで黒井さんのお父さんが、今回のツアーを企画したというわけですか」

「間違いありません」

浜田は自信満々といった様子でうなずいた。

「お父上の大本命は東大卒のキャリアなんでしょうけど、いかんせん僕は年下ですからね。姫様もそこがネックになって、なかなか踏み出せないと思うんですよ。彼女みたいに古風なお嬢様は年上の男性に憧れますからね。本当は僕と代官山さんを足して二で割ったらちょうどいいんでしょうけど、恋愛ってそうそう上手くいかないものなんですよ」

「ほえぇぇ」

浜田のハイパーすぎるポジティブシンキングに、思わず感嘆してしまった。

これまでのシチュエーションのどこにそう考えられる要素があるのだろう。そもそも愛する人の額に、十三針縫うほどのダメージを与えるだろうか。それも暇つぶしのために。

マヤは遊び飽きたオモチャを壊すように浜田を扱う。

しかし今の浜田は一点の曇りもない澄んだ目をしている。

「代官山さん、気づいていますか？」

彼は額に巻いた包帯を指さした。十三針を縫う傷である。いつものように血がにじんでいる。

「なにがです？」

代官山は首を傾げた。

「血の模様ですよ。ほら、ハートマークになっているでしょう」

「ま、まあ、見えなくもない……ですかねぇ」

横に伸びていていびつな形になっている。

スペードやダイヤやクラブよりはハートだろうというレベルだ。

「これが単なる偶然だと思いますか」

「はい」

代官山が正直にきっぱりと答えると、浜田は一瞬コケそうになった。

「代官山さんもこれが姫様の僕に対する愛の証しだと認めたくないんですね。分かります、分かります」

彼はうんうんとうなずきながら言った。まるでコントみたいだが、相手はまったくふざけていない。そろそろ笑いをこらえるのが大変になってきた。

「ご想像にお任せします」

頑なに否定すると面倒なことになりそうなので、曖昧に答えておいた。

ここは希望を持たせてやるべきだろう。せめてこのツアーは楽しく過ごしたいし、浜田にもそうであってほしい。

「まあ、いいや。ここはお互いにフェアでいきましょう。代官山さんは僕よりも年上でイケメンで長身なんですから、多少というか……かなーり手加減するべきだと思いますけど。ていうか、してください。これは上司命令です」

いやいや、全然フェアじゃないじゃん。

「二人ともなにコソコソやってんのよ」

いつの間にかマヤが近くに立っていた。

「男同士の話ですよ。ねえ、代官山さん」

浜田はウィンクを送ってきた。その表情がキュートで可愛すぎる。

「ええ、男同士の話です」

代官山が同意するとマヤは「ふうん」と訝しげに二人を見つめた。

「それにしても立派なラウンジですよね」

浜田が話題を変えた。

「この船自体が一つの街になっているわ。上の階はレストランやショップが並んでいるそうよ。ほら、そこにマップがあるわ」

マヤが船内案内図が表示されたサイネージモニターを指した。代官山の身長ほどありそうな大きさの、壁にはめ込まれた液晶モニターには、船内のフロアマップが示されている。それによると代官山たちのいるラウンジが五階で、その上に十四のフロアがミルフィーユのように重ね上げられている。

リヴァイアサンは、さしずめ海の上に浮かぶ高級ホテルだ。

こんな大きな施設が、海の上に浮かんでいられることが信じられない。

「レストランの充実ぶりがすごい。世界各国の料理が楽しめますね」

代官山は各階のレストラン情報が表示されている別のサイネージモニターを指して言った。

和食はもちろん、中華、フランス、イタリア、スペイン、インドなどさまざまな国の専門料理店がラウンジを含め吹き抜けとなっている五階から八階に配置されている。言うまでもなく、各国で三つ星がつく高級店ばかりである。庶民にはなかなか手が届かない。リヴァイアサンの中にいると一日三食すべてが高級料理ということになる。そんなレストランが十も入っている。

もちろんルームサービスもある。アフタヌーンティーを楽しめるカフェもいくつか入っている。さすがにあの料金では利用する気になれないが。

こんな船旅がずっと続いたら、コンビニの弁当やファストフードの牛丼が恋しくなってしまいそうだ。

「ショップもすごいですよ。世界中の高級品がそろいますよ」

浜田もフロアマップをチェックしている。

ショップもレストランと同じ五階から八階にそれぞれ配置されている。

彼の言うとおり店のラインナップを見る限り、銀座や新宿の百貨店に行かずとも船内ですべてまかなえてしまいそうだ。店のラインナップはワードローブ、バッグ、宝飾品、食器、雑貨、文房具、美術品など一通り網羅している。道中の土産もここですべてそろってしまうだろう。旅行中退屈しないように、ちょっとした書店も入っている。

「映画館にショーシアターにフィットネスジムにプール。船内を探索するだけで一日がかりになりそうですね」

五階から七階にはミュージカルなどが観劇できる二つの劇場、最新映像設備を施した映画館、十五階には二つの屋内プールとスパ施設にスポーツジム、その上の十六階には吹き抜けとなっている二つの屋外プールやジャグジー、さらに十七階にはフットサルが可能なスポーツコート、十八階にはミニゴルフ場が設置されている。また十六階と十七階の外周通路はジョギングコースとなっている。

それにしてもこれほどの船をよくぞ建造したものだと思う。いったいどれだけの資金と年月と、マンパワーが注ぎ込まれたのだろう。ここまでのクオリティを生み出せる日本の技術が同じ日本人として誇らしく思える。

　こんなツアーに参加できるなんて、他人から羨ましがられることだろう。今回ばかりはマヤの父親のコネクションに感謝したい気持ちだ。

「そういえば先日、ＤＶＤで古い映画を観たわ。『ジャガーノート』っていうんだけど、知ってる？」

　マヤの問いかけに対して代官山は首を横に振った。初めて聞くタイトルだ。

「リチャード・レスター監督でリチャード・ハリス主演、一九七四年のイギリス映画ですね」

　歩くデータベースの浜田がすかさず答える。

「どんな映画なんですか」

「テロリストによって豪華客船に爆弾が仕掛けられる、サスペンスアクションよ」

　マヤが愉快そうに答えた。

「縁起でもない話題を振らないでくださいよ」

　この状況でそんな映画の話をしてくるところはいかにも彼女らしい。

「なかなか面白かったわよ。ほら、よく映画やドラマの爆弾処理のシーンで、赤と青のコードどっちを切るっていうのがあるじゃない」

「間違ったほうを切断すると爆発しちゃうやつですね」

いくつか心当たりがある。コナンやルパンでもそんなシーンがあった。

「なんでもこの映画が元祖だそうよ」

「そうだったんですか。今となってはド定番ですけど、それでもハラハラしますよね」

もし自分がコードを切る立場になったらと思うと……。そのプレッシャーにとても耐えられそうにない。

「ジャガーノートというタイトルには途轍(とてつ)もない破壊力という意味があるんですが、語源はヒンドゥー教のヴィシュヌ神の八番目の化身であるクリシュナの異名、つまりジャガンナートにあります」

浜田が割り込むようにして蘊蓄を傾けてくる。さすがは東大卒の歩く百科事典だ。彼の知識の質量には、お世辞抜きで感心する。

「もしテロリストにリヴァイアサンが乗っ取られたら、私を守ってくれるよね」

「僕が命を賭けて守ります」

マヤの視線は代官山に向いていたが、答えたのは浜田だった。

マヤにとって浜田の命など遊び飽きたオモチャ同然だというのに……。

「あら、浜田くん。あなただったらどちらを切るの？　赤、それとも青？」

「えぇっと……青かな」

浜田は少し間を置いて答えた。

「私は赤にするわ」

そのときマヤの瞳がキラリと光った。

「僕も青ですねっ！」

代官山は二人の間にさっと入り込んで、体を盾にして浜田をガードした。マヤが爪を立てて引っ掻くポーズを取っている。浜田の額を真っ赤に染めるつもりだったのだろう。なんて残酷な質問なんだ！

「今回は二人もボディガードがいてくれて心強いわ。これだったらテロリストが乗り込んできてもへっちゃらね」

「僕にお任せください！」

浜田が代官山の背中から、ぴょこんと顔を出してマヤにアピールした。

浜田に任せたら事態はさらに悪化する。それが浜田クオリティだ。

「もうマジで縁起でもない話をしないでくださいよ」

マヤと一緒に行動すると、なにかと大きな事件に巻き込まれる。今までにも何度となくそういうことがあった。三係の連中と行った慰安旅行でも、とんでもない殺人事件に巻き込まれた。

「でも豪華客船といえばテロとか殺人とか失踪事件が付きものじゃない。ミステリ作家御用達の舞台よ」

「もし俺たちが小説の主人公だったら、これからとんでもないことが起こるというフラグなわけですね」

そう思うと、豪華客船が出てくる小説の登場人物たちも大変だ。作者の演出するサスペンスに命がけで立ち向かわなければならない。

「まあ、今回ばかりは仕事を忘れてのんびりしたいわね。こんなところに来て事件だなんてごめんだわ」

「心の奥底からそう願いますよ」

マヤとコンビを組んでからというもの、犯罪史に残りそうな事件ばかりに巻き込まれている気がする。もっともそれらすべての真相を看破して解決に導いたのも彼女なのだが。

「ほら！　代官山さん」

突然、浜田が花柄のワンピース姿の女性を指した。

ちょうどこのラウンジに入ってきたところらしい。まるで彼女にだけスポットライトが当たったように乗客たちの視線が一斉に集まっている。館内に流れていた会話のざわめきもピタリと止んだ。ワンピースの上からでも分かる迫力ある肉感的なスタイルは存在感が充分だ。体のわりに小さな顔、そして肩にかかるボリュームのある艶やかな髪。

「おお！　本物だ」

その女性は着飾った女性たちの中でもひときわ目立っている。彼女が微笑むだけで周囲が華やかな雰囲気になる。そういえば浜田が先ほど彼女を見かけたと言っていた。

江陣原さとみ。

日本を代表する女優の一人だ。最近見たテレビのインタビューで、今年三十路を迎えたと答えていたのを思い出した。

「やっぱりきれいですねぇ」

浜田はうっとりとした表情で見とれている。

あなたの本命はマヤではなかったのか。

しかし男性なら、それも無理もないと思う。それほどまでに江陣原の美貌は人を惹きつける。男性はもちろん女性にも、人気ナンバーワンの女優である。彼女が身につけているものは服にしろアクセサリーにしろ、飛ぶように売れると聞いたことがある。今年の「女性がなりたい顔ベスト10」でも江陣原が堂々の一位を飾っていた。

「さとみちゃ〜ん、サインちょうだいよ〜」

そのときジャケット姿の年配の男性が江陣原に近づいた。どうやら酔っ払っているようだ。彼女の後ろに立っていたスーツ姿の男性が、すかさず男を取り押さえた。身動きができないよう腕をがっちりとロックしている。酔っ払った男性は最初はもがいていたがすぐに大人しくなった。スーツ姿の男性が腕を放すと、酔っ払いは酔いが覚めたのか、素直に江陣原に無礼を謝罪して離れていった。

「危なかったですね。僕が取り押さえてやりたかったですよ」

浜田が悔しそうに言った。彼ならきっと返り討ちに遭うに違いない。取調べ室で容疑者に凄まれて、焼きそばパンを買いに走らされたという逸話の持ち主だ。捜一ではもはや伝説となっている。

とはいえ、代官山も同じ気持ちだった。あそこであの酔っ払いを華麗に撃退すれば、江陣原に一目置かれただろう。

あのスーツ姿の男性が恨めしい。

「あの男性は江陣原のマネージャーですね。ネットの記事で見たことがありますよ」

浜田が男性を顎で指しながら言った。男性は江陣原から離れずに、常に周囲に気を配っている。先ほどの酔っ払いのように、いつ江陣原のファンが飛び出してくるか分かったものではない。年齢は三十代後半といったところか。長身でがっしりとした体格をしている。整った顔立ちなので江陣原の相手役の俳優といっても通用しそうだ。

　代官山と浜田は、さりげなく江陣原に近づいた。

「僕は東大卒の警察官僚で、あなたの大ファンなんです」

　突然、浜田は彼女に声をかけた。変なところで物怖じしない彼の行動力が、ときどき羨ましくなる。マネージャーが警戒した目つきで浜田を見たが、子供だと思われたのか、なにも言ってこなかった。

「とても嬉しいですわ。警察の方なのですね」

「後ろの二人は僕が目をかけてやっている部下です。こちらが黒井巡査部長、そしてもう一人が代官山巡査」

　浜田は代官山とマヤを紹介した。「ちなみに僕は東大卒でキャリアで警部補の浜田です」

「はじめまして。江陣原さとみです」

　江陣原はニッコリと微笑むと小さく頭を下げた。トップ女優なのに気さくな性格に好感度はさらに高まる。

「ぼ、僕もあなたの大ファンです！」

　代官山は思わず背筋を伸ばした。マヤは不機嫌そうにしているが、そんな彼女に対しても江陣原は魅力的な笑みを向けている。彼女が目の前に立つだけで幸福な気持ちになる。その他大勢の人たちとは決定的に違う空気が彼女の周囲には漂っている。

さすがにトップ女優のオーラにかなわないと思ったのか、

「ごめんなさい、私、テレビ見ないんで」

マヤは仏頂面で返した。

しかし江陣原は笑みを崩さない。

「いえいえ。それにしても警察の方が一緒だなんて心強いわ」

実物のほうが映像よりさらに美しい。そしてなにより優雅だ。

代官山は思わず見とれてしまった。マヤが肘をぶつけてくる。彼女も相当の美形だが、江陣原のようにそこにいるだけで周囲がきらめくような存在感がない。むしろダークなフォースを振りまいている。

「なにかあったら連絡してください。速やかに事件を解決、それが我々の使命ですから」

浜田は胸を張って江陣原の顔を見上げた。彼女は女性としては長身で、百七十センチ前後はあるだろう。浜田がますます中学生に見えてしまう。

「よろしくお願いしますね」

「と、ところで江陣原さんもご旅行ですか」

代官山も思い切って声をかけてみた。語尾で少し声が裏返ってしまった。

「ええ。映画やドラマの撮影が一段落ついたので、今は束の間のオフです。リヴァイアサンのツアーをとても楽しみにしていたんです」

生の江陣原さとみと会話ができた。これだけでここに来た価値がある。代官山は再び、マヤの父親に感謝をした。

「そろそろ予約時間だよ」

そっとマネージャーが近づいてきて江陣原に告げた。

「ああ、そうだったわね……。ごめんなさい、エステに予約を入れてあるので。それでは」

彼女はそう言い残すと、エレベーターに向かった。エレベーターはガラス張りで吹き抜けを見下ろすことができる。エレベーターは船内に七十メートル間隔で四基設置されているとパンフレットに書いてあった。そのうち一つはロイヤルデッキ専用である。

「はぁ、やっぱり素敵ですよね」

浜田はうっとりとした表情で江陣原を乗せたエレベーターを見上げた。彼女を乗せたエレベーターはゆっくりと上がっていく。乗客は年配者が多いということもあって速度は遅めに設定されているようだ。

「日本の至宝ですね」

「なに、二人して鼻の下を伸ばしてんのよ。バッカじゃないの！」

マヤが浜田の膝を蹴飛ばそうとしたが、ヒットする寸前で足を止めた。彼女なりに場所をわきまえているらしい……ていうか、現場でこそわきまえるべきだ。とりあえず流血沙汰は回避できたので安堵する。海上でのトラブルは勘弁願いたい。浜田はなにやらニヤニヤしながら、代官山の腕を引っぱってマヤから距離を置いた。

「姫様、僕にヤキモチ焼いてますよ。どうやらアドバンテージは僕にあるようですね」

「そ、そうですね」

ヤキモチというより、自分以外の人間がチヤホヤされるという状況が気に入らないのだ。それにしても浜田のハイパーポジティブシンキングは相変わらずだ。彼の不死身体質の秘訣もそこにあるのかもしれない。

「また、男二人でコソコソしちゃって、いったいなんなのよ」

「まあまあまあ、姫様。そろそろランチの時間ですよ」

浜田がマヤにすり寄る。彼女は腕時計を確認した。

「もうそんな時間か。遅れると申し訳ないわ。すぐに行きましょう」

「お店を予約してあるんですか」

代官山はマヤに聞いた。

「今日は航海初日だから予約がないと入れないわ」

「代官山さん、ランチは『帝天』ですよ。僕が予約を入れたんです。運良く個室が取れました」

浜田が得意そうに言った。

「マジですか！」

代官山は身を乗り出した。

帝天といえば赤坂に本店がある有名な天麩羅の老舗である。たしかにフロアの案内図に帝天の名前が載っていた。

「代官山さん、天麩羅は大好物だと言ってましたよね」

「はい。ただ有名店となると値段的になかなか手が出なくて」

「リヴァイアサンともなると、レストランも厳選されますからね」

帝天は三つ星の常連でもある。それだけに値段も飛び抜けている。三人は先ほど江陣原が利用したエレベーターに乗って八階に上った。帝天は降りてすぐ近くに店を構えていた。料亭を思わせる落ち着いた内装だった。店員は代官山たちを奥の個室に案内した。襖（ふすま）を開けると十畳ほどの和室になっていて床の間に掛け軸が飾られていた。テーブルの周りにはフカフカしていそうな座布団が敷かれている。

そこにはすでに男女一組の先客がいた。

5

二人の先客を見て、代官山はよろめいた。

「五分遅刻だぞ」

でっぷりとした体型の男性が、厳しい顔を代官山と浜田に向けて言った。女性のほうは、たおやかな笑みを浮かべて三人を迎えている。

「ごめんなさい、パパ。代官様がなかなか目覚めなくて」

マヤが謝りながら靴を脱いだ。

「クスリが効きすぎたか。代官様くん、それはすまなかった」

男性がガマガエルのような顔を向けて頭を下げた。

「代官山です」

男性は今さら言うまでもなくマヤの父親、黒井篤郎だ。この顔からどうしてこんな美形の娘ができたのか。もしマヤが父親の顔のほんのわずかな成分でも引き継いでいたら彼女にとって破局的な不幸になったに違いない。彼女の美点はルックス、その一点に尽きる。人間性に関しては父親の容姿以上に醜悪だ。しかし彼女にそんな不幸は起きなかった。それは母親の血を強く受け継いだからだろう。

　篤郎の隣に座っている女性は黒井羊子（ようこ）である。

　マヤの母親だけに年齢は五十を超えているはずだが、美しさにおいては娘を凌駕（りょうが）しているといっても過言ではない。江陣原さとみですら上回るほどの美女が、どうしてこんなガマガエルと結ばれるのか理解に苦しむ。これではもはや『美女と野獣』、いや、映画に出てきた野獣のほうがずっとずっとマシである。

「君は誰だね」

　篤郎は今度は浜田に声をかけた。

「警視庁捜査一課、浜田学警部補です。お父さんと同じく東京大学法学部を首席で卒業したキャリアです。以前にもお目にかかったのですが……」

　彼は入口で背筋を伸ばすと敬礼をした。

「君にお父さんと呼ばれるいわれはないのだが」

「し、失礼しました、黒井警視監」

　篤郎の階級は警視監。

　警察の階級としては警視総監に次ぐが、彼の役職は警察庁次長、つまり次期の警察庁長官である。警視総監はあくまで警視庁（東京都の警察）のトップだが、警察庁長官は全国の警察のトップである。現在の篤郎は、その一歩手前に位置しているというわけだ。

「マヤ、どうして彼はここにいるのだ」

篤郎は不思議そうな顔で浜田を指した。

「勝手について来ちゃったのよ」

マヤが素っ気なく答える。

「えっ!?」

浜田は目を丸くしてマヤを見た。

「まあまあ、せっかく来てくださったんですから。代官様も浜田さんもこちらにいらっしゃって」

羊子が代官山たちに手招きをする。二人は三和土(たたき)で靴を脱ぐと部屋に上がって着席した。

開かれた障子窓からは太平洋が見渡せる。

「ご両親が見えているなんて聞いてませんよ」

代官山は小声でマヤに言った。

「うふふ、サプライズよ」

サプライズはサプライズでも誕生日にバースデーケーキが出てくるサプライズとは意味合いがまるで違う。肝が冷えるどころか凍結するサプライズだ。今回のことはなにからなにまでマヤの計略だった。彼女はどんな手を使ってでも代官山を両親に会わせて、プロポーズを引き出そうとしている。

「今日はこんな立派なツアーにお招きいただき、ありがとうございました。ほら、代官山さんも頭を下げて」

浜田が自分が三人のリーダーだと言わんばかりに頭を下げた。代官山も彼に倣う。

「だから君は呼んでないんだが……」

篤郎は鬱陶しそうに手払いをした。

「あなた、マヤがお世話になっている方なんですから」

隣で羊子がそっとなだめる。

「僕が本命だけに、姫様は僕のことを父親には内緒にしているんですよ」

浜田は勝ち誇ったような口調でささやいてきた。その前向きな性格が羨ましい。ここまでポジティブでいられれば、きっと人生が楽しいだろうなと思う。

「しかし警視監までみえているとは驚きました」

「なんだ、迷惑かね」

ガマガエルがギロリと睨む。

「い、いえ、そんなことは……」

ずばり、ありますけど！

代官山は本音を呑み込んだ。

「せっかくの旅行なんですから楽しみましょう。ここの天麩羅は絶品ですからね」

羊子の優美な声を聞いているだけで気持ちが癒やされる。本音を言えば彼女にプロポーズしたいくらいだ。もし彼女に迫られたら拒否できる自信がない。もっともそんなことをして発覚でもしたらこの先の人生は無間地獄に違いないが。

いやいやいや、娘と結婚しても同じことじゃん！

人生オール茨（いばら）の道決定だ！

「代官様、なにブツブツ言ってんのよ」

隣席のマヤが肘をぶつけてきた。

「い、いや……天麩羅が楽しみですね」

そうこうするうちに料理が運ばれてきた。

「うわぁ、美味（おい）しそう！」

マヤも浜田も目を輝かせている。一同、いただきますをして早速料理に箸をつけた。

「う、美味い！」

天麩羅の一つを口にして思わず言葉がこぼれてしまった。

天麩羅の衣の歯触りが今まで食したものとまるで違う。そして料理の味、温度などあらゆる要素が舌や歯、口の中にいたるまで楽しませてくれる。これが一流職人の技術というやつか。

とにかく異次元の美味さである。

「ところで代官様くんは、私に言いたいことがあるのではないかね」

料理に舌鼓を打っていると篤郎が話しかけてきた。

さあ、来た！

言うまでもなく娘にこの場でプロポーズしろという至上命令である。従わなければその場で銃殺。死体は人知れず太平洋上で処理されるに違いない。

「あなた、上司の浜田さんがいる前ですよ」

奥さん、グッジョブ！

そして浜田の存在が代官山にとって初めて有利に働いた。そんなことはおそらく最初で最後だろう。

「パパ、慌てることないわ。機会なんていくらでもあるもの」

マヤが楽しそうに言った。

「そうだな。またクスリを盛って連れてきなさい。少々、効きすぎたようだがね」

ガマガエルはガハハハと笑った。

あんたの差し金だったのかよっ！

そもそもクスリを使って連れてくるなんて誘拐同然である。時代や国が違ったらこの男はとんでもない独裁者として恐怖政治で君臨していたに違いない。つまりマヤと結婚するということは、ヒトラーやスターリンの娘と結ばれるようなものだ。その二人に娘がいたのかどうかは知らないが。

ともかく今回は急場はしのげたようだ。プロポーズはしばらく延期だろう。エックスデーのその日が来る前に、なんとか浜松に帰らせてもらおう。本来自分は静岡県警、浜松中部署の人間なのだ。黒井家に拉致されたも同然で上京する羽目になったのである。東京生活もなにかと刺激的で悪くないが、篤郎とマヤの魔の手から逃れられない。地元に戻って普通でまともな女性と結婚したい。

そのときスマートフォンの着信音が鳴った。

映画『スター・ダスト・ウォーズ』からダーク・ベイダーのテーマ曲。荘厳かつ威厳たっぷり、まさに篤郎のために作られたようなメロディーだ。

彼は表示された名前を見ると、

「コーアンだと？」

とつぶやいた。

「あなた？」

夫の表情の変化を見て、羊子が心配そうに声をかけた。

「ああ、気にしなくていい」

そう告げると、篤郎はスマートフォンを持ったまま席を立って部屋を出ていった。船は沿岸から離れてしまったため携帯電話は通話圏外になっている。しかし船内は料金がかかるがＷｉ－Ｆｉ回線が通じているから、専用アプリを使ったインターネット通話を利用しているのだろう。警察庁の幹部ともなると有事に備えて常に連絡がとれるように準備に怠りがないようだ。

「警視監、『公安』って言いましたよね」

浜田が小さな声で話しかけてきた。

「ええ。たしかにそう聞こえましたね」

日本における公安警察とは、正式には警備警察の一部門である。警察庁警備局をトップに、警視庁公安部・各道府県警察本部警備部・所轄警察署警備課で組織される。東京都を管轄する警視庁は警備部と別に公安部として独立している。主に過激派や国際テロリストの捜査や情報収集を行う。公安警察は扱う事案の特殊性から他の部門とは情報交換をせず、警察内部でも秘密主義を貫き通す。なので時には情報開示をめぐって彼らと諍いが起きたりすることもある。そんなこともあり、公安の人間をディスる刑事は少なくない。

その公安の人間からの連絡だったらしい。

それから十分ほどして戻ってきた。その表情はこれまでに見たことがないほどに険しかった。

代官山は箸を置いて唾を呑み込んだ。

6

赤と青。

春日太陽は色違いのリード線をじっと見つめた。それらの線は電子部品が並ぶ、三層構造の回路基板につながっている。その基板にはデジタル表示のクロックが接続されており、カウントダウンを始めていた。

「春日、どっちを切る？」

富山晋平がマスク越しに聞いてきた。

堅牢強固なヘルメットで頭部を、強化ガラスで顔面をガードしているマスク。さらに全身は分厚いプレートと防爆布にがっちりと包まれて、その様子はさながら宇宙服である。その重量は見た目どおりにかなりのもので、春日たちのように特殊な訓練を受けていなければ歩行すらもままならないだろう。気密性の高いマスクを装着しているため、額に流れる汗を拭き取ることもできない。

「赤ですね」

春日は携帯型のオシロスコープのモニターに表示された波形を見て答えた。

これまでこの表示を見ながら複雑に入り組んだ、黄、紫、黒、白、緑、茶、橙、桃、黄土色のリード線を切断したりバイパス処理を施したりした。

残された線は赤と青の二本というわけだ。

「おいおい、この波形なら青だろ」

富山が眉をひそめて否定した。

「トラップですよ。ほら、ここ」

春日は回路の別の部位からのびているリード線をニッパの先で示した。リード線の先は小指の爪さきほどの大きさの黒い箱状の物体につながっている。その物体も基板上に設置されていた。

「これはなんだ」

富山は指先で小さな物体にそっと触れた。表面はプラスティック製のようだ。

「オシロスコープを誤作動させる仕組みになってます」

「マジか」

富山は件の回路を睨みながら言った。

「ええ、たぶん」

「たぶんだと？　俺たちの命がかかっているんだぞ」

「じゃあ、このブラックボックスはなんですか」

「それは……分からんが」

「この波形はトラップですよ。この回路、心当たりがあるんですよ」

「なんだ、それは」

「過去のテロ事件で使われていたものと似てるんです」

春日は赤いリード線をニッパの刃ではさんだ。

「ちょ、ちょっと待て！　このブラックボックスがトラップかもしれんぞ。この波形がトラップだと思わせるトラップだ」

罠だと思わせる罠……つまりそれは罠ではないということ。

「あ、たしかにそれはあり得ますね」

　春日はニッパを握る力を緩めた。

「ここは慎重にいくべきだ」

「でも時間がありませんよ。もう二分を切ってます」

　デジタルの数字は百分の一秒単位で減り続けている。この無機質な装置に命乞いや交渉は通用しない。

「間違ったほうを切断すればドカーンだぞ」

「分かってますって」

　三層構造の電子回路は二リットルのペットボトルほどの筒状の物体にくくりつけられていた。どこにも「爆弾」とは書いてないが、見るからにそうである。

『新宿●丁目の新宿昭和ビルに爆弾が仕掛けられている』

　と一報が入ったのが一時間前。

　春日たちの所属する警視庁警備部第十機動隊に出動命令が出た。ふだん、春日たち隊員は爆発物処理のみを扱っているわけではなく、一般の機動隊員として制服姿で重要施設やデモなどの警備、祭りをはじめとする大型行事の交通整理などに従事している。

　春日たちはただちに新宿昭和ビルに向かった。人通りの乏しい路地に佇む古い雑居ビル。本来白かったはずの外壁は煤ばんでいる。入居しているのは三階の歯科医院と五階の貿易事務会社だけであとは空室となっていた。歯科医院は休診日で貿易事務会社は休眠状態だった。さらに守衛も管理人もおらず防犯カメラすら設置されていない。つまり今日一日は人の出入りがほとんどなかったということになる。だからこそ犯人はここを犯行現場に選んだのだろうが。

ビル二階にある倉庫。

手入れがまるで行き届いておらず床や棚も埃にまみれていた。蛍光管が切れているので隊員たちは懐中電灯で内部を探った。爆弾と思われる装置は積み上げられていたダンボール箱の中に見つかった。トラップを警戒しながら蓋を開くとすでにカウントダウンが開始されていた。

その時点で十五分を切っていた。そのことを報告すると、警察はすぐに周囲の住民たちの避難誘導に入ったが、全員を避難させるにはいかんせん時間が足りなすぎる。

「まったくついてねえな。よりによって今日とはな」

富山が恨めしそうにデジタル表示を眺めながらぼやく。

「こんなところで殉職なんてごめんですよ。富山さんは娘さん何歳でしたっけ」

「七歳で今日が誕生日なんだよ。くそ、写真を見る余裕もねえな」

「そのわりには悲愴感が漂ってないですね」

「お前の存在が唯一の救いさ。なんたって警視庁が誇る爆弾処理のエキスパートだからな」

「いつからそういう役回りにされたんですかね」

春日はマスクの中でため息をついた。

「三年連続、コンテストの優勝者だ。お前ならきっとなんとかしてくれる」

コンテストというのは警視庁が行う警視庁機動隊の爆発物処理のスペシャリストたちが技能を競う大会だ。今年は百六十名がエントリーした。大会ではエックス線を使って不審物の中身を解析したり、マジックハンドを使って爆発物を素早く回収したり、複雑なトラップが施された爆弾を解除するなどの技能が競われる。富山の言うとおり春日は三年連続の優勝者である。東京工業大学を卒業した春日は特に電子回路に強かった。

「あまり期待しないでくださいよ。こう見えてプレッシャーに弱いんですから」

「おいおい、心細いことを言わないでくれ。まずは深呼吸しろ、なっ」

富山は春日の背中に手を置いた。

「ほんと、俺、肝心なところでダメなんですよね。ああ、結婚くらいしたかったなあ」

「これを解除すれば結婚なんていくらでもできるさ。お前みたいなイケメンだ。彼女くらいいるんだろ」

「肝心なところでドジってフラれたんですよ」

「ほぉ、どんな感じでドジったんだ」

こんな極限状況でもニヤリと笑える富山が心強い。彼といるとパニックに陥らない。むしろ彼の愛嬌にとことんつき合ってやろうじゃないかという気持ちになる。隊員に強気と安心感をもたらすことは、隊長としての重要な資質だと思う。これまでにも幾度となく彼に救われてきた。彼がいなければパニックを起こしてとうの昔に殉職していたに違いない。

「何度もアタックして映画に誘うところまで行き着いたんですけど、映画のセレクトがまずかったみたいです」

「お前、まさか『東京人肉饅頭』みたいなグロいのに誘ったんじゃあるまいな」

「当たり前ですよ。若い女性が喜びそうなラブストーリーにしたんですよ。『恋のフォーチュンクッキー』です」

生死を分けるこの局面でいったいなんの話をしているんだよと思う。でもそれは富山なりに春日をリラックスさせようとしているのだ。

「それなら俺だって知ってるぞ。若い女の子に大人気の映画じゃないか。なんでそれでダメなんだ」

「ずっと後で知ったんですけど、彼女は実は『東京人肉饅頭』みたいな映画が好きだったんですよ。『恋のフォーチュンクッキー』のチケットを見せたら蔑むような目つきでさんざん罵倒されました。あれはショックだったなぁ」

目を閉じると彼女の顔が浮かんでくる。艶やかな黒髪に白磁を思わせる白い肌、そして見ているこちらが凍りついてしまいそうな冷ややかな瞳。映画のタイトルはデート当日まで内緒にしていたが、チケットを見せると態度が急変した。一目惚れしたのは春日のほうだが、何度かアタックしているうちに彼女とも打ち解けていた。互いに「マヤちゃん」「ソル（太陽）ちゃん」と呼び合うほどに。

むしろ彼女は好意を向けていたはずだ。だからこそ映画デートを受け入れたのだ。彼女は本当に好きになった異性じゃないと一緒に映画には行かないと言っていた。それはどうしてなのか聞いてみたところ、映画は自分の価値観を本当に分かってくれる人と行きたいと答えていた。

もちろん春日は彼女のすべてを受け入れるつもりだった。

それなのに……。

「バッカじゃないの！」

そう言い残して彼女は春日から離れていった。まさか彼女がホラー愛好家だとは思わなかった。それも筋金入りの。

以来、電話やメールを送ってもまるで相手にされなくなった。それからホラー映画を観まくってホラー好きをアピールする手段に出たが、振り向いてもらえなかった。時すでに遅しか。さすがに諦めるしかない。彼女のことは忘れよう忘れようとしているが、それでもふと彼女の顔がよぎってしまう。

正直、今でも充分すぎるほどにひきずっている。彼女と会わなくなってもう二年以上が経っているというのに。

「そっかー。お前ほどの男をフルなんてその彼女も見る目がないんだな。ここでこいつをバッチリ処理してやれば、彼女もお前のことを見直して戻ってくるかもしれんぞ」

富山は爆弾を顎で指した。デジタル表示はすでに六十秒を切っていた。一報が入ってからすぐに現場に向かったので犯行の詳細について聞いていないが、富山によれば犯人から直接、通信指令センターに電話で連絡が入ったらしい。音声は明らかに変換されていて「新宿昭和ビルに爆弾を仕掛けた」と告げたそうだ。犯人の声紋は科捜研で解析中だという。解析ができたとしても犯人オリジナルの声紋データがなければ特定はできない。

もっともそんなものを当てにできる余裕がない。

「いやぁ、無理ですね。彼女、そういうタイプじゃないんですよ」

「仕事はなにをしているんだ」

「実は……同業です」

「おいおい、オフィスラブってやつか」

「俺が一方的だったんですけどね」

「警備部の女か」

「いえ、刑事部です。捜一です」

殺人や誘拐などすでに起こってしまった事件を扱う刑事部に対して、春日たちの所属する警備部はむしろ事件や災害を未然に防ぐことを使命としている。任務は大きく分けて二つあり、一つは治安警備で、もう一つは災害警備だ。治安警備はテロ対策やデモへの対処、暴動鎮圧から祭りなどのイベントにおける雑踏警備も含まれる。災害警備は自然災害や事故や遭難の救助活動だ。特に二〇二〇年は東京オリンピックイヤーであり、海外から多くの旅行客がこの東京に押し寄せてくる。つまりそれはテロの危険性に直結するというわけだ。そのせいもあり、機動隊の訓練も最近は一段と高度になり厳しくなったというわけである。

ちなみに今回の爆弾騒動に関しては凶悪犯罪でもあるため、犯人確保のため捜一の連中も動いているはずである。

「捜一の女か……あそこの女はクセが強いらしいぞ。おいおい、まさかあの黒井さんのお嬢さんじゃないだろうな」

春日の脳裏にガマガエルを思わせる「あの黒井さん」の顔が浮かんだ。

「ま、まさか……そんなことあるわけないじゃないですか」

そのまさかである。

「だよな。いくらなんでも警察庁次長の愛娘なんかに手を出すわけないよな。そんなことしたら父親に撃ち殺されるぞ。あのおっさんならやりかねん」

「ですよね……」

実はそのおっさんに「娘にちょっかいかけているらしいな」と警察庁次長室に呼び出されて銃口を向けられたことがある。

本当に撃たれるかと思った。

それでも彼女、黒井マヤのことは諦めきれなかったのだ。もっともそんな話、上司や同僚に話せるわけがない。下手をすれば僻地の駐在所に飛ばされてしまう。なので誰にも話したことがない。これればかりは墓場まで持っていくほかない。

「無事に帰れたら彼女にプロポーズしろ」

「それ、死亡フラグですから。ともかくどちらを切るかそろそろ決断しないといけないですね」

デジタル表示は三十秒を切っている。この段階になるとさすがに鼓動が速くなるのを感じる。

「俺はこういうのを外すタイプなんだ。ジャンケンも弱いだろ。だからお前に任せる」

富山は決断を春日に丸投げした。

こんなときにこの隊長は頼りにならない。他は優秀でも決断力はかなり劣る。

しかも彼の勘の悪さは折り紙つきだ。

上がるか下がるかしかない株や為替投資でも全敗を喫しているので慢性の金欠病だ。飲み屋で部下である春日が何度か奢ったことすらある。そんな彼に決断は任せられないのは事実だ。

爆発物処理は機動隊の任務の中でも特に強靭な精神力を求められる。極限状況でも冷静さを失わない強さが肝となる。そして春日が個人的に思っていることだが、精神力以上に重要なのはツキ、運力だ。今回のようにタイムリミットが迫れば、当てずっぽうを余儀なくされることもある。

運も実力のうちというが、そうではない。運が実力なのだ。本気でそう思う。これまで殉職せずに生き長らえてきたのも運。だけどそれは実力そのものだと信じている。

もう、逃げる時間もない。この場で装置を解除するほかないのだ。

富山と春日が着用している防爆防護服はアメリカ軍も使用しているＭＫ５というタイプである。重量は四十キロオーバーでクラスⅢＡの防御力を誇るが、それでもこの爆弾が至近距離で爆発したらひとたまりもないだろう。つまり殉職間違いなしである。

春日は二本のリード線の間にニッパの刃先をさまよわせた。はたしてこのブラックボックスはオシロスコープを狂わせるトラップなのか、それとも解除者を惑わせるブラフなのか。

考えろ、考えろ。

犯人はどういう気持ちでこの装置を施したのか。単純にこのビルを吹き飛ばしたいだけならわざわざ犯行を告げてこないだろう。犯人は心のどこかで爆発を止めてほしいと思っている。

いや、むしろこの爆発はさせないべきだと考えている。

これまでの処理から春日はそんな空気を感じ取っていた。それは言葉では説明できない、むしろ第六感的なものだ。起爆装置の回路には犯人の思いが反映されている。それは悪意だったり憎悪だったり、はたまた好奇心だったり。春日が感じるのは好奇心だった。犯人は「お前にこれが解除できるか」と問いかけている。

正解はどちらだ？

「父さん、母さん……」

春日は両親の顔を思い浮かべようとした。父親は商社マンだったがロンドン駐在中に両親とも爆弾テロに巻き込まれて亡くなった。そんな父親の息子が爆発物処理に携わっているというのは因果な運命だと思う。爆弾への憎しみが春日を警察官へ、そして機動隊の道へと進ませた。爆発物処理に対する入れ込みは他の隊員たちとは一線を画していた。そしてそのスキルは誰にも劣らないものとなった。

しかし浮かんでくるのは、父親ではなくマヤの顔ばかりだ。彼女も警察官である。それも警察庁の大物幹部の娘。現在は捜査一課に配属されている。一時期、静岡県警に出向したと聞いたが、今は警視庁に戻っているようだ。

最後にもう一度くらい会いたかったな……。

「春日、急げ！　タイムリミットだ」

富山の声が聞こえた。春日は瞼(まぶた)を開くと一本のリード線をニッパの刃先に挟んだ。

「南無三！」

富山と目が合う。彼の表情は完全に強ばっていた。

春日は指に力を入れた。

7

「おつかれさん」

富山が防爆防護服を脱いだばかりの春日の肩を叩いた。ビルにはすでに多くの警察の人間が入って実況見分をしている。爆弾もつい先ほど回収されたところだ。今から科捜研で内部が解析される。部品などの出所を調べれば犯人を割り出せる可能性がある。窓から外を見下ろすとマスコミ連中や野次馬が集まっていた。テレビ局と思われる車両も集まっている。間違いなく今日のトップニュースだ。

「爆弾を仕掛けたヤツはどうなんですか」

「今のところまだつかめてないらしい」

「そうですか……」

「そういえばお前、あの装置が過去のテロ事件にどうのこうの言ってたよな」

「ええ、回路の組み合わせが似てたってだけの話です。といっても結局、富山さんの言ったとおりでしたけどね」

「勘が当たるなんて俺にしては珍しいだろ。今回ばかりは俺はお前の命の恩人だからな」

富山は春日の胸に拳骨を当てた。

切断するべきリード線は青だった。それを切断することでデジタル表示はカウントダウンを中断した。あの意味深なブラックボックスはトラップのトラップだったのだ。罠だと思わせて間違った線を切らせる。春日の選んだ赤を切っていたら爆発していたかもしれない。今回ばかりは珍しく富山の勘が的中していた。命拾いだ。

「ええ、いつだって隊長は命の恩人ですよ」

今日ばかりは本音である。

「今度、ビールを奢れ。こっちは財布がスッカスカなんだ」

「また、負けたんですか。もう止めたほうがいいんじゃないですか。隊長には投資なんて絶対に向いてないですよ。ていうかあんなの投資じゃなくてギャンブルですよ」

このことは以前から何度も忠告しているが聞く耳を持たない。

「ギャンブルじゃねえよ。世界経済の動向をチェックしながらやっているんだ。投資ってのはインテリジェンスなゲームなんだよ。それに自分の小遣いの範囲でやってるんだ。問題ないだろ」

「はあ……」

部下に飲み屋の支払いをさせるのは問題ではないのか。

「富山さん、春日さん」

最年少の隊員である村井（むらい）が二人に声をかけてきた。

「なんだ」

「すぐに本庁に向かってください」

「どうした」

富山が振り返って聞き返す。

「部長がお呼びです」

「部長って菅原部長か」

「緊急だそうです。ここは我々に任せてすぐに向かってください」

「了解だ」

富山がうなずくと村井は姿勢を正して敬礼する。そしてすぐに持ち場に戻っていった。

警察の中でも機動隊は特に上下関係が厳しい。命を賭した任務となるので徹底したチームワークが肝となるから必然のことだろう。

春日自身、明日自分は生きているのだろうかと、ふと考えてしまうことがある。しかし春日の両親がそうだったように人はいつ何時なにが起きて命を落とすか分からない。父親が生きていれば今ごろ悠々自適の定年生活を送っていたはずだ。その父親は息子が機動隊に配属されると聞けばなんと言っただろう。

母親は間違いなく猛反対したはずだ。機動隊どころか警察官になることすら反対しただろう。彼女の好きな刑事ドラマで多くの刑事が殉職しているからだ。そういうことを真に受けてしまうタイプの女性だった。

「春日、なにを黄昏れているんだ。行くぞ」

「は、はい」

いつの間にか物思いにふけってしまったようだ。

春日は立ち上がると足早に離れていく富山のあとについていった。

地下鉄有楽町線桜田門駅の四番出口を出れば警視庁の威容を見上げることができる。東京都を管轄地域とする警視庁本部庁舎は地上十八階、高さ八十三・五メートル。皇居の桜田門前に立地することから本部庁舎は「桜田門」と呼称されることもある。警視庁はもちろん日本最大の警察組織であり十の方面本部、百を超える警察署を有している。建物内には二十三区内の一一〇番を受信する通信指令センターや留置施設も設置されている。また隣接地には警察庁が入る中央合同庁舎第二号館、道路の向こうには法務省旧本館や東京高等裁判所など関連施設が並んでいる。

春日と富山は警備部のフロアに上がると、通路奥にある警備部部長室の扉をノックした。

「どうぞ」

中からバリトン風の男性の声がする。

「失礼します。富山晋平警部補と春日太陽巡査です」

二人は扉を開いて部屋の中に入ると敬礼した。

デスクに着いていた恰幅（かっぷく）のいいスーツ姿の男性が椅子から立ち上がって敬礼を返した。年齢は五十八歳、ロマンスグレーに理知的ないかにも警察官僚といった顔立ちをしている。

この人物が警視庁警備部のトップである菅原洋平（ようへい）である。他にも警備部の幹部たちがなにやら緊張した面持ちでソファに腰掛けていた。

「今回の爆発物処理は実に見事だった。君たちは警視庁警備部の誇りだ。感謝する」

「恐縮です」

富山が直立したまま答えた。

「二人を呼んだのは他でもない。時間がないので手短に伝える。君たちの活躍により新宿昭和ビルの爆弾は解除できたが、実はそれが犯人にとっての主目的ではない」

そう告げる菅原は表情を張り詰めさせている。

「どういうことですか」

すかさず富山が尋ねる。春日は胸騒ぎを覚えた。

「新宿昭和ビルの爆弾は単なる犯行予告にすぎないということが分かった」

「なるほど、つまり『こちらは本気だ』と誇示してきたわけですね」

富山が先読みすると菅原は大きくうなずいた。

「ありがちだな」

富山が春日にそっとささやいた。

「そうですね」

爆発物を扱う犯罪者がよくやる手法である。だから人の出入りの少ない雑居ビルを選んだのだろう。本気のテロリズムであればなるべく多くの人間を巻き込もうとするはずである。そんな意図の爆弾で命を落としたらまるで浮かばれない。今頃、科捜研は回収した爆発物を分析しているはずだが、もしかしたら人々に致命傷を与えない程度のものなのかもしれない。犯人は自分、または自分たちが単なる愉快犯でないことを誇示できればいいのだ。

「それで犯人から第二の予告が来たのですね」

富山の問いに菅原は「そうだ」と首肯した。

「ポセイドン・ジャパンを知っているか」

「ええ、豪華客船クルーズの会社ですよね」

富山がうなずきながら言った。

ポセイドン・ジャパンなら春日も最近テレビで知った。

たまたま見たワイドショーで日本最大級の豪華客船を紹介していたが、そのときオーナー会社であるポセイドン・ジャパンの社長がインタビューに答えていた。

「先ほど、ポセイドン・ジャパンの海原社長から通報が入った。『マモー』と名乗る人物からリヴァイアサンに爆弾を仕掛けたと電話があったらしい」

「リヴァイアサンですか！」

富山と春日の驚きの声が重なった。

先日、そのテレビ番組で紹介されていたのがリヴァイアサン。

船内は豪華ホテルそのものだった。もちろん費用も庶民が出せるような金額ではない。乗客たちもセレブばかりだろう。

しかし春日にとって驚きはそれだけではなかった。

マモーか。どうりであの爆破装置は……。

「その電話で新宿昭和ビルに爆弾を仕掛けたこともほのめかしていたそうだ。社長室に電話が入ったのは正確には午後〇時八分だ。通信指令センターに犯人からの連絡が来たのがそれからちょうど一分後だから、社長に電話をしたのは実行犯またはその仲間の可能性がきわめて高い」

警察が情報を得る前に海原社長に告げているのだからたしかに真犯人である可能性は高い。

「発信元は出航した東京有明港から二キロほど離れた基地局周辺だ。そこは航路のすぐ近くでおそらく犯人は陸上から船を眺めながら通話したのだろう。まさか爆弾を仕掛けた船には乗っていまい」

「その、マモーとやらはなにを要求しているのですか」

富山が身を乗り出しながら尋ねた。

「フェラメールの『ドクロの耳飾りの少女』だ。知ってるか」

富山は首を左右に振っている。彼は芸術には関心がない。

「フェラメールは二十世紀初頭にパリで活動していたオランダの画家ですよ。最近になって美術愛好家たちから注目を集めています。寡作ゆえに作品にはプレミア価格がついているそうですよ。『ドクロの耳飾りの少女』はその中でも特に幻の名作といわれている作品です」

「お前、よく知ってたな」

富山が少し意外そうに言った。

「大学時代、美術部だったんで」

春日にとってもフェラメールはお気に入りの画家で、学生時代に何度か模写したことがある。

「ガチガチ理系の工学部のくせにか」

「関係ないじゃないですか」

そのとき菅原が咳払いをしたので会話を止めた。

「ところでそんな名画をポセイドン・ジャパンが所有していたんですか」

再び富山が尋ねた。

「最近、落札したらしい。十億円の価値があるそうだ」

「十億円!? そりゃまたすごいですね」

豪華客船リヴァイアサンを人質にするだけにスケールの大きな金額だ。

そしてなにより『ドクロの耳飾りの少女』はポストカードを一回り大きくしたほどのサイズでしかない。かさばらないだけに犯人サイドにとっても好都合だ。首尾良く手に入れることができればあとはブラックマーケットに流すだけである。フェラメールの絵画なら買い手はすぐにつくだろう。そうやって行方不明になった美術品たちは富豪の秘密の部屋に飾られているのだ。

「会社は要求を呑むんですか」

今度は春日が聞いた。

「一応、そのような手はずになっている。海原社長が直接、絵画を持って指定した場所で受け渡しをする。犯人が無事に絵画を入手することができれば爆弾のカウントダウンを解除するパスコードを伝えるそうだ」

「パスコードですか……」

　パスコードでカウントダウンを止める仕組みの爆弾に以前、取り組んだ経験がある。そのときはラップトップパソコンを持ち込んで回路に接続し、パスコードを解析して止めることに成功した。回路に組み込まれたプログラムが比較的シンプルだったのでそれほど苦労することはなかったが、もし複雑で難解な暗号が使われたプログラムだったらかなりの時間を要していたはずだ。その場合、別の方法を模索するほかない。

「ところでマモーというのは何者なんですか」

　富山が一番の疑問を口にした。

「それについては現在調査中だ」

　菅原の返答に富山が小さく舌打ちをしている。そして、

「昔のルパン三世の映画にマモーって出てきたよな」

と春日に小声で言った。

「ええ、世界を破滅させようとしてましたね」

　アニメに出てきたマモーは不老不死を手に入れようと目論む、ルパン三世史上もっとも有名な敵役だ。

　そして春日にとっても……。

「部長、俺たちを呼んだのは……そういうことですか」

富山が話の先を汲み取ったような言い方をした。

もちろん春日も呼ばれたときからそれを予想していたが。

「先方が絵画を無事に受け取ったとしても約束を確実に守るという保証はない。乗客名簿には政界や経済界の大物の名前が多数ある。マモーの本来の目的は彼らの命で、そのついでに身代金を要求したにすぎないかもしれない。そうであればどのみち爆発させることになるだろう。そうなる前に君たちにリヴァイアサンに仕掛けられた爆弾を解除してほしい」

やはり……。

春日は胸の内でつぶやいた。富山も同様だろう。

「実はリヴァイアサンには警察庁次長である黒井警視監が乗っているんだ」

「黒井警視監……ですか」

富山が喉を鳴らした。

菅原も他の幹部連中たちの表情にもさらに緊迫の色が濃くなった。警察庁のナンバー2が人質になるなんてあってはならないことだ。ましてやそのことで命を落としたなんてことになれば警察の威信にも関わる。ただでさえ乗客の多くは要人や各界のセレブばかりである。

「それだけじゃない。警視庁の人間も三人ほど乗っているらしい」

「リヴァイアサンにですか？」

黒井警視監はともかく、公務員にすぎない警察官にもそんなセレブが三人もいたのか。

「そのうちの一人は警視監のご令嬢だ」

「マヤちゃんですかっ!?」

「マヤちゃん？」

二人の上司が一瞬眉をひそめた。

「い、いや……『まあ、やんちゃな』犯人だなと言いたかっただけです」

春日は苦し紛れなこじつけをしたが、菅原も富山も事態が事態だけになのか険しい表情のままそれ以上つっこんでこなかった。

「仕事を終えたばかりの君たちには酷かもしれないが、特に春日巡査は爆弾処理において警視庁ナンバーワンの人材であることは間違いない。そして富山警部補のリードがあるからこそ真価を発揮すると聞いている。この任務を任せられるのは君たちしかいない。ただちにリヴァイアサンに向かってくれ」

「了解しました」

春日は背筋を伸ばすと敬礼をした。黒井マヤが人質なら命令が出なくとも駆けつけようとしていただろう。

愛する女性の救出、そしてなにより敵は春日にとっての……。

俺が機動隊の厳しい訓練に耐えてきたのもこの日のためだと思えた。菅原の言うとおり、この任務を果たせるのは自分しかいない。遂行できるのなら命を落としても惜しくはない。

そんな春日を少し驚いた様子で見ながら、富山も倣うように敬礼をした。

8

春日と富山は強化ガラス窓から外を眺めた。

青い空と水平線の境界が見渡せる。その境界線はほのかに弧を描いていて地球が丸いことを実感させせられる。バラバラと耳をつんざくようなローターの音が途切れない。海上保安庁の協力によりヘリにて太平洋上を飛んでいる。

「まるで映画みたいな展開になってきましたね」

「俺たちの仕事は毎回そんな感じだが、今回は特にハリウッド映画みたいだな」

富山が鼻を鳴らしながら言った。

舞台は大型の豪華客船、身代金は十億円の美術品。乗客には政財官の大物、警察庁の幹部、そしてなにより愛する女性。たしかにハリウッド映画にありそうな設定だ。

そして自分は魔の手からヒロインを救うヒーローなのだ。

いけない、いけない……。なにを浮ついているんだ。

春日は自分の頬をパンパンとはたいた。

警察の道に進んだのは、ヒーロー願望が強いせいなのかもしれない。少年時代、テレビや映画に登場する戦隊や刑事といったヒーローに憧れていた。あんな風になりたいと夢を描いていた。昔から人一倍正義感が強かったという自覚はある。悪いヤツは許せない、成敗するべきだ。そんな思いは子供のころから持っていた。それが両親の死をきっかけに破裂しそうなほどに膨らんだ。

さほど広くない機内には春日と富山のほか、加藤篤志（かとうあつし）と橋本幸典（はしもとゆきのり）がいる。四人ともウェットスーツ姿である。彼らも隊は違うが機動隊員である。爆発物処理に関しては春日に勝るとも劣らないスキルと実績を持つ優秀な人材である。

加藤は二十七歳、橋本は二十九歳とともに二十代ながら恐怖を克服できる勇敢さと、窮地に陥っても最良の判断ができる冷静さの持ち主だ。菅原部長があと二人、スタッフを選んでいいと言ったので富山は彼らを選んだ。この二人なら春日も心強い。とはいえ、それでもやはり彼らは緊張した面持ちである。

「ヘリで行くのはリヴァイアサンから二キロメートル離れた地点までだ。そこから先はボートで移動する」

富山は部下たちに確認した。春日たちははっきりとうなずいた。

派手にヘリでリヴァイアサンに降下なんてすれば、犯人を刺激してしまうことになりかねない。これから爆発させようとする船に犯人が乗っているかどうかは定かではないが、なるべく人目を避けてリヴァイアサンに乗り込みたいところだ。また機動隊が乗り込んできたとなれば、なにも知らされていない乗客たちはパニックを引き起こすだろう。爆弾のことを知っているのはリヴァイアサンの乗員の中でも船長をはじめとする数人だけだ。黒井篤郎にも報告済みだという。そうなればマヤもすでに父親から知らされているかもしれない。

二キロも離れていれば目立たないはずである。ヘリの機体の腹には小型のゴムボートが下げられている。降下地点となる海上にそのボートを落として、春日たちがそれに乗り込むという手はずだ。

ボートには防爆防護服はもちろん工具キットや解析用のパソコン、オシロスコープなどの計器類、爆弾回収に使うマジックハンドなど爆発物処理に必要な装備が積み込んである。海上ということで精密機器はすべて防水袋に収まっているので多少の水しぶきは問題ない。

「あと三分で目的地に到着します」

マイクを通じてパイロットから報告が入った。

「お前たち、この期に及んでカナヅチなんて言うんじゃないだろうな」

富山が加藤と橋本に茶化すように言った。

「自分、水泳の国体選手なんで」

加藤がニヤリと答えた。

「俺はトライアスロンの大会で優勝したことがあります」

橋本も負けじと経歴をアピールする。

さすがは優れた身体能力が求められる機動隊でも選りすぐりの人材だ。彼らは格闘技や射撃の腕前も抜群である。もし船内でテロリストの襲撃を受けても太刀打ちできるだけの能力を兼ね備えている。

そしてなにより彼らが優れているのは爆発物処理におけるスキルである。警視庁が行う爆発物処理の技能大会で春日は三年連続で優勝しているが、決勝戦においていずれも辛勝であった。その相手はいつもこの二人だ。爆発物処理の技能においては彼らよりわずかに勝っているが、機動隊員としての総合力では彼らに勝てる気がしない。こんなとき実に心強い後輩である。この四人は警視庁の爆発物処理におけるドリームチームと言っても過言ではないだろう。国内最強のスペシャリストが集まったチームである。

そうこうするうちにヘリは徐々に高度を下げていった。海面から五メートルほど上空でホバリングを始めている。

春日は扉を開いて外を見下ろした。ローターからの風圧によって海面に白い水しぶきがあがっていた。その状態でボートを固定していたフックが外される。ボートは海面に舞うように着水した。荷物は固定されているので飛び出さないようになっている。

前方にはリヴァイアサンの威容があった。二キロメートルほど離れているが、その大きさは際立っている。ここから眺めると船というより人工島が浮いているように思える。実際、一つの街の機能を持った規模があるが、そんなリヴァイアサンでも太平洋では石つぶてにもならないだろう。海が本気になって暴れればリヴァイアサンですら藻屑(もくず)と化す。

天候が落ち着いているのはせめてもの救いだ。

「行きます!」

加藤と橋本の若手二人はダイビング用のマスクで目元を覆うと、争うようにして海面に飛び降りた。

「血気盛んなやつらだ。数年前のお前みたいだな。今のお前はすっかり落ち着いてやがる」

富山は鼻で笑ったのだろうが、ローターの音でかき消された。

「少しは大人になったんですよ」

春日もマスクをして海に飛び込んだ。それからすぐに富山も落ちてきた。加藤と橋本はすでにボートに上がっている。彼らの手を借りてボートに乗り込んだ。船尾にモーターが設置されている。

四人は上に向かって手を振った。ヘリのコックピット席からパイロットが親指を上げて合図をしている。それから間もなくヘリは高度を上げて春日たちから離れていった。任務が成功すれば再び回収に来る手はずになっている。

「よし、とりあえずチェックインだ」

富山がリヴァイアサンを顎先で指した。

春日たちを乗せたボートは、船首を少し上げながらリヴァイアサンに向かって疾走を始めた。

9

「いやあ、さすがは帝天の天麩羅。美味しかったなあ。ねえ、代官山さん」

浜田が腹をパンパンとたたきながら満足そうに言った。

三人は羊子と別れて料理屋を出ると、十七階の「サンデッキ」に向かった。

お腹一杯になったので海風に当たろうとマヤが言い出したのだ。一階下のデッキの中央部には船首側と船尾側にそれぞれ一つずつプールがあり吹き抜けとなっているため、サンデッキから水着姿の乗客たちを眺めることができた。プールサイドにはスタンドバーが設置されて水着姿の客たちが優雅にカクテルを楽しんでいる。

通路となっているデッキはゆったりとした幅が確保されて、ところどころに日よけのためのパラソルつきのデッキチェアが置かれている。手すりにはかもめが止まっていた。細部にわたって優雅な空間が演出されている。先ほどまで快晴だったが遠くのほうで雲が出てきたか、見通しはわずかながら悪くなっている。

「え、ええ、たしかに美味かったですね」

たしかに美味かったが、マヤの両親を前にしていたので料理の味に集中できなかった。父親の威圧感もさることながら、母親の妖艶さにも心を乱される。超美形の娘をさらに上回る美しさだ。

さらにあの上品で優美でおしとやかな性格は、代官山の理想に近い。そして年上というのがいい。いや、彼女だからこそ、その年齢に魅力を感じてしまうのだろう。年上なら誰でもいいというわけではない。むしろ今までの代官山は年下ばかりに目を向けていて、年上を恋愛の対象に想定したことがなかった。

どうしてあんなガマガエルにあれほどの女性がつくのだろう。官僚という肩書きはそれほどまでに強力なのか。そうなると彼女は相手の人間性ではなく、肩書きに惚れたというわけだろうか。さすがにあの旦那の人間性に惚れたとは思えない……いや、実は女性にとって、あれはあれで至極魅力的なのかもしれない。

それはともかく、母親に近づくため娘と結婚するというのはありなのか。映画やドラマでもなかなかなさそうだ。

い、いや、なにを考えているんだ、俺は！

マヤが訝しそうにこちらを見ている。代官山は咳払いをして顔を背けた。

浜田がいたこともあり、あれから婚約とかプロポーズなどの話は出てこなかった。逆に言えば浜田がいなければ修羅場になっていただろう。さすがにこの洋上で事件の一報は入ってこない。入ってきたところで対処できるはずもない。彼の存在は大抵の場合、大いにネガティブに働くが、今回に限りギリギリのところでピンチを防いでくれた。

もちろん本人にそんな自覚はない……どころか、自分自身がマヤのフィアンセ候補ナンバーワンだと信じて疑っていない。そもそも生命にかかわるようなダメージをフィアンセ候補ナンバーワンに与えるはずがないと、普通に考えれば分かりそうなものだが。

羨ましくなるほどのスーパーポジティブが彼の強みだろう。このメンタリティがあるからこそ、彼みたいなポンコツでもここまでやってこられたのだ。

「ところで警視監、ちょっと様子が変じゃなかったですか」

「ええ、電話が来てからですよね」

それは代官山も気になっていた。

着信があったとき、篤郎は画面表示を見て「コーアン」とつぶやいていた。その声は不穏な様子を含んでいた。コーアンとは公安に違いない。彼はスマートフォンを持ったまま部屋を出た。戻ってきたのは約十分後だ。そのときの彼の表情は、今まで見たことがないほどに険しかった。

それから篤郎は着席して食事を続けたが、マヤたちが話しかけても相槌を返すだけで表情は硬いままだった。目の前にいる代官山や浜田にも関心を示さず、深く考え込んでいる様子だった。マヤも気を遣ったのか、そのうちあまり話しかけなくなった。

空気の読めない浜田だけは、ご機嫌な口調でキャリア自慢に花を咲かせていたが。

デザートが運ばれてくる前に篤郎は席を立ち、

「私は仕事があるから部屋に戻る。君たちはゆっくりしていきなさい」

と半ば打ち切るような形で食事会を終えた。

「ええ〜、なによパパ」

マヤは不満げに言ったが、篤郎はなにも答えず一人だけ部屋をあとにした。

「マヤ、そんなこと言わないの。お父さんは日本の治安を守る責任者なんだからいろいろと大変なのよ」

羊子がしっとりとした声で娘を諭す。

「そうだけどさぁ。せっかく代官様や浜田くんが来てるのに」

マヤが柔らかい唇をつんと尖らせた。

こちらとしては好都合なのだが。

「いえ、我々も黒井警視監を見習って、国家の治安維持に全身全霊身を尽くす所存です」

隣で浜田が調子のいいことを言っていた。口の中に料理を詰め込んでいるので、両頰がパンパンにふくらんでいる。さらに口の周りは、米粒でベトベトになっている。

子供かっ！

とはいえ篤郎がいなくなったので、そこからは気楽な談笑タイムだった。むしろ羊子といろいろと話ができて幸せだった。

あ、もしかして俺って彼女に恋をしているのか？

いやいやいや、さすがにそれはマズいだろっ！

代官山は自分の頰をパンパンとはたいた。

「パパも変だったけど、代官様も思いきり変よ」

マヤが顔を覗いてくる。

「そ、そんなことないでしょ。俺はいつもどおりの俺ですよ」

「ふーん」

彼女は目を細めた。

「あっ！　あんなところにヘリですかね」

代官山は話を逸らそうと、そのときたまたま目についたものを指さした。ちょうど遠方の雲と重なって、そのあたりの視界はぼんやりとしている。二キロくらい離れているだろうか。そしてかなり海面に近い高度だ。

「ホントだ。ホバリングしているみたいですね」

浜田が庇代わりに額に手を当てて眺めている。

ヘリは海面のすぐ上で停止飛行している。デッキには他にも客がいるが、あのヘリのことを気にしている者はいないようだ。

「こっちに来るつもりなのかな」

「なんの用があんのよ」

マヤが鼻で笑いながら言った。

「乗り遅れた客を運んできたとか」

「そんなのあるわけないじゃない。ほら、こっちに来ないでしょ」

マヤがヘリのほうを顎で指した。彼女の言うとおりヘリはそのまま上昇すると離れていった。それから一分もしないうちに見えなくなった。

「結局、なにをしてたんですかね」

浜田がヘリの消えた方角を眺めながら言った。

「とりあえずこの船には関係ないようですね」

ヘリがホバリングしていた方角は、リヴァイアサンの航路ではない。

「ときどき代官様ってどうでもいいことを気にするわよね」

「そ、そうですかね」

マヤといるとそうやって話を逸らさなくてはならない状況が多いのだ。

ヘリだって目についただけだが……ただ少し気になっている。

「そんなことより黒井警視監への電話はなんだったんですかね」

代官山はとりあえず話を戻した。

「公安って言ってたから、都内でテロや暴動でも起こったんですかね」

浜田もヘリなんかよりそちらのほうに関心があるようだ。

「あ、これかしら。今朝、新宿のビルで爆破予告騒動があったみたいよ」

早速マヤがスマートフォンでチェックをしている。

代官山も記事を読んでみたが、まだ出たばかりの情報のためか近隣住民たちに避難命令が出されたことくらいで詳細が記されていない。本当に爆弾が仕掛けられていたのかすら分からない。もっとも本当に爆弾が仕掛けられていて爆発したなら、今ごろネット上では大騒ぎになっているはずだ。

「どうせ爆弾も嘘っぱちの愉快犯じゃないですか。最近そういうの多いですよね。さすがに東京でテロはないでしょ」

「代官山さんは楽観的すぎますよ。アメリカの友好国であればいつ狙われたって不思議じゃありません。東京は渋谷のスクランブル交差点のように人間が密集するポイントが多いですからね。むしろターゲットにされやすい国だと思いますよ。我々警察は常に危機意識を持って日々の業務にのぞむべきです」

「それは失礼いたしました」

代官山は慇懃に頭を下げてやった。

ポンコツのくせに言うことだけは意識が高い。そもそも代官山は日々、浜田の存在に強い危機意識を持って捜査に当たっている。彼が今もこうして生きていられるのは代官山のおかげなのだ。いや、彼が不死身体質ということも大きいが。

「爆弾といえば彼はどうしてるのかな」

「姫様っ！　彼っていったい誰ですか!?」

マヤのつぶやきを聞いた浜田が彼女に詰め寄った。その反応の速さに驚いたのかマヤも目を丸くした。

「ただの知り合いよ」

「警察関係者ですか」

「そうだけど」

「そいつはキャリアですか」

「いいえ」

マヤが否定すると、浜田は安堵したような吐息をついた。彼からキャリアを取ったら何も残らない。

「ただの知り合いってどの程度の知り合いですか」

彼はしつこく食い下がる。

「まあ、いろいろあったかな」

マヤはチラリとこちらを見ながら言った。

な、なんだよ、いろいろって？

「いろいろってなんですか〜」

浜田がさらに詰め寄ったときだった。

「あら、雄三さんじゃないの」

背後から女性の声がした。振り返ると車椅子の老女だった。

「だからおばあちゃん、雄三さんじゃないってば」

車椅子を押す若い女性がすかさず指摘する。両角加代と孫のマキだ。

「加代さんもお散歩ですか」

代官山は二人に声をかけた。見ているだけでなんとも和むおばあちゃんだ。ふんわりと目尻を下げて代官山を見ている。夫や元カレだと思っているのだろうか。老人とはいえ若い頃は相当に美人だったのだろうと思えるような面影がある。それに対してマキは彼女にさほど似ているとは言えない。もちろん彼女は彼女でキュートな女性だが。

「ええ。部屋にこもったままだと、ますますボケちゃいますから」

マキは加代をチラリと見ながら苦笑した。

「そういえば俺も先ほど江陣原さとみを見かけましたよ」

代官山が言うとマキは「まあ！」と瞳を輝かせた。

「私も見ました。やっぱり実物は違いますよね。さすがはトップの女優さん。映画で観るより断然きれいだったわ。私も彼女みたいになりたいなあ」

女性にとって江陣原は憧れの存在だ。しかしマヤは白けたような顔をしている。

「僕、江陣原さんに声をかけちゃいましたよ」

浜田が誇らしげに言った。彼が会話のきっかけを作ってくれたおかげで、代官山も束の間とはいえ江陣原と言葉を交わすという貴重な機会が得られた。それにしても人気の男優たちは彼女とキスシーンを演じているのだ。仕事とはいえどんな気分なのだろう。もっとも自分も日頃から殺害死体と向き合っているわけで、他人からすれば同じように思われているのだろうけど。

「ええ！　いいなあ。私も近づいたけど声をかける勇気はありませんでした」

「すごく気さくな女性でしたよ」

「そうなんですか！　だったら私も声をかけちゃおうかな」

こういうときは図々しいくらいがちょうどいいのかもしれない。

「おばあちゃん、リヴァイアサンはどうですか」

代官山は、妙に淋しそうな目で海を眺めている加代が気になって、声をかけてみた。

「私の孫はどこに行ったのかしらねえ。海のずっと向こうにいるのかしら」

マキを見ると彼女は肩をすぼめている。こういうことは慣れっこのようだ。

「お孫さんならここにいますよ」

代官山はマキに手をさし向けた。

「なにを言ってるの、雄三さん。この子はマキちゃんじゃないわ」

「俺も雄三さんじゃないんですけどね」

マヤも浜田も笑いをこらえている。

「おばあちゃん、だったら私は誰なの？」

マキが拗ねたように尋ねた。加代はマキの顔をまじまじと見つめながら首をひねった。

「どちら様だったでしょうか」

「彼女がマキさんですよ」

「雄三さん、だから違うと言っているでしょう。マキはこの子よ」

加代は手に持っていたポーチから一枚の写真を取り出して、代官山に見せた。そこには若く美しい女性が写っていた。年齢はマキと同じほどだろうか。目鼻立ちが加代にそっくりだ。

撮影場所は海外だろうか。近くに写っている人物は全員外国人だ。少し煙っているが、遠くのほうにビル群がうっすらと見える。

マキはその写真を見てケラケラと笑い出した。

「おばあちゃん、自分のことも忘れたの」

加代は腹を抱えて笑っているマキを見てポカンとしている。

「もしかしてこの女性は若い頃の加代さんなんですか」

「そうですよ。おばあちゃんがずっと昔にアメリカに行ったときの写真ですよ。ほら、遠くにニューヨークの街並みが見えるでしょう」

「ああ、このビル群はニューヨークだったんですね」

「そしておじいちゃんとの出会いもここだったらしいですよ」

「へえ、これが加代さんですか」

代官山たちは今一度、写真の女性を見つめた。若いときは相当に美人だっただろうと思っていたが間違いなかった。

「それにしても写真がちょっと新しい気がするけど……」

浜田の指摘は代官山も思っていたことだ。加代が若いときなら少なくとも五十年ほど前の写真ということになるだろう。しかし写真には年季に応じた色褪せが見られない。ごく最近、撮影されたように画像も鮮明だ。

「これは私が画像を加工したんです。おばあちゃんの写真は古くて色合いも劣化してたので、私がフォトショップを使って画質修正をしてきれいに印刷してあげたんです。元写真はうちに保管してあります。こんなおばあちゃんですからすぐになくしちゃいますからね」

「なるほど、そういうことなのね」

今はパソコンを使えば古い写真でもここまできれいに修正できてしまう。便利な世の中になったものである。

「あの、お話し中のところ申し訳ありません」

男性に呼びかけられて一同、彼のほうに向いた。男性はセキュリティの制服姿である。

「どうかなさいましたか」

マキが聞くと男性は帽子の庇をつまみながら小さく頭を下げた。

「船内で不審物、または不審人物を見かけませんでしたか」

一同、互いの顔を見合わせた。

「いいえ」

代表してマキが答えると男性は「そうですか」とうなずいた。

「なにかあったんですか」

マキが心配そうに聞くと男性は慌てるようにして首を横に振った。

「そういうわけではありませんのでご心配なく。もしそのようなものを見かけたら、それらには接触せずすぐに船内のスタッフにお知らせください」

男性はそれだけ言い残してそそくさと離れると、他の乗客に声をかけ始めた。

「各界のセレブが集まってるからセキュリティも厳重なんでしょうね」

マキは感心したように言った。大物政治家もいるし、有名女優もいる。そしてなにより日本警察組織のナンバー2とその愛娘がいるのだ。ついでに警視庁のキャリアも。なにかトラブルがあったら大変な騒動になってしまう。

「それにしてもセキュリティの人が目立ちますね」

浜田の言うとおり、この辺りでも何人かのセキュリティがなにかを警戒するように巡回している。

「やはりなにかあったのかな」

代官山は彼らの動きを目で追った。

「公安からの電話に関係するんですかね」

浜田もセキュリティの連中を見つめながら言った。マキは加代の肩にショールをかけている。

「たしかに気になるわね。パパに直接聞いてみましょう」

マヤはさっさとマキたちから離れていった。

「じゃあ、また」

代官山と浜田もマキに手を振るとマヤのあとを追いかけた。

10

春日太陽たち爆発物処理チームは四階フロアにある会議室に通された。

彼らはゴムボートで乗客たちの目に触れにくい船尾から接近して、非常階段を使ってスタッフ専用通路から船内に入り込んだ。今は船長命令で一部のスタッフしかこの通路は立ち入れないようになっている。

春日たちはウェットスーツを脱ぐと、船内セキュリティの制服に着替えた。これなら乗客たちに怪しまれることなく、船内のいたる所を探索することができる。また爆発物を解除する道具一式もすでにこの会議室に運び込んであって、加藤と橋本が備品に問題がないかチェックし終えたところだ。

「どうした、春日。お前にしては気難しい顔をしているな。重大な任務にビビってるんじゃないだろうな」

富山が近づいてきて春日の肩をたたいた。

しばらくすると白の制服姿の男性が部屋の中に入ってきた。長身で逞(たくま)しい体つきをしている。他にも五人の男性が彼の後ろについてきた。

「皆さん、ここまでたどり着くのは大変だったでしょう。本当にご苦労さまです。私がリヴァイアサンの船長、西園寺寛人です」

男性は春日たちに頭を下げた。

年齢は五十七歳と聞いている。豪華客船のトップにふさわしい渋みと品のある顔立ちをしている。これほどの船を任されるのだから経験豊かで優秀なのだろう。彼もすでに事情を把握していると思うが、恐怖に怯(ひる)んでいる様子は見受けられない。

しかし室内は張り詰めた空気で満たされている。

「警視庁警備部機動隊の富山です。そしてこちらが春日、加藤、橋本です」

分隊長の富山が代表して春日たちを紹介した。

「私のほうからも紹介させていただきます。まずは甲板部から。チョッサーである一等航海士の杉並(すぎなみ)」

今度は西園寺がスタッフの紹介を始めた。

名前と役職、そして仕事の内容を簡単に解説する。甲板は一般的に「かんぱん」と読むが、船の世界ではこれを「こうはん」と読むらしい。甲板部は航海士、甲板部員で構成されている。仕事の内容はもちろん操船だ。甲板部のトップが船長である西園寺である。

チョッサーというのはチーフオフィサーが訛(なま)った呼称らしい。

彼は船長がブリッジにいない時間帯の航行指揮を執る。杉並は三十代、縁なしのメガネをかけていて色白で理知的な顔立ちだ。

「次に甲板長の長田(おさだ)。甲板部員のトップです」

航海の中で船長や航海士をサポートするのが甲板部員の仕事である。

航海士はブリッジでの仕事が多いが、甲板手や甲板員と呼ばれる甲板部員たちは乗客たちの目につくところでの業務になる。出入港時のウィンチの操作、甲板でのラインの補修、ウインチの整備点検など多岐にわたる。甲板長の長田は四十代半ば、ラグビー選手を思わせるいかつい体格の持ち主だ。

「そして機関部からは機関長の大松(おおまつ)」

機関部は船の動力部であるエンジン周りに関わるセクションだ。

航行中に絶え間なく動き続けているエンジンを保守管理している。乗客たちが機関部の乗務員と接する機会はまったくないらしい。機関部の仕事場は船底近くである。航行中は外の景色がまったく見えないエンジンルームで機関の監視を続けている。まさに縁の下の力持ち的存在である。大松は白髪交じりで頑固な老人といった印象だ。なんでも乗務員の中では最高齢の六十三歳だという。

「そして事務部からはチーフパーサーの植田(うえだ)。そしてセキュリティからはチーフセキュリテイの石川(いしかわ)です」

事務部は船内事務はもちろん、主に乗客たちをもてなすことを仕事とする。パーサーやアテンダント、シェフやコックなどが所属する部署である。植田は一流ホテルのコンシェルジュのように物腰柔らかな、落ち着いた笑みを浮かべている。年齢も春日と同じくらいであろう。

またリヴァイアサンではセキュリティも独立した部署とされている。一般的なフェリーに比べて、政府の要人や大企業の幹部たちが乗客になることが多いため、ホスピタリティ以上に高度なセキュリティが要求されるからだ。リヴァイアサンにはチーフセキュリティの石川の下に十二人のセキュリティスタッフが乗り込んでいるという。石川は四十代半ばといったところで、シャープな目鼻立ちにまるで猟犬を思わせる鋭利な目つきをしている。バネのありそうな引き締まった体型から、なんらかの格闘技を修得していると思われる。本気でやり合ったら機動隊員である春日たちとも互角に渡り合えるのかもしれない。

「あなたたちが来てくれて実に心強い」

西園寺はちらりと白い歯を見せたが、瞳は笑っていなかった。乗客と乗務員合わせて三千人以上の安全を預かっているのだ。相当なプレッシャーだろう。それだけにパニックに陥らないメンタルコントロールは、心得ているはずだ。

「このことを知っている乗務員は？」

富山が尋ねると、西園寺がうなずいた。

「ここにいる者だけです。もちろん乗客たちには誰一人伝えておりません」

「いや、乗客で一人だけこのことを知っている方がいます」

「それは誰ですか」

西園寺たちは目を瞬かせた。

「乗客の中に黒井篤郎警視監、警察庁次長がいらっしゃいます。警視監にはこちらから連絡を入れてあります」

「なるほど。まだお目にかかっていませんがお名前は存じてます」

「警視監が他の乗客に情報を漏らすようなことはありませんから、ご心配なく」

「もちろんです」

西園寺と一緒に他のスタッフたちもうなずいた。

「あまり時間がありません。紹介はこれくらいにして話を進めましょう。今日、新宿のビルに爆弾が仕掛けられました」

「狂言ではなかったんですね」

「はい。爆発物はたしかに設置されていました。ただ分析によれば、起爆したとしても小規模な爆発に過ぎなかっただろうということです。付近の人間にも致命傷を与えられない程度だそうです」

これはリヴァイアサンの爆破予告が本気であるというメッセージと、警察はとらえている。

「西園寺さんはどのような形で爆弾のことを知ったのですか」

富山がメモを取りながら聞いた。

「社長から連絡がありました。スタッフは警察の指示に従うこと、そして乗客がパニックに陥ることだけは避けるよう言われてます」

「パニックは最悪の事態を引き起こします。このことを知っているのは最少人数に留めるべきでしょう。ここにいる皆さん以外には知らせないでください。ところで爆弾の設置場所は判明しているのですか」

「今のところ不明です。セキュリティのスタッフを総動員して不審物の捜索に当たらせています」

今度はチーフセキュリティの石川が答えた。

「スタッフにはなんと？」

「いちおう、不審人物が不審物を持ち込んだ可能性あり、とだけ伝えてあります。中には察している者もいるかもしれませんが」

「それは仕方ないでしょう。とにかくしばらく乗客には内密にお願いします」

船内に爆弾が仕掛けられているなんて聞けば、騒動になって収拾がつかなくなってしまうし、なにより乗客に犯人が紛れ込んでいれば、刺激してしまうことになる。理想的には、乗客も犯人も気づかないうちに爆発物を解除回収したいところだ。

「こちらが乗客と乗務員のリストです」

チーフパーサーの植田がファイルを差し出した。ページをめくると氏名と連絡先と、乗客であれば宿泊部屋の番号が、そして乗務員なら配属部署が記載されている。

「ちょっと見せてもらってもいいですか」

春日は富山からファイルを受け取って開いてみた。氏名はアイウエオ順に並んでいる。真っ先に「カ行」の欄をチェックした。

あった！

春日は一つの名前に注目した。

黒井マヤ。

この巨大な船内のどこかに彼女がいる。あの父親もだが……。

「これと同じファイルが本社にもあって警察に提出することになっています」

「もちろんそれは承知していますよ」

「警察のほうで犯人の目星はついているんですか」

「現在、鋭意捜査中です。それよりも爆発物の解除が最優先事項です。そのためにはそれを見つけ出さなければなりません」

「もちろんですが、リヴァイアサンの延べ床面積はちょっとした街くらいありますからね。時間がかかるかと……」

　そのとき着信音が鳴った。

「ちょっと失礼」

　チーフセキュリティの石川がスマートフォンを耳に当てた。彼は相手との会話の中で「本当か！」と目を見開いた。

「どうした」

　石川がいったん会話を終えるのを待って西園寺が声をかけた。

「貨物庫に不審物です」

　石川はスマートフォンを耳から離して答えた。

「それはどんなものですか」

　すかさず富山が尋ねる。

「デスクトップパソコンが収まる程度のダンボール箱らしいんですが、中から機械音がするそうです」

「箱を開けないで！」

富山が胸の前に手のひらを出し、止めるジェスチャーをしながら声を張り上げた。

「箱を開けるな、そのまま待機だ」

石川は落ち着いた様子でスタッフに伝えている。

「こういった不審物を発見した場合、すぐには中身を確認しないよう指導されています」

彼はスマートフォンを胸ポケットにしまいながら言った。そのとき部屋の扉が開いてでっぷりとした体型のスーツ姿の男性が入ってきた。その姿を見て富山と春日、そして加藤と橋本も姿勢を正して敬礼をした。

「楽にしていい」

男性は春日たちに向かって手を振りながら言った。そして敬礼を解いた春日を見ると目をじわりと細めた。

「黒井警視監、お久しぶりです」

男性は黒井篤郎だった。最後に対面したのは二年以上も前になる。そのときは銃口を向けられたっけ。

「たしか春日くんだったたな。君が送り込まれたのか……そういえば警備部だったたな」

篤郎の声にはどこか懐かしそうな響きがこもっていた。どうして二人に面識があるのかと富山が不思議そうな顔をしている。警視庁のいち刑事が警察庁の幹部と顔を合わせるようなことは滅多にない。

「お嬢さんも同乗していると聞きました」

「君は以前言っていたよな。娘のことは命を賭けて守ると」

篤郎の言葉を聞いて富山も部下たちも目を丸くしている。

「え、ええ……たしかに言いました」

あのときはかなり本気だった。しかし目の前の男性は認めようとはしなかった。

「それを証明してもらうときが来た。娘だけではない。三千八百人の乗客や乗員の命がかかっている。失敗は許されないぞ」

「分かっております！」

春日は顎を上げて再び敬礼をした。今はあのとき以上に本気の本気だ。

11

「俺も定年退職したらここで使ってもらおうかな」

富山が鏡に自分の姿を映してまんざらでもない様子で言った。

「警察の制服よりも似合ってますよ」

「うるせえよ」

春日の軽口に加藤と橋本も吹き出している。四人はセキュリティの制服に身を包んでいた。紺色のズボンと帽子に水色のシャツと、オフィスビルや商業施設などで見かける警備員と、さほど変わらない。それだけに一目でセキュリティの人間だと分かるようになっている。春日たちが彼らの制服を着用するのは、乗客たちの不安や警戒を煽ることなく動きが取れるからだ。万が一、乗客に指示を出さなければならないときも、この制服を着用していれば説得力がある。

そして春日たちはチーフセキュリティである石川に案内されて貨物庫に向かった。

貨物庫は最下層の船底部分に位置しているため、部屋を出ると通路突き当たりの階段で下った。

その間、石川はリヴァイアサンの構造を簡単に説明してくれた。先ほどの会議室に予備として置かれていた乗客向けのパンフレットにも目を通したが、それは船の大まかなデータ、客室やショップ、レストランなどの紹介がメインで春日たちの知りたいこととは異なる。

リヴァイアサンは最下層から三階までは海面下にあり、それらのフロアには機関室、エンジン冷却システム、電気室、リネン室、食料や飲料水を貯蔵しておくための船倉、燃料の保管庫など乗客たちの目に触れない設備や施設が集約されている。船は全部で十九層構造で九〜十四階が客室となっている。また三階までが海面下となっているためエントランスは四階だ。同じ四階には乗務員の寝室の他に従業員控え室、医務室、またブリッジがなんらかのトラブルに見舞われたときの予備としてサブコントロール室が設けられている。

「いやあ、豪華客船リヴァイアサンに乗れるとはな。役得と言えるのかな」

富山が苦笑しながら言った。

「客として乗りたかったですね。黒井警視監のように出世しないと一生縁がないですよね」

加藤が富山の苦笑いを引き継いだ。

「それにしてもでかい船ですね。リヴァイアサンより大きな船なんてあるんですかね」

「アメリカのロイヤル・カリビアン・インターナショナルが運航するクルーズ船『アルーア・オブ・ザ・シーズ』があります。リヴァイアサンが総トン数十二万で乗客定員二千七百に対して、あちらは二十二万トンの最大六千三百人ですからね。姉妹船のオアシス・オブ・ザ・シーズと並んで世界最大といわれています」

橋本の質問に石川が答えた。一同、「ほえ〜」と感嘆するしかなかった。上には上がいるものである。

「ところで救命艇はどうなっていますか」

富山の質問に石川の表情が現実に引き戻されたかのようにわずかに強ばった。

「九階の左舷と右舷それぞれに八隻ずつ、計十六隻あります。一隻あたりの定員はちょっとした小型旅客船に匹敵する二百十名です。この救命艇の他にも膨張式の救命筏が多数搭載されているので乗客乗員全員分をまかなうことができるというわけです。それらが必要ないことを願うばかりです」

そうこうするうちに貨物庫に到着した。

ここには乗客たちが持ち込んだ比較的大型の荷物や、船内で必要とされる備品や消耗品、そして船のメンテナンスなどに必要な各種部品などが格納されているという。

一部のスタッフしか立ち寄らない庫内はまるで装飾が施されておらず、鉄柱や鉄板などがむき出しで見た目は一般の倉庫と変わらない。乗客や乗員たちの生活をまかなう資材が収められているだけにそれなりの規模がある。庫内は鉄製の棚で仕切られておりそれらが何本かの通路を形成している。棚の高さは二メートルほどで三段に仕切られている。そこには大小さまざまな荷物が整然と並べられていた。多くはダンボール箱やスーツケースの中に収められている。

貨物庫では同じ制服姿の男性が不安げな表情で春日たちの到着を待っていた。恰幅の良い年配の男性だ。懐中電灯を肩にコンコンと当てている。

「こちらです」

彼は棚に並んだダンボール箱の一つを懐中電灯で指した。それを見た石川の顔が一気に強ばる。その中に爆弾が入っているのかもしれないのだから無理もないだろう。最初の報告のとおり、デスクトップのパソコン一台が収まるサイズだった。

「ご、ご苦労さまでした。石塚(いしづか)さんは持ち場に戻ってください」

彼は動揺を表に出さないようにしたのだろう、ぎこちない口調だった。

「これはいったいなんなんですか」

事情を知らされていない石塚はダンボール箱をパンパンとはたく。

「その箱に触るな！」

石川が目を剥いて怒鳴ったので、石塚は少し驚いた顔をして後ずさった。

「す、すいません……つい」

彼は頭を掻きながらバツの悪そうな様子で謝った。

「航海測量のための精密測定器ですよ。異音がすると発火の可能性があるとの報告が業者からきたので我々で対処します」

「そうだったんですか。ところでこちらの人たちは？　うちのスタッフじゃないですよね」

石塚は春日たちを見やって聞いた。

「紹介が遅れましたけど都庁から出向された方たちですよ。しばらくうちで研修してもらうことになっているんです」

石川の出任せに石塚はぼんやりとうなずいた。

「はぁ、そうなんですか……よろしくです」

石塚は春日たちに頭を下げると離れていった。

「ふぅ、よかった」

石川は小さくため息をつくと、

「爆弾のことを知っている人間は最小限にしなくては」

と言った。たしかにそれは重要なことである。このことが乗客に知れればパニックに陥るのは避けられない。乗員たちだってそうだろう。

「それにしても咄嗟によくごまかせましたね」

「本当に思いつきです。都庁職員だなんて、よかったですか」

「我々は警視庁ですから都庁職員と同じ公務員ですよ」

富山が言うと石川はわずかに口元を緩めた。

「この箱ですかね」

春日は石塚が指したダンボール箱に耳を近づけた。富山たちも音を立てないよう、息を潜めている。

箱の内部からはハードディスクがデータを読み込んでいるようなカリカリという音が聞こえる。搬入の際になにかに引っかかったのだろうか、箱の側面が一部損傷していて亀裂が入っている。その隙間から発光ダイオードであろうか、青や赤の光の点滅が漏れていた。音はかなり耳を近づけなければ聞こえない。石塚は先にこの光に気づいたのだろう。そして耳を近づけてみたら内部から音が聞こえた。

「まずは本当に爆発物なのか確認する必要がある。とりあえず今から作業に入りますので石川さんは本来の持ち場に戻ってください。なにか必要があれば連絡します」

「よろしくお願いします」

石川への連絡用にトランシーバーが渡されている。橋本と加藤は先ほどの会議室に機材や防爆防護服などを取りに戻った。

「あとここには、このことを知っているメンバー以外には立ち入られないようにしてください」

二人を見送った富山が、この場を離れようとする石川に声をかけた。

「もちろんです。乗員たちにはガス漏れのため作業中ということにして、立ち入り禁止にしておきます」

「分かりました」

「あの……」

通路に向かおうとしていた石川は、立ち止まると春日たちに向き直った。彼は緊迫した顔つきで見つめてくる。

「なにか？」

「正直言って死ぬほど怖いです。この船に爆弾が仕掛けられているなんて。いろんな場面で警備の仕事をしてきましたけど、こんなことは初めてなので」

「そうでしょうね。私たちですら恐怖で吐きそうなくらいですから」

富山が帽子を脱いで髪を掻き上げながら言った。彼の言うことは本当だ。現場に入ると今でも胃が締めつけられるような痛みと軽度の吐き気に見舞われる。

「どうしてそんな恐ろしい任務に就いたのですか」

「好き好んで選んだわけではありませんよ。我々は公務員ですから命令には背けないんです」

「そ、そうなんですか……」

「石川さんも気をしっかりと持たれてください。あなたはリヴァイアサンのチーフセキュリティです。乗客・乗員の安全を守るのがあなたの仕事です」

富山の言葉に石川の顔が引き締まった。

「爆弾のことは本当によろしくお願いします。我々もできることはなんでもします」

「分かってます。それが私たちの仕事ですから」

富山が力強く答えた。春日もうなずいた。

石川が出ていってしばらくすると、加藤と橋本が大きな荷物を抱えて戻ってきた。会議室や貨物庫周辺は事情を知っている船長やスタッフたち以外は近づけないようにされているので、加藤たちは乗客や他の乗員たちに顔を合わせることなく行動することができたようだ。一回ですべてを運んでくることはできなかったので、彼らは二往復することとなった。

その間、春日と富山はダンボール箱の亀裂でできた隙間にライトを当てて中身を覗き込んだ。蓋を開くと爆発するトラップが仕掛けられているかもしれないので、箱には触れないよう慎重に行う。

「ＬＥＤランプがいくつか見えます。あとは回路基板ですね」

内部ではいくつかのランプがチカチカと点滅していて、そのたびに周囲を照らし出している。その光で今朝新宿のビルでも見たのと似たような回路基板が浮かび上がる。その下に小包状の物体が置かれていた。

「小包の中身はおそらくセムテックス系ですね」

セムテックスは高性能プラスティック爆弾の一種である。爆薬としてペンスリット（四硝酸ペンタエリスリトール）とトリメチレントリニトロアミン、可塑剤にジ－n－オクチルフタレートとトリブチルシトレート、結合剤にスチレン・ブタジエンゴムを使用している。チェコスロバキアのセムティン・グラスワークス（当時）によって開発された非常に強力な可塑性の爆発物で、現在ではC４と並んでプラスティック爆弾の代名詞とさえなっている。扱える温度域が広く、その扱いやすい物性から設置場所を選ばないためさまざまな軍事作戦に利用されてきた。

しかし探知が非常に困難なことから、近年ではテロに利用されるイメージが強くなり「テロリストのC４」とも呼ばれる。一九八八年に起きたパンアメリカン航空一〇三便爆破事件では、三百十二グラムのセムテックスが利用されている。リヴァイアサンの船体は堅牢に設計されているとはいえ、三キロほどのセムテックスが爆発すればひとたまりもない。

小包が爆発物本体、回路が起爆装置という構成なのだろう。それについては今朝の新宿昭和ビルの爆弾と同じだ。ただ新宿に比べると回路は段違いに複雑である。

「ダンボール箱に細工はされているか？」

富山がささやくように言った。隣では戻ってきた加藤と橋本が息を潜めながら見守っている。春日は用心深く亀裂の隙間から内部を探ってみた。特に箱の蓋の周辺に注目する。プラスティック爆弾本体は、ショックを与えたり火をつけたりしたくらいでは爆発しない。しかし起爆装置になんらかのセンサーが搭載されていれば話は別だ。

「ここだけでは確認できません」

とりあえず作業をするためには本体全体を目視できるようにする必要がある。少なくとも箱を開封しなければならない。蓋はガムテープで封じられていた。

春日はカッターナイフを取り出すと刃をゆっくりとテープに当てた。鋭利な刃は力を入れることなくスッとテープを切り裂いた。粘着から解放された蓋がわずかに浮き上がる。しかしここでは開けられない。蓋の裏側にセンサーが仕込まれているかもしれないからだ。

春日はカッターナイフを使ってダンボール箱の側面に丸い穴をくりぬいた。

「スコープ」

春日は加藤に声をかけた。加藤は道具袋の中から機材を取り出した。一メートルほどのファイバースコープがグリップ型のコントローラーにつながっている。そのコントローラーを操作することでファイバーをニョキニョキと触手のように動かしてカメラの向きを自由に変えることができる。そしてカメラの映像は機材に配線されている十二インチモニターで確認する。もちろんカメラにはライトがついているので暗くても問題がない。小さいわりに高性能なカメラは高い解像度の映像を映し出す。ズームをすれば小さな部品に印字された文字でも読み取ることができるし、それらの大きさを測ることも可能だ。

春日はカメラをくりぬいた穴に差し入れると、さらに奥のほうに押し込んでいく。モニターには内部の鮮明な画像が表示されている。回路基板の上にはいくつかのランプの他に、デジタル表示も確認できた。とりあえずダンボール箱内部の表面にカメラを沿わせながら丹念に調べていく。カメラの先端が回路に触れてしまうと非常に危険だ。だからカメラの繊細な操作が求められる。

これは春日の得意とするところだが、やはり状況が状況だけに呼吸がわずかに乱れ荒くなる。それによって手元が狂ってしまうことがあるので、たびたび手を止めては大きく深呼吸をして気持ちを整える。こういった局面で重要なのは技術以上にメンタルだ。時間との争いの中でも冷静さが求められる。

目を閉じると両親の顔が浮かんでくる。彼らの命を奪ったのも同じセムテックスだった。あのとき今の自分が現場に赴けば両親の命を救うことができたであろうか。

そしてマモー……。

いかん、いかん。集中、集中！

春日は軽く頭を振ってモニターを注視した。闇の中にライトで照らされた部分だけが丸く浮かび上がる。ダンボール部分に接触しているリード線やセンサーらしき部品は見当たらない。どうやら箱は装置とは完全に独立していて、単なる容器に過ぎないようだ。

「箱にはトラップが仕掛けられていないようです」

春日は額の汗を拭った。富山たちも同じように額が濡れている。

「よろしい」

富山もモニターを確認しながら了解した。

「開けます」

春日は息を殺してたっぷりと時間をかけて、慎重に蓋を開いた。

「こ、これは……」

中身を見て富山が顔をしかめた。加藤も橋本も喉を鳴らしている。

12

代官山たちは黒井夫妻の宿泊する部屋を訪れた。

チャイムを押すと黒井羊子が顔を覗かせた。

彼女の背後には豪奢なリビングルームと海原が広がる大きな窓が見える。代官山たちの部屋より若干広めだ。

「あら、どうしたの」

「パパは？」

「それが部屋に戻ってないのよ」

羊子が肩をすくめながら答えた。

「どこに行ったのよ」

「お散歩でもしているのかしらねぇ」

彼女は先ほどの夫の緊迫した雰囲気を特に気にしていないようだ。

きっと不安や気疲れとは無縁な生活を送ってきたのだろう。夫も夫でそのように気遣ってきたに違いない。部下たちに容赦なく銃口を突きつける人間と同じとは思えない。

もっとも娘の性格のねじれ具合からして、まともな家庭のはずはないのだが。

そう考えると、羊子が女神に思える。ていうか顔を合わせるたびに彼女に見惚れている。

「仕事があるって言ってたじゃない。散歩なんておかしいわよ」

「そういえばそうねえ。でもこの船にはお友達やお知り合いが多いみたいだから。きっとおしゃべりでも楽しんでいるのよ」

羊子は優雅な笑みをたたえている。たしかに乗客の多くはセレブで、黒井篤郎自身もそうである。警察庁次長ともなれば、政財界などに顔が広そうだ。

しかしマヤは納得できないといわんばかりに、その顔に不審の色を浮かべている。

「電話で『コーアン』とつぶやいていたから、乗客に公安の幹部がいたのかもしれませんね」

浜田が無邪気に言うと、マヤがギロリと睨んだ。そんな彼女の視線に浜田は気づかない。

さすがに母親の前で加虐行為はないようだ。本来なら流血沙汰をくり広げているところなのに。

「浜田さん、いつも頭に包帯巻いていらっしゃるけど、治らないの？」

羊子がそんな彼に優しく声をかける。

あんたの娘がやったんだよっ！

もちろん心の中の叫びだけに留めておく。浜田と違って空気が読める大人なのだ。

「東大卒、捜査一課のキャリア刑事ですからね。名誉の負傷は絶えません」

「頼もしいわ。浜田さんのような方がいらっしゃることを、きっと黒井も心強く思っていることでしょう」

「日本の治安は僕が守ります！」

浜田が力強く言った。

なにかとアピールして自分の評価を高めたいらしい。案外、この節操のなさで出世していくのかもしれない。もっともこんなのがトップになったら日本の警察も終わりだが。

とはいえ、あと数年もすれば代官山の手の届かない地位にいるのはたしかだ。それを思うとなんともやり切れない気持ちになる。人生の勝ち負けなんて早い段階から決められているのだ。特に公務員の世界では、代官山たちノンキャリアはどんなに頑張って結果を出しても報われることはない。結果を出したところで、美味しいところはなにもかもキャリアの連中が持っていってしまうのだ。

そういう意味で、マヤの結婚相手には代官山より浜田のほうがふさわしいかもしれない。

いや、むしろお似合いのカップルではないかと思う。ドSなマヤについていくには浜田のような不死身体質が必須だろう。そうでなければとてももたない。ただ残念ながらマヤの気持ちは見事なまでに微塵(みじん)も欠片(かけら)ほども浜田に向いていない。

「とりあえずパパが戻るまで待たせてもらうわ……」

そのときだった。

きゃあああああ！

扉の向こうで女性の叫びらしき声が聞こえた。

「何か聞こえましたね」

代官山たちはすぐ廊下に出て声のほうに向かった。

「化粧室みたいね」

マヤが前方を指さす。

客室が並ぶ廊下には、女性用化粧室がある。

当然、それぞれの部屋にもパウダールームがあるはずだが、外にも女性たちが身だしなみを整えることができるよう設けられている。なんとも贅沢な設計だ。

「失礼しまーす」

女性用なので、誰にともなく声をかけながら入る。明るく広々としたルーム内には大きな鏡が八面ほど設置されており、女性たちは化粧台の前に腰掛けながらメイクができるようになっている。清潔感と高級感がほどよく調和した室内にはトイレも設置されており、ここでならゆったりとメイクや身支度に専念できそうだ。こんなパウダールーム一つとっても決して手を抜かない、設計者たちのこだわりが垣間見える。

そんなパウダールームの中で、一人の年配女性が腰を抜かしていた。こちらも一目で高級ブランドと分かる服装で身を固めている。廊下にはマヤたち以外に人の姿はなかった。野次馬が集まれば大騒ぎとなってしまう。そうなっていないのは刑事にとって幸いだ。洋上での事件だけに管轄はどうなるのかよく分からないが、刑事である以上、代官山たちが動くしかないだろう。

女性は張り詰めた表情で、トイレの個室を見つめている。

「大丈夫ですか。いったいなにがあったんですか」

マヤが駆け寄って声をかけた。

「あ、あの中……あの中」

女性は震える指をトイレの個室に向けている。個室の扉は半分閉じていた。

「この中ですか」

代官山は警戒しながら個室に近づく。扉の隙間から人の姿が見えた。

誰かが中に入っている。

「大丈夫ですか」

代官山は扉を軽くノックした。

しかし返事はない。

代官山はマヤと顔を見合わせた。彼女は「さっさと開けなさいよ」と言わんばかりにツンツンと顎先で促す。浜田もウンウンとうなずいている。代官山は胸騒ぎを覚えた。現場に入るときと同じ感覚だ。すぐそこで良からぬことが起こっている。背筋が寒くなって息苦しくなる。代官山はそっとドアノブに手をかけた。それが妙に冷たく感じる。

大きく息を吸い込んで一気に開いた。

「ひっ！」

女性が目を覆いながら顔を背けた。

個室の中には、妙齢の女性が便器に腰掛けている。

とはいえ用を足しているわけではない。彼女はうなだれているが明らかに首が変な方向に曲がっている。

「もしもし？　大丈夫ですか」

代官山は片膝を床につけて、とても大丈夫には思えない女性の顔を覗き込んだ。女性の肌は血の気を失っている。見開いた瞳には光が宿っていなかった。そして口から血を流している。

一目で絶命していると分かる。

それでも代官山は彼女の手首に指を当ててみたが、脈動を感じ取ることができなかった。

しかしほんのりと体温が伝わってくる。絶命してからさほど時間が経ってなさそうだ。

「その服、さっき見たわね」

マヤが指摘するとおり、この花柄のワンピースには見覚えがある。

そして今一度、女性の顔を確認した。顔色と血で最初はピンと来なかったが、今度ははっきりと分かった。

「江陣原さとみです」

代官山が告げると浜田は「マジっすかっ!?」と素っ頓狂な声を上げた。

「ト、トイレに入ろうとしたら彼女がいたの。顔から血を流してて、それでビックリして……」

床にうずくまったままの女性はしどろもどろに答えた。彼女が第一発見者ということになる。真っ先に疑うのは捜査の定石だが、彼女は人を殺すような人間に見えない。むしろ金銭目的で殺される側の人間に見える。

「それにしても江陣原だなんて。面白くなってきたわね」

マヤの不謹慎な言葉に女性は顔をしかめた。そんな反応も気にならないようで、マヤは楽しそうに微笑んでいる。

「あ、あなたたちはなんなの」

「僕たち警察の者です」

浜田が警察手帳を女性に見せた。彼女は少しビックリした様子でマヤを見つめている。マヤはマヤで、発見者の女性など気にも留めていない様子で個室に入った。そして動かなくなった大物女優に顔を近づけながら、「ほうほう」「うんうん」と楽しそうに相槌を打っている。

「部屋までお送りします」

浜田はうずくまる女性に優しく声をかけると、彼女が立ち上がるのを待って手を引きながら化粧室を出ていった。地上と違って船内であればすぐに話を聞きにいけるし、犯人もおいそれと逃げることができない。オリエント急行にしろタイタニックにしろ、殺人捜査には便利だし物語の舞台に向いていると思うが、それだけ犯人にとって難易度が高くなるということだ。

「わざわざこんなところで殺すなんて犯人はミステリオタクなんですかね」

代官山は死体に密着しているマヤを見下ろした。

合理的に考えて逃げ場のない閉塞された舞台で犯罪を起こすなど愚の骨頂である。下界と隔絶された雪山の山荘内での殺人など、本格ミステリで描かれる事件の犯人はオープンな場所で殺せばいいのにといつも思うのだが、それを主張するのは野暮というものだ。

その野暮が目の前で起きていることに驚きを隠せない。

「現実的に考えて今、この場で殺さなければならない事情が犯人にあったのよ。そうでなければ降船したあとで決行すればいいだけだから」

「それってどんな事情ですかね」

「江陣原さとみがなにかを目撃してしまった、または知ってしまった」

「なるほど。口封じというわけですね」

「犯人はガイシャの首の骨を折っているわ。素人がなかなかできることではないでしょう。プロかそれに近い者の犯行と考えられるわね」

「たしかにそうですね」

首折りは映画やドラマで見るほどに簡単ではない。代官山も捜査一課での捜査員を対象にした講習を受けたので知っているが、首を左右に捩るだけでは上手くいかない。手を置く位置やタイミングなどそれなりのコツがいる。ある程度実戦経験を積んでいないと、いくら不意打ちだったとしても確実に相手を仕留めるのは困難だ。失敗すれば相手に警戒心や反撃、助けを呼ぶ猶予を与えてしまう。しかし極めた者なら非力でも可能だという。

そう考えると犯人は女性もあり得るか。

「ただ、犯人は殺人に対する美学に欠けていると評価せざるを得ないわね。せっかく女優を素材にしているのに死体のポーズが今一つ美しくないわ。それでも瞳が見開いたままの状態は加点できるから、五十五点といったところね。こんな殺され方では大物女優も浮かばれないわ」

マヤは立ち上がると床についていた手をパンパンとはたいた。

どんな殺され方でも浮かばれないと思うんだけど……。

指摘したところで無駄なので口にしない。ちなみに五十五点という点数は、マヤ的に及第点を少し下回る。六十点が及第点だ。たしかに大物女優のリアル死体の点数にしては物足りない。

コンビを組んでいるうちに代官山としてもマヤの採点がある程度読めるようになった。彼女が重視するのは芸術性や独創性だ。死体だけでなく現場の背景も評価対象になる。

手入れが行き届いているとはいえ、トイレというのは減点項目だろう。たとえばバラで彩られたベッドの上などのシチュエーションがほしいところだ。死体のポーズからして個室内で殺されたのではなく、犯行後に放り込まれたように見える。便座に腰掛けているというより、その上にポンと置かれたといった印象だ。そもそも便器に座った状態で首の骨を折るなんて現実的に無理筋だろう。被害者も必死で抵抗するだろうから大人しく便座に腰掛けているとは思えない。個室外で殺害されて中に運ばれたと思われる。

そんな死体をマヤが不満げに見つめている。

「一流の食材でも料理人が三流なら料理はよくて二流止まりの典型例ね。ああ、本当にもったいない。一度殺した人間は二度と殺せないのよ。犯人はそのことをよぉく考えて責任を持って殺すべきだと思うの。殺人って一期一会だから」

マヤの口調には熱がこもっていた。

彼女は殺人死体を前にすると生き生きとする。心なしかもともと美しい肌もさらに艶やかになっているようだ。彼女の美しさが一層際立っている。思わず見惚れてしまうほどに。

「殺人は一期一会。メイゲンですね」

「我ながら名言よ」

マヤは代官山に向かって会心と言わんばかりのVサインを送った。

名言ではなく迷言と言ったのだが。

それにしてもあの江陣原が目の前で死んでいるなんて、いまだに実感がない。つい先ほどまで妖艶なまでの美しさを振りまいて乗客たちを魅了していたのだ。マヤの採点は芳しくないものの、江陣原が死んでいる光景はやはり映画やドラマのワンシーンのように思えてしまう。あまりに非現実的だ。

「でもこんな場所での犯行だなんて、犯人も後先考えているとは思えませんよ」

代官山は思ったことを口にした。殺しの評価や死体の点数より真っ先に思ったことだった。

「たしかにそうねぇ……」

マヤは化粧室の外に出て廊下の天井を眺めた。

「あれで化粧室に出入りした人間が分かるわ」

彼女はすぐ近くの防犯カメラを指さした。あれなら犯人の姿がバッチリ写っているだろう。

「なんとも腑に落ちないわ。手口はプロに近いものがあるのに、そんな犯人があのカメラを見逃すかしら」

「犯人にそれらを考慮する余裕がなかったってことですかね。もしくは念入りに変装をしていたとか」

「そんなことをしたところでまるで無駄よ」

「ですよね」

変装をしたところで他の防犯カメラをたどっていけば、犯人の足取りを把握するのは容易だ。いずれは自室に戻ったり、他の化粧室に入って変装を解くことになるだろう。そのいきさつはすべてカメラに収まっているはずである。やはり犯人は防犯カメラを意識していなかったのだろうか。

そうこうするうちに、第一発見者の女性を部屋に送り届けた浜田が戻ってきた。

「明らかに殺しですよ。それも江陣原さとみだなんて。とんでもないことになりましたね」

彼は化粧室の出入り口から死体のある個室に向かって手を合わせた。死体にはなるべく近づきたくないらしい。

「豪華客船リヴァイアサン殺人事件か。誰かが映画化しそうね」

相変わらず、マヤが不謹慎なことを言い出す。

そもそも彼女とコンビを組むようになってから、サスペンスやスリラー映画になりそうな事件ばかり手がけている気がする。実際に映画にしたら、あまりにグロすぎるから年齢制限されるのは間違いない。

「黒井警視監は戻られましたかね」

浜田が黒井夫妻の部屋のほうを指した。

「すぐに報告する必要がありますね」

「誰かが入ってきたら大騒ぎになるから、浜田くんはここに残ってて。代官様、パパのところに行くわよ」

「ええ、僕はお留守番ですか～」

浜田が子供のような拗ねた顔を向けた。彼のこういう仕草は妙に可愛い。思わず頭を撫でてやりたくなる。

「部下の言うことが聞けないの！」

「は、はい！　全身全霊、お留守番に徹したいと思う所存でございます！」

マヤの不条理かつ理不尽な一喝に、浜田は背筋を伸ばして敬礼する。健気なのかアホなのか。きっと両方なのだろう。将来の日本の治安は本当に大丈夫なのだろうか。そんな不安を一瞬だけ頭によぎらせながら、代官山はマヤと一緒に化粧室を出た。浜田は迷子になった子供のように、不安そうな目で二人を見送っていた。マヤにわずかでも母性があればもう少し浜田に対して優しい気持ちになれるに違いないと思うほどに、可愛らしい表情だった。

13

「刑事さん！」

　化粧室を出て数歩進んだところで背後から声をかけられた。

　振り返ると車椅子を押している若い女性が目に入った。

「両角さん」

　若い女性は両角マキ、そして車椅子に乗っているのは両角加代だった。

「やあ、なにかとよく会うね」

「そこって女性用の化粧室ですよね」

　マキが柱のプレートを指しながら、不審げな口調を向けた。プレートには女性用を示す表示がプリントされていた。

「ああ、ちょっと病人が出たので介抱していたんだよ」

　代官山は出任せを告げた。

「それは大変。大丈夫だったんですか」

マキは口元に手を当てながら心配そうに聞いた。

「うん、なんとか」

「なにかお手伝いできることはありますか」

マキは車椅子を止めて代官山に近づいてきた。

「いや、もう大丈夫。ありがとう」

「それならいいんですけど……」

彼女は化粧室の出入り口を一瞬だけ見やると車椅子に戻った。

「あら、雄三さん。ごきげんよう」

車椅子に腰掛けた加代が代官山に手を振った。彼女の中では代官山はまだ雄三さんらしい。いちいち訂正して加代が混乱するといけないのでそのままにしておいた。

「こんにちは。お孫さんとお散歩ですか。いいですね」

代官山は腰を低くして、加代の目線に合わせながら声をかけた。

「マキちゃんはどこに行ったのかしら」

彼女は辺りをキョロキョロと見回した。

「マキさんならこちらにいますよ」

代官山はマキのほうに手を差し向けた。

「どこにいるの？」

加代はマキとマヤを交互に見やった。

「もぉ、おばあちゃんったら」

マキは苦笑いを向けている。

「ちょっと混乱しているみたいだね」

代官山が言うとマキは肩をすくめる。

「乗船してから特にひどくなっちゃったみたいです」

「環境が大きく変化したことが原因かもしれないね」

「きっとそうだと思います」

マキは加代を見下ろしながら言った。

「雄三さん、この子はマキちゃんじゃないわ。マキちゃんはこれよ」

加代は手に提げているポーチの中を漁り始めた。

「あれ？　写真がないわ」

「もしかしてニューヨークの写真ですか」

代官山が声をかけると、加代は何度もうなずいた。

「そう、それよ。どこに行ったのかしら」

彼女はなおもポーチの中を探っている。

「いろんな人にあの写真を見せて『この子がマキちゃんだ』と言うんです。いちいち『これはおばあちゃん本人でしょう』と説明するのも面倒なので、写真は隠しちゃいました」

マキは小声で代官山に伝えた。

「なにかと大変だね」

加代が捜している写真は、ニューヨークを背景に若き頃の加代が写っている。先ほど見せてもらったものだ。自分自身を、マキだと勘違いしているようだ。それなりに認知症が進行しているのだろう。見た目は上品で小ぎれいな身なりをしている老女だが、いくらセレブでも老いには勝てないということである。

「ああ、どこにいったのかしら。きっと部屋に忘れたんだわ。ちょっとあなた、部屋まで送ってくださらない」

加代はマキに向かって手招きをする。

「おばあちゃん、私はお手伝いさんじゃないわ」

「だったらあなたは誰なのかしら」

加代はぼんやりとした目でマキを見つめている。本当に実の孫が分かっていないようだ。

「江陣原さとみよ」

マキはもちろん冗談のつもりだろう、クスクス笑いながら答えた。

「嘘おっしゃい。あの人はもっと年上でしょう」

「そっちは覚えてるんかい！」

マキは祖母を叩く仕草をした。二人のやりとりはまるでお笑いのコントだが笑うに笑えない。すぐ近くに江陣原さとみの死体がある。それも明らかに他殺である。

マヤに目をやると彼女も首を横に振っている。マキと加代をすぐにこの場から離すべきと訴えているのだ。

「おばあちゃんはちょっとお疲れじゃないのかな。だから少しだけ混乱しているんだよ。部屋に戻って休ませたほうがいいんじゃないかな」

代官山はマキにそっと告げた。

「それがいいみたいですね」

彼女は素直にうなずいた。そして車椅子に手をかける。化粧室に入るつもりはないようだ。

代官山は胸を撫で下ろした。江陣原の死体を見たらさすがに驚愕するだろう。できたら知られないに越したことはない。

「それにしても他人に間違われるのは辛いね」

「そのときは西園寺さんに私本人であることを証言してもらいますから。西園寺さんの言うことだったら、おばあちゃんも信じるでしょう」

両角家と西園寺は深いつき合いのようだった。

「それとついでに聞きたいんだけど、船内でなにか気になったというか不審に思ったことはないかな」

代官山の質問にマキの表情から笑みが消えた。

「なにかあったんですか」

「いや、念のためだよ。僕たちは刑事だから船内の治安を守らなくてはならないからね」

咄嗟にはこんな言い訳しか思いつかない。それはそれとして、マキに質問したのは篤郎と公安の通話の内容が気になるからだ。もしなにか事件が起きているのならマキも不審人物や不審物を目撃しているかもしれない。さらにいえば江陣原を殺した犯人も然りだ。

「刑事さんたちは乗客としてではなく、仕事で乗船しているんですか」

彼女は口調に少々の驚きをこめていた。

「い、いや、そういうわけじゃないんだけど……職業病かな」

代官山は頭を掻いた。

さすがに無理があるか。

「取り立てて気になるようなことはなかったですけど。爆弾でも仕掛けられたんですか」

「まさか。ハリウッド映画じゃないんだから」

代官山は手を左右に振った。

そんな二人のやりとりを、マヤはどこか冷めたような目で見ている。

「もし爆弾が仕掛けられていたら、除去するのは刑事さんたちの役目かしら」

マキはウフフと笑った。

「そればかりは勘弁してほしいね」

「頼りにしてますわよ、刑事さん」

それからマキは車椅子を押して代官山たちから離れていった。

「若い子が相手だと鼻の下ってそんなに伸びるのね」

腕を組んだ状態で目を細めながら、マヤが呆れたような口調で言った。

「ちょ、ちょっと。伸びてなんてないですよ」

代官山は慌てて鼻の下に手を触れた。

伸びてない……と思う。

「そんなことよりお父上ですよ。話を聞きにいくんでしょう」

すかさず話を戻す。

「そうだったわね。事態が事態だけにのんびりしている暇はないわ」

「急ぎましょう」

二人は足早に化粧室から離れた。

14

マヤは再び、両親が宿泊しているスイートルームの扉を叩いた。先ほどと同じように羊子が顔を覗かせる。

「パパは戻った？」

「それがまだなのよ。ゴルフでもしているのかしらね」

羊子が相変わらず暢気(のんき)な口調で答える。

客船にはミニゴルフ場が備わっている。船に乗ってまでゴルフなんてしたいものなのか。ちょっとした金持ちがそうであるのなら、大富豪なら船上で山登りをしたいと言い出すかもしれない。

「まったくママはお気楽ね」

マヤはふうとため息をついた。

「あら、リヴァイアサン殺人事件でも起きたのかしら」

羊子はいたずらっぽい笑みを浮かべている。冗談で言ったのだろうけど、案外鋭い。

「ま、まあ……ね」

思わぬ的中ぶりにマヤも驚いたのか、目をパチクリさせている。

「私がアガサ・クリスティだったら被害者を江陣原さとみにするわ」

「マジ？」

マヤと代官山は思わず顔を見合わせた。

江陣原が殺されたことを羊子が知る由もない。超能力でも持っているのかと思わずにいられない。

「だって女優が殺されたなんてドラマチックじゃない。読者だって一気に物語に引き込まれるわよ」

彼女はうたうように言った。その表情に邪気は窺えない。

「もし江陣原が殺されたのなら、犯人は誰なの」

「そうねぇ……」

マヤの質問に羊子は人差し指を頬に当てて小さな顔を傾ける。

「やっぱり船長さんね。意外すぎる犯人に皆さんビックリ間違いなしよ」

彼女は指をパチンと鳴らしながら答えた。

「船長かぁ。意外っちゃあ意外だけど、ミステリ小説ならありがちじゃない？」

「そうかしら。だったらマネージャーにしようかな」

江陣原のマネージャー。がっしりとした体格の、俳優なみに顔立ちの整った男性だった。

「こういう場合、マネージャーってむしろ一番最初に疑われるんじゃない？　そんな人物が犯人だったら当たり前すぎてサプライズにならないわよ」

「ふぅ、ミステリを考えるのって難しいのね。小説は大好きだからよく読むのに」

マヤに指摘されて羊子は肩を落としている。

「ママには残念ながらミステリ作家としての才能はないわね」

マヤはフフンと笑った。

「あ、面白いことを思いついたわ」

羊子はまたも指を鳴らした。

「ママ、私たちちょっと忙しいんだけど」

犯人はともかく、江陣原さとみは本当に殺されたのだ。

代官山たちはこれから刑事としての職務を果たさなければならない。

とはいえマヤは母親に事件のことを告げるつもりはないらしい。マヤもマヤなりに羊子を気苦労から遠ざけようとしているのだろうか。たしかに彼女はそういうことが似つかわしくない、気品と可愛らしさにあふれている。代官山はこの母娘のやりとりを微笑ましく思った。

「せっかくだから聞いてほしいわ。ねえ、代官様」

「代官山です」

代官山は訂正しながらもコクリとうなずいた。マヤの舌打ちが聞こえたが気にしない。そのくらいは聞いても支障がないはずだ。

「リヴァイアサンに爆弾が仕掛けられるのよ。それで警視庁の爆発物処理班の人たちが船に乗り込むんだけど、同時に船内では殺人事件が起こるの。被害者はもちろん大物女優よ。そして無関係に思えるこの二つの事件は、一本の糸でつながっていた！」

羊子が頬を上気させて興奮気味に語った。

「それは面白そうですね。読んでみたいです」

映像化すれば、ハリウッドが手がけるような大がかりなスペクタクル映画になりそうだ。

「本当!? だったら私、書いちゃおうかしら」

彼女は無邪気に喜んでいる様子だ。爆弾といえばマキも同じことを言っていた。豪華客船に爆弾が仕掛けられる映画や小説は多そうだ。

「代官様、ママをおだてないで。すぐにその気になっちゃうんだから。ママはパパの庇護の下、極楽とんぼのように生きていくのが一番幸せなの」

　マヤが代官山に耳打ちする。それが正解かどうか分からないが、娘は娘なりに母親のことを気遣っている。

「そういえば警視庁の爆発物処理班の……どなただったっけ？」

「ああ、ママ！　その話はもういいから！」

　マヤがあたふたとした様子で母親の話を遮ろうとする。

「爆発物処理班って警備部ですよね。黒井さん、知り合いがいるんですか」

「ちょっとした知り合いよ。別に親しくもなんともないわ」

「そうなの？　お相手は随分とご執心だったみたいよ」

「ママ、止めてよ。そんなんじゃないんだから」

　マヤにしては珍しくムキになって否定している。

「そうなんですか、黒井さん」

「代官様までなに言ってんの。パパがいないならここに用はないわ。防犯カメラを確認しにいくわよ」

「防犯カメラ？」

「ママには関係ないわ」

マヤは部屋の扉から離れると、さっさと廊下を歩き出した。

「爆発物処理班ねぇ……黒井さんもいろいろあったんですね」

代官山は足早に歩くマヤに追いつくと口調に嫌味を込めた。

「だからそんなんじゃないって言ってるでしょ。一方的に相手が熱を上げてただけよ」

「ふぅーん」

「なによ、感じ悪っ」

そうこうするうちに二人はエレベーターホールに到着した。エレベーターに乗り込んでセキュリティセンターのある四階で降り、「スタッフ以外立ち入り禁止」の立て看板を無視して通路を進む。すると奥の部屋から二人の男性が出てきた。扉には「第一ミーティングルーム」とあった。

「パパ！」

一人は黒井篤郎、そしてもう一人は船長の西園寺だった。二人はなにやら深刻そうな表情で話しながらこちらに向かってきた。

「お前たち、どうしてこんなところに？」

「パパこそなにをしていたのよ」

「あ、ああ、船長にちょっと話があってな」

「話ってなんなの」

「まあ……いろいろと大人の話だ」

西園寺のほうもわずかに頬を引きつらせながらうなずいている。顔色が冴えず額は汗でほんのりと濡れていた。なにか大きな不安を抱えているように見えた。篤郎のほうも眉間に皺を寄せながら険しい顔をしている。天麩羅屋で見せていた表情とは明らかに違う。

船長との話とはなんだろうか。

わざわざ船長に話すとなると、この船に関することであるのは間違いない。

「お二人はどうされたんですか？　ここは立ち入り禁止エリアですよ」

彼が取り繕ったような笑みをマヤと代官山に向けた。

「ロイヤルデッキの化粧室で事件よ」

「なにがあったんですか!?」

詰め寄ってくる西園寺の勢いに、マヤは半歩後ずさった。

「マヤ、なにがあったんだ？　すぐに答えなさい」

篤郎も真剣な目つきで娘に問い質す。

この二人の反応からして、やはりなにかただならぬことが起きている。公安からの連絡がそれなら、船内にテロリストが潜んでいるのかもしれない。もしそうだとして、江陣原の殺害はそれと関係があるのだろうか。

「殺しよ。江陣原さとみが殺されたわ」

「ま、まさか。いくらなんでもそんな冗談、信じませんよ」

西園寺は引きつった笑みを向けた。篤郎の目がギラリと光る。

「本当に冗談だと思ってんの」

マヤが冷たく言い放つ。

「な、なんてことだ……」

希望を打ち砕かれたように顔をしかめた西園寺が壁の手すりに手をかけた。篤郎のほうは呆然(ぼうぜん)とした様子でマヤを見つめている。マヤは死体と第一発見者である年配の女性について、そして現場の状況を簡単に説明した。篤郎は顔を険しくしながらマヤの話に耳を傾けている。

「それで現場はどうなってる？」

彼はマヤに尋ねた。

「他の乗客を入れないよう浜田くんが対応してくれてるわ」

「浜田……いつも頭に包帯を巻いている子供みたいな顔をしたキャリアか。大丈夫なのか」

代官山としても若干どころか大いに不安だ。野次馬が集まればパニックが発生してしまうかもしれない。彼はきちんと対処できるだろうか……無理だろうけど。マヤも肩をすくめるだけで答えなかった。

「だけど、いつまでも遺体をあそこに置いておくわけにはいかないですよ」

代官山は西園寺に訴えた。この場合、被害者が宿泊している部屋に移動するべきなのか。しかしそれでは腐敗が進行してしまう。

「このフロアに霊安室がありますから、そちらに移動させます」

西園寺が顔を青ざめさせながら言った。

「霊安室なんてあるんですか⁉」

「ここだけの話なんですが、長距離航行のクルーズ船では、事故や事件に巻き込まれて船内で亡くなるお客様がごく稀に出ます。なのでなにかと必要になるんです」

西園寺は眉毛を八の字にして言った。霊安室には死体を冷やすための冷蔵設備もあるという。

「事件に巻き込まれて、ということは殺人ですか」

代官山がさらに問いかけると、西園寺は帽子のつばに指をかけて位置を整えた。船長らしく身だしなみには気を遣っているようで、真っ白な制服はシミや皺が一つも見当たらない。そして身長百八十センチの代官山よりも、長身でがっしりとしたシルエットをしている。船長として頼もしい体格だ。

「さすがに殺人は滅多に起こりませんが、暴行や傷害などは珍しくありません。加害者を拘束しておくための留置室も、このフロアに設けられています」

「クルーズ船に留置室があったなんて、ちょっとした豆知識ですね」

冷静に考えてみれば、リヴァイアサンのような大型クルーズ船ともなると一つの街同然である。

乗客の多くはセレブリティだが、そこで勤務するスタッフたちはどちらかといえば庶民である。乗客乗員のほとんどが良識を持ち合わせた人間であるのは間違いないが、もちろんそれは全員ではない。多くの人間が集まれば集まるほど愛憎劇が展開される。一見華やかなクルーズでも船内では大小さまざまなトラブルが起こっているだろう。

当然、犯罪だって起こりうる。船内とはいえ、多くの人たちが地上とさほど変わらない生活を送っている。それなら霊安室も留置室もあって当然の設備だ。

「それにしても殺人だなんて、いったい誰がそんなひどいことを？」

顔を青ざめさせた西園寺が聞いてきた。

「それを確認しにきました。化粧室の出入り口付近の天井には防犯カメラが設置されています。その映像には犯人の姿が写っているはずですから」

「セキュリティセンターはすぐそこです。そこで防犯カメラの映像を確認できます」

代官山が答えると、西園寺は通路奥にある部屋の扉を指した。

「とにかく映像をチェックしましょう」

代官山とマヤ、篤郎、そして西園寺の四人はセキュリティセンターに入った。

壁一面には大型の液晶パネルがデッキごとに設置されており、各デッキの防犯カメラの映像がサムネイル状に表示されていた。

制服姿の四人のセキュリティスタッフがそれぞれの画像をチェックしている。デスクの上には十台以上のパソコンが設置されていて、それらのモニターには各種グラフや数値表などが表示されている。

「ものすごい数のカメラですね」

これらを見る限り、カメラに死角はないように思える。トイレや個室を除いた客船内のすべてが映し出されているようだ。画面では多くの乗客たちが、カメラを意識することなく行き来している。

「各デッキに二十から三十台が設置されていますからね。それらをセキュリティのスタッフたちが二十四時間体制で目視でチェックしています」

他にも火災や水漏れ、ガス漏れ、換気トラブル、電気のショート、立ち入り禁止エリアへの侵入など船内の異常はすべてここセキュリティセンターに通知されるという。トラブルがあれば即座にスタッフが解決に出向くようになっているそうだ。

「ロイヤルデッキの化粧室出入り口前のカメラを確認したいんだが」

代官山たちの代わりに、西園寺が警備服姿の若手スタッフに声をかけた。

船長である彼が指示してくれれば話が早い。

「しかし、防犯カメラシステムは、メンテナンスのためずっと停止していました。復旧したのは十分ほど前ですよ」

スタッフが言うと、西園寺は自身の膝をパンとはたいた。

「そうだった。メンテナンスだったな」

西園寺は帽子を取って額に手を当てた。

「どういうことですか」

代官山が尋ねると、西園寺はバツが悪そうな表情を隠すかのような咳払いをした。

「実は……これもここだけの話にしていただきたいんですが」

「ええ。口外はしません」

代官山がうなずくと、西園寺は安堵したように強ばっていた頰を緩めると帽子を被った。

「防犯システムのプログラムにバグが見つかりまして、修正プログラムに更新していたんです。本来は出航前に完了していなければならないんですが、バグが発見されたのは昨日のことでした。開発メーカーもすぐに対応してくれたんですが、さすがに間に合わなくて、メンテナンスが先ほど終了したところです。これで防犯は万全ですのでご安心ください」

「つまり、出航してからの映像は残っていないんですか」

「そういうことになります」

西園寺は申し訳なさそうに答えた。

「ちょっと聞きたいんですけど……」

今度はマヤが西園寺に声をかけた。

「なんでしょうか」

「防犯システムのメンテナンスのことを知っている人間は、どのくらいいるんですか」

「セキュリティのスタッフは全員、そして甲板部、機関部、事務部の責任者には知らされています。もちろん私も把握していたんですが、すっかり失念していました。申し訳ありません」

西園寺の答えに、マヤは一回うなずいただけだった。

犯人は防犯システムのメンテナンスを知っていた可能性がある。防犯カメラが機能していないことを事前に知っていたからこそ、あの化粧室で犯行に及んだのだ。防犯カメラが作動していれば化粧室の出入りは記録されていたはずだ。

どちらにしてもなにも記録されていないのなら、犯人を特定することは困難になった。

「とにかくただちに被害者を霊安室に移動する必要がありますぞ」

篤郎が言うと西園寺は顔を引き締めてうなずいた。

「すぐにスタッフを集めて移動させます。パニック防止のためにも他のお客様たちには知られないようにしなければなりません。このことは何卒、他言無用ということでお願いできますでしょうか」

西園寺は代官山たちに対して恭しくお辞儀をした。

「もちろんです。我々も隠密に動きたいと思っていますので、ご協力をお願いします」

篤郎の返事に西園寺は満足したようにうなずくと、さっそく指示を出すために部屋を出ていった。セキュリティのスタッフたちも江陣原のことで驚きを隠せない様子だったが、彼らもスタッフとして乗客たちに口外することはないだろう。

「代官様にマヤ、ちょっと来なさい」

篤郎が二人を手招きする。代官山は「代官山です」と言いかけたが途中で止めた。今はそんなことにこだわっている場合ではない。

「この件はお前たちに任せる。江陣原さとみを殺害したやつを見つけ出して逮捕してくれ」

「パパはどうするの。パパも警察官でしょう」

マヤの言葉に父親は首を横に振った。

「私は他にやらなければならない仕事がある。だからお前たちに指示しているんだ」

「いったいリヴァイアサンになにが起こったの」

「詳しいことが分かったらいずれ説明する。だが今は犯人逮捕に専念してくれ」

篤郎は厳しい表情で答えた。その目つきからただならぬ事態であることが伝わってくる。

代官山は、先ほど船から少し離れた海上でホバリングしていたヘリのことを思い出した。あれがなにか関係しているのだろうか。

「分かったわ。パパも気をつけてね」

「お前たちを頼りにしてるぞ」

篤郎はマヤと代官山の肩を一回ずつ叩いた。

「代官様、行くわよ。まずはあのマネージャーに話を聞くのよ」

マヤが部屋をさっさと出ていくので追いかけようとしたとき「代官様」と篤郎に引き留められた。

「なにか？」

「君を男と見込んでお願いがある」

篤郎は代官山の両肩をがっしりとつかんだ。

「な、なんでしょうか」

射貫くような目つきの篤郎の迫力に気圧されたが視線は外さなかった。

「今、ここで約束してくれ。この先、なにが起きても娘を守ってやってほしい」

なにが起きても？　いったいなにが起こるというのか。

しかしそれを聞き出すのは野暮なことだと思った。相手は真剣な気持ちで代官山に向き合っているのだ。

「約束します」

代官山は静かに答えた。

本気だった。

15

十四階、ロイヤルデッキ。

チャイムを押すと扉が開いて男性が顔を覗かせた。白シャツの上に高級そうな茶色のジャケットを羽織っている。ラウンジではスーツ姿だったから着替えたのだろう。この部屋はプレミアスイートでグランドスイートに次ぐランクである。広さは七十平米。ちょっとしたマンションの一室だ。

「どちら様？」

「我々は警視庁の者です」

代官山は男性に向けて警察手帳を掲げた。

警察官は日常業務として、その場で逮捕して身柄を拘束できるなど、相手の人権を制約するきわめてデリケートな立場にある。なので職務の適法性を示すためにも自身の身分証明は不可欠だ。捜査の適法性の欠如により証拠能力が否定されるという問題に直結することもある。それを防ぐためにも警察官は警察手帳の常時携行を義務づけられている。もちろんマヤも携行しており、男性に手帳を見せていた。まさかこのクルーズ船でこれを使うことになるとは思わなかった。

「警察？」

男性は訝しげに眉根を寄せたが、直後、なにかを予感したように表情を強ばらせた。

「江陣原さとみさんのマネージャーさんですよね」

「彼女になにかあったのか!?」

男性は勢いよく扉を開いて廊下に出てきた。その表情には不安の色が浮き出ている。

「落ち着いてください」

代官山は詰め寄ろうとする相手に両手を出して押し留めた。

「彼女に……なにがあったんだ」

それでも男性は身を乗り出しながら問い質してきた。

「お亡くなりになりました」

「死んだ……？」

代官山が静かに告げると男性はよろめいて壁に手をついた。瞳は虚ろで茫然自失といった様子だ。大きなショックを受けたように見えるが、演技かもしれない。顔色、目の動き、全体の挙動など、相手の反応は慎重に観察する。意識せずともそうしているのは、もはや職業病だろう。

「大丈夫ですか」

今のところ相手に不審な色は窺えない。だからといって油断は禁物だ。

「彼女は……遺体はどこにあるんですか」

男性はなおも辛そうに尋ねる。瞳が真っ赤に充血しているが何とかこらえており、涙は見せない。

「船内の霊安室に運んであります」

「霊安室なんてあるんですか……」

江陣原の遺体は乗員スタッフによって霊安室に運ばれた。浜田も付き添っている。テレビや雑誌でよく見かけるあの女優が死んだなんて、今でも信じられない。乗客に警察関係者は代官山たちしかいない。この事件はとりあえず、自分たちが手がけるしかないだろう。篤郎は他にやらなければならないことがあると言っていた。その内容も結局分からずじまいだ。

「犯人を留置する部屋もありますよ」

代官山はカマをかけてみたがマネージャーの男性は一度うなずいただけだった。

「彼女……江陣原に会うことはできますか」

「その前にお名前を教えていただけますか」

代官山が言うと、男性は名刺を差し出した。

そこには「マネージャー　山本ショウ」と印字されている。

「名前はカタカナですか」

「父親が日本人、母親がアメリカ人のハーフです」

「なるほど……」

代官山は山本が日本人離れした顔立ちをしていることに得心した。

「ちなみに国籍は日本ですよ」

山本は代官山の意思を読み取ったようにつけ加えた。

「山本さんはずっとこちらにいたんですか」

「ええ。ちょっと船酔いで頭痛がしていたので休んでいました」

本人の言うとおりであれば、顔色がすぐれないのはショックを受けたせいだけではないらしい。

「でもこちらは江陣原さんのお部屋ですよね」

「ええ」

「相部屋ってことですか」

「ま、まあそうですね」

山本の歯切れが悪くなった。

「つまり……そういうことなんですか」

「お察しいただければ幸いです」

彼は声を潜めて懇願するように言った。

以前、江陣原とマネージャーの熱愛報道をネットの記事かなにかで見たことがあった。そのインタビューの中で江陣原は完全否定していたが、記事が正しかったということらしい。女優とマネージャーは一緒にいる時間も長いだろうから、親密になったところで不思議はない。そもそも大人の男女である。とはいえ女優にとって恋人の発覚はイメージや好感度の低下につながることもあるから、表に出るのは好ましくないのだろう。

「ご安心ください。表沙汰にするつもりはありません」

「故人のプライバシーですからね」

マヤが隣で鼻を鳴らしたので、山本が一瞬だけ眉をひそめた。しかしマヤは相変わらず涼しい顔をしている。

「ところで江陣原さんは一人でどこに向かわれていたのですか」

「ラウンジです。VIP用の」

「なるほど」

VIP用のラウンジは同じフロアにある。化粧室はこの部屋とラウンジの中ほどに位置している。VIP用なら一般と違い利用客もそう多くはないし、個室テーブルも用意されているので、彼女のような著名人でもプライバシーを保つことができる。特にセレブ客に対しては至れり尽くせりのサービスといえよう。

「ラウンジに立ち寄るのは決まった予定だったんですか」

「いいえ。彼女の気まぐれです。仕事柄、普段は多くの人に囲まれているから、たまに一人になりたがるんですよ。普段はなにが起こるか分からないのでちょっとしたことでも付き添うようにしているんですが、客船のＶＩＰ用ラウンジなら大丈夫だろうと完全に油断してました」

山本は彼女に言われてラウンジに電話すると、個室席を予約したという。

「私の落ち度です。マネージャーでありながら彼女を一人にしてしまった」

彼は自分自身を責めるように拳で頭を打ちつけた。代官山は「まあまあ」と宥めながら「お部屋に滞在していたことを証明してくれる人はいますか」と尋ねた。

「いるわけないでしょう」

山本は今度は憮然とした口調で答えた。状況や相手によって態度を使い分けるタイプなのだろう。

「ですよね」

代官山としてもダメ元で聞いてみたにすぎない。

「廊下の防犯カメラを見てもらえば分かりますよ。最新の客船だから設置されているでしょう」

山本は廊下の天井を指さした。

「いえ、そこまでするつもりはありません」

本来ならそうするところだが、映像はないのだから調べようがない。

「そうだよ、防犯カメラだよ！　彼女を殺した犯人が写っているかもしれないじゃないか。刑事ならすぐにチェックするべきだ」

山本はまたも詰め寄ってきた。

「もちろんチェックしました。先ほどセキュリティセンターに立ち寄ってきたばかりです」

「それで？　犯人は写っていなかったのか」

「え、ええ、写っていなかったですね」

代官山は曖昧な口調で答えた。写っていなかったのは事実だ。嘘はついていない。とりあえずこの段階で防犯カメラがメンテナンスで作動していなかったことを伝えるつもりはない。船長からも口外しないよう言われている。

しかし殺人事件となればいずれ公表されることになるだろう。ここでそのことを告げていたずらに相手を刺激したくない。

「写ってなかったなんておかしいだろう！」

山本はさらに食い下がってきた。大物女優のマネージャーを務めているくらいだから、頭の切れる有能な人物に違いない。簡単にはごまかせないようだ。

「現場は女性用の化粧室です。さすがに防犯カメラは設置されていません」

「出入りならチェックできるだろう」

彼は予想したとおりの主張をした。

そんなことは言われなくても分かっている。

「ええっと……ちょうどカメラの死角になっていたようです」

とりあえず思いつきで取り繕う。

「つまりこの船のセキュリティに落ち度があったということじゃないか！」

山本の握り拳の指の関節が白くなった。

「これだけ巨大な客船のすべてを網羅しろというのは酷だと思います。それに乗客のプライバシーもありますし」

代官山は宥めるように言った。船長たちのことをかばってやる義理はないのだが、下手なことを口走れば船長に怒鳴り込みをかけそうな勢いだ。

「いくらなんでもおかしい。犯人は防犯カメラの死角を把握していたに違いない。つまり船に詳しい人間の犯行だよ。客よりも乗務員が怪しい！」

山本は自分の推理を興奮気味に開陳した。

「ま、まあ、可能性としてはあり得ますね」

「刑事さん、すぐに乗務員全員尋問するべきだ。着港すれば逃げられてしまう！」

山本は人差し指を代官山の胸に突きつけた。

「気持ちは分かりますが無茶なことを言わないでください。乗務員だけで千人以上いるんですよ」

さすがに現実的でないと実感したのだろう、山本は大きくため息をついた。彼は恋人を失った哀しみと怒り、そして犯人を特定できないでいる悔しさを露わにしている。額には青筋が浮いていた。鼻は鼻汁で濡れて口角からよだれが垂れている。肩で大きく息をしてなんとか正気を保とうとしているように見える。

しかしそれは演技かもしれない。

防犯カメラのことを持ち出したのも作動していないことを知っていたからこそかもしれないのだ。船長はシステムのバグだと言っていたが、スキルがあればコンピューターウイルスを送り込んでシステムを感染させることも不可能ではない。そもそも江陣原に警戒心を与えずに近づけるのは、船内には山本しかいないはずだ。近くに誰もいないタイミングで「メイクが崩れているよ」と言えば、女優ならなおさら居ても立ってもいられず化粧室に駆け込むだろう。あとは背後に回って犯行に及ぶだけのことである。ただマネージャーの彼に成人女性の首の骨を折ることができるかどうかという疑問は残る。

「彼女に会いたいんですが……」

気持ちが落ち着いたのか、山本の口調が敬語に戻り、その声も多少ソフトになっていた。

「もちろんです。霊安室は四階になります」

代官山とマヤは山本を先導する形で霊安室に向かった。四畳ほどの、殺風景な室内は警察署の霊安室とほぼ同じで簡素な祭壇が設えられている。ヒヤリとした空気に線香の匂いが混じっている。祭壇前のストレッチャーの上に江陣原が横たわっていた。

顔は白い布で覆われている。頸部の不自然な捩れ具合は隠し切れていない。誰もが一目で死因を察するだろう。

霊安室には浜田と二名のセキュリティスタッフが待っていた。浜田の学歴自慢が部屋の外まで聞こえてきた。彼らは大物女優の遺体の前でうんざりとした様子だ。代官山たちが入っても話を続けているので、代官山は咳払いをした。しかし浜田にそんな空気が読めるはずもなく、得意そうに「センター入試が満点」話をくり広げている。

そんな彼の背後に、マヤがさっと近づいた。不思議なことに浜田は首筋に手をやると置物のように固まってしまった。その瞬間、マヤがいつの間にか手に隠し持っていた注射器をポケットに入れるのを代官山は見逃さなかった。

おそらく浜田の頸動脈になんらかの薬物（間違いなく劇薬もしくは毒薬）を打ち込んだのだろう。その手つきがあまりにも鮮やかすぎて、二人のセキュリティスタッフは気づかなかったようだ。とりあえず浜田の不毛な自慢話が終わって安堵の表情を浮かべている。それはそれでよかったと言うべきだろう。

「浜田さんは大丈夫なんですよね？」

代官山はそっとマヤに耳打ちした。

「さあ？」

「さあって……浜田さんはどうなっちゃうんですか」

代官山は叫びたくなる気持ちを抑えて声を潜める。

「彼の運命次第ね」

彼女は「明日の天気次第ね」と言うように、しれっと答えた。悪意どころか悪びれる様子もない。

「なんの薬ですか」

「なんだったっけ……普通にヤバそうな薬品名だったけど」

「分かってないんですか！」

「分かるわけないじゃない。私は文系出身なのよ」

「いやいや、そういう問題じゃありません」

代官山は首を横に振りながら主張した。

「そもそも外国からの取り寄せだし」

「まさか密輸とか言うんじゃないでしょうね」

「人聞きの悪いこと言わないで。持ち込んだのは私じゃないわ」

「注文すること自体が問題なんです！」

「うるさいわねえ。まるで白金さんみたい」

「だいたいにおいて白金さんの主張が正しいですよ」

「代官様は年上に弱いからね」

「関係ないじゃないですか」

こんな人間を後輩に持つ白金不二子が大変だ。

相棒はもっと大変だけど。

今ごろ、白金は警視庁のオフィスでクシャミをしているかもしれない。なんだか陸地が恋しくなってきた。

マヤのことだ。投与した薬液の量も濃度も適当なのだろう。それでも頸動脈に正確に注射を打ち込めるのだから大したものだ。いったいその手技をどうやって身につけたのだろう。

そんな彼女なら、江陣原の首を折ることもできるかもしれない。もっとも代官山はマヤのアリバイを証言できるのでそれはあり得ない。

前々から思っていたことだが、ドＭの相手に対して母性にも似た愛情があるからこその、ドSだろう。両者はその信頼関係で成り立っているべきなのだ。

しかしマヤと浜田の関係はいつだって一方通行だ。そんな浜田に対してやり切れない気持ちになる。彼は上司であるが、代官山にとって弟同然……というほどでもないが、とにかく見知らぬ他人ではないくらいの思い入れはある。

もし彼がここで死んでしまったら……。

面倒をみなくて済むようになるから楽ちんになるな。

代官山は脳裏によぎったものを振り払った。

いかん、いかん。あんなポンコツでも上司であり命の次に大切な相棒だ。

浜田と一緒にいると命の重みに対して鈍感になることがあって、自分自身が怖くなる。これもマヤに毒されているということなのか。

「投与した本人がなにを言ってるんですか！」

代官山は張り上げたい声を抑えながらも自分自身を奮い立たせた。ねじ曲がったマヤの道徳観や死生観の軍門に降るわけにはいかない。

「しょうがないじゃない。ここは彼を黙らせる必要があったわけでしょう」

マヤは肩をすくめながら言った。浜田の被害に遭ったセキュリティスタッフは今は心配そうに動かなくなった彼を見つめているが、声をかけようとはしなかった。覚醒したらまたあの自慢話につき合わされると懸念しているのだろう。それはそれで無理もないことだ。

「それはそうですけど……永遠に沈黙しちゃったらどうするんですか」

永遠はマズいけど、半永久的ならいい気がしたりする。

「大丈夫。だってここは霊安室よ。他の乗客にも気づかれないわ」

「そういう問題じゃないですよ！」

代官山はマヤに顔を近づけた。彼女は「この話はもう終わりよ」と言わんばかりに代官山から視線を外した。

「で、他の乗客には見られなかったでしょうね」

マヤは代官山を無視して、訝しげに二人のやりとりを見つめていた若いセキュリティスタッフに声をかけた。

「はい。乗務員専用のエレベーターと通路を使いましたから大丈夫です。乗客とは一度も会いませんでした」

ロイヤルデッキは一つ一つの部屋が大きいため、当然部屋数も宿泊人数も他のフロアよりはるかに少ない。またロイヤルデッキに行くためには専用エレベーターを使う必要がある。エレベーターでは読み取り器にカードキーを通さないと作動しないようになっている。つまり他の一般の乗客たちは、基本的にロイヤルデッキに入ることができないのだ。それができるのはフロアに宿泊する乗客と、乗務員ということになる。

だからといって彼らの犯行と決めつけるのは早計でもある。犯人はなんらかの方法でカードキーを入手しているのかもしれないのだ。また非常時のための階段もある。そこの鍵を入手できればロイヤルデッキへの侵入も可能だ。

そもそもスイートに宿泊するようなセレブが、あんなプロの殺し屋のような手口で女性を殺害するだろうか。あのフロアの通路ですれ違う乗客たちは、大半が年配で上品な物腰である。唯一の若者は祖母に付き添う両角マキだけだ。どうにも結びつかない。

――やっぱり船長さんね。意外すぎる犯人に皆さんビックリ間違いなしよ。

羊子の推理が脳裏によみがえる。船長なら江陣原も警戒しないかもしれない。そしてあのがっしりとした体格。格闘技の経験や心得がありそうだ。もちろんロイヤルデッキにも入ることができるし、なにより防犯カメラが作動しないことをよく知る人物でもある。彼は防犯カメラのメンテナンスは一部の乗務員にしか知らせていないと言っていた。

リヴァイアサンの処女航海に対して、わずかなトラブルも表沙汰にしたくないようだ。そう考えると山本の「乗務員が怪しい」という見解にも、説得力が出てくる。ここにいる二人のセキュリティスタッフも腕っ節が強そうだ。彼らは数少ないメンテナンスの情報を得られた人間だ。

相手は人気女優だ。熱狂的ファンであればマネージャーと宿泊するということを知って逆上して、犯行に及んでもおかしくない。現に先日も熱愛報道からアイドルがファンに刺されるという事件が起こったばかりである。彼らにとって愛憎とは表裏一体なのだろう。人気があればあるほど、そのようなリスクも高まる。

なんだか目に入る乗務員全員が怪しく思えてくる。

「それはよかったわ。他の乗客に知られたら大ごとになるから」

二人はコクリと首肯した。

どちらにしても帰港後に表沙汰になるのは間違いない。大ニュースとして新聞や雑誌のトップを飾るだろう。とにかくそれまで騒動となるのを避けるのが好ましい。乗務員はもちろんそう願っているだろうし、代官山たちとしても今後の捜査にかかわってくる。騒動になれば乗客たちの好奇心や恐怖を刺激して、あらぬ証言や情報に惑わされることになろう。

犯人はその混乱に乗じて、さらに攪乱（かくらん）を図ってくるかもしれない。

「顔を見てもいいですか」

傍らに立っていた山本が声をかけてきた。マヤとのやりとりですっかり彼の存在を失念していた。

浜田が邪魔なので代官山は彼の体を引っぱって部屋の片隅に置いた。口と目を見開いたまま固まった浜田の身体は、まるで蠟人形のようだ。薬効が切れるまでここに置いておくことになるだろう。今は彼の生還を祈るばかりだ。とはいえ不死身体質の浜田のことだ、きっと無事に違いない。そうでなければとっくに鬼籍に入っているはずだ。

「戻ってきてくださいね」

代官山は願いを込めて浜田の右肩をポンとたたいた。彼の瞳はなにも語らなかった。

遺体のほうを見たとき、山本が白い布をそっと取り上げた。

「さとみ……」

彼はどこかまだ恋人の死を実感できていないような面持ちで遺体の顔を見下ろしている。代官山自身、人気女優の死が信じられずにいるのだから無理もない。つい昨日までテレビや雑誌、街の看板などで彼女の顔を見てきたのだ。むしろ見ない日がないくらいだった。生気を失っても江陣原の顔立ちは美しいとしか言いようがなかった。

すかさずマヤが死体に近寄って瞼を開こうとしたので、代官山が遮った。彼女は舌打ちをすると遺体から離れた。注意していないと遺品を持ち帰ろうとするので油断ができない。

そのときセキュリティスタッフの二人が出入り口に向かって姿勢を正して頭を下げた。一同がそちらに注目すると制服姿の長身の男性、西園寺が入ってきた。

「なんてことだ……」

彼は山本の隣、江陣原の遺体の前で制帽を脱ぐと顔を歪めながらしばらく遺体を見下ろしていた。

「西園寺さん」

マヤが声をかけると、西園寺は彼女に向き直った。

「リヴァイアサンでなにが起こっているんですか？」

マヤの質問に西園寺の喉仏が大きく動いた。

16

「これはヤバいやつだな」

蓋を開いて中身を覗いた富山が額の汗を拭った。

「完璧にヤバいです」

春日も同じように汗を拭って同意した。手の甲を濡らす汗がとても冷たく感じる。加藤は喉を鳴らして、橋本は落ち着かない様子で爪を噛んでいる。

「リヴァイアサンは相当に堅牢に設計されているはずです。船体は分厚い鉄板のかたまりですよ。さらに船底はダブルボトム、つまり二重構造だと石川さんが言ってました。これで致命的なダメージを与えることができるでしょうか」

加藤が声を震わせた。

「実際に爆発させてみないとなんとも言えんが、どちらにしても無事では済まないだろう。楽観的に考えるな」

富山が厳しい目を加藤に向けた。

すかさず彼は「すいません」と頭を下げる。加藤ほどの人材でも、この極限的な状況下だとどうしてもほのかな希望にすがりたくなる。その気持ちはよく分かるが、危険な逃避である。

春日の見立てでは、この爆弾は大きなビルを吹き飛ばすほどの威力を有している。リヴァイアサンの船体強度や、浸水した場合の排水や隔壁システムなど詳細は分からないが、海の藻屑と化してもなんら不思議ではない。少なくとも航行不能に陥るのは間違いないだろう。

一同に重苦しい空気が広がった。ダンボール箱の中の底部には、セムテックス系爆発物と思われる小包が敷き詰められていた。その上に七層に重ねられた回路基板と手のひらサイズのキーボード、そしてスマートフォンほどの大きさの液晶モニターが収められていた。

そして赤色LEDのデジタル表示計がカウントダウンを刻んでいた。

「トラップの宝庫だな」

富山の言うとおり七層の回路基板の間を色とりどりの、夥しい数のリード線が行き来している。また回路のところどころに黒いプラスティック製の蓋が被せてあり、内部が目隠しされている。いわゆるブラックボックスだ。これでは一目でシステムの仕組みを把握するのは困難だ。下手に回路を刺激すればなにが起こるか分からない。不用意にリード線を切断すれば、電流が流れなくなることでタイムリミットが激減したり、いきなり爆発してしまう可能性がある。かなり手が込んでいるだけに、何重ものトラップが仕込んでありそうだ。つまるところ、かなり大がかりな作りになっている。

これほど複雑な構造の爆発物を扱うのは春日自身、初めてのことだ。爆弾は解除の困難性よりも、携行性が優先される。持ち運びの段階で発見されてしまっては元も子もないからだ。そして爆弾は「発見されにくい」場所に設置するので、構造は簡素になりがちだ。さらにいえば、この日本で大がかりな爆弾が使われることはほとんどない。春日がこれまで解除してきた装置も比較的シンプルなものばかりだった。当然、加藤も橋本もこのレベルの爆弾に出会ったことはない。

ただ春日はこのシステムに心当たりがあった。それは今朝の新宿昭和ビルの爆弾装置を見たときにも思ったことだ。

マモー……。先ほどから何度も脳裏に浮かび上がる呼び名。

「ここにパスコードを打ち込めば解除できるというわけか」

モニターには「PASSCODE?」と表示されている。

手のひらサイズのキーボードはコードレス、おそらくブルートゥース接続なのだろう。この手のシステムは、一度でも間違ったキーを打ち込めば即座に起爆するように施されている可能性がある。キーボードはテンキーレスの一般的なUSキーボード配列でそれぞれのキーには英字、数字、記号が刻印されている。

パスコードはこれらの組み合わせになりそうだ。当然、その組み合わせ数は天文学的数字になる。そもそもその文字数すら分からないのだ。当てずっぽうでどうにかできるものではない。ポセイドン・ジャパンの社長が身代金であるフェラメールの絵画を犯人に渡せばパスコードを伝えられるという話になっている。

当然、警察としては絵画が犯人に渡る前に爆弾を解除したいところだ。

「どうだ、春日。解除できそうか」

富山が春日の肩に手を置いた。

「できたとしてもかなりの時間がかかります」

「だよな……」

富山はデジタル表示計に目をやった。百分の一秒単位でカウントダウンしており、今ちょうど百八十分を切ったところだ。

「あと三時間……」

橋本がうめくようにつぶやいた。

「俺と加藤で直接的に起爆を解除する方法を探ります。橋本はパスコードの解読を頼む」

春日が指示すると橋本が神妙にうなずいた。彼は爆発物処理班のエース級だが、コンピューターのエキスパートでもある。パスコードの仕掛けが施されていることは犯行予告から事前に知らされていたので、解読のための必要な機器は揃えてある。その扱いは橋本が一番慣れている。

「だけど……三時間ではまず間に合わないと思います」

橋本は少し弱気になっているようだ。

「でもやるしかないんだ！」

春日が橋本の胸に拳骨をぶつけると、彼は表情を引き締めて一度だけうなずいた。そのやりとりを見ていた加藤も自身のヘルメットを叩いて気持ちを鼓舞しているようだ。今からでは乗客の避難もできない。この状況では、乗客の安否は春日たちにかかっている。

今までにないプレッシャーに春日自身も押しつぶされそうだった。しかしライバルでもある後輩たちの存在が春日の気持ちを奮い立たせていた。二人の前で弱いところを見せるわけにはいかない。そんな春日たちを富山は頼もしそうに見つめている。

春日はダンボール箱の中に顔を近づけて、回路基板をミラーを使って検分した。

「これは受信装置かな」

富山がピンセットの先で回路の一部を指さす。そこには小さなアンテナのついた装置が接続されて緑色のLEDランプが点滅していた。

「外部の端末の電波を受信するんでしょう」

「つまり犯人はいつでも起爆することができるってわけか」

犯人は起爆装置を所持している。それはスマートフォンやPDA（個人用携帯情報端末）を改造したものだろうか。

「しかしこの装置とアンテナの大きさからして、電波の受信圏内はさほど広くないはずです。少なくとも陸上ではないでしょう」

この装置なら隔壁やその他障害物の存在を勘案してせいぜい三百メートルといったところか。

「犯人は船内にいるということですか」

加藤の言葉に富山が首を横に振った。

「いつでも起爆させることができるぞというブラフかもしれん」

富山の見解にはうなずける。

爆弾を解除されてしまうかもしれないリスクを回避するために、これほどの爆弾が設置された船に乗り込むようなリスクを冒すだろうか。命がけのテロならそれも考えられるが、犯人の目的は今のところフェラメールの絵画である。つまり金銭目的だ。

「ただ犯人が船内に潜んでいるという可能性も、視野に入れて動くべきです」

春日の主張に富山も首肯する。

「もちろんだ。そういえば乗客の中に刑事がいたよな。黒井警視監に報告して乗員たちを探ってもらおう。我々は解除に専念しよう」

「それがいいですね」

乗客の中の刑事……黒井マヤのことだ。

警視庁の刑事が三人と言っていたが、他の二人は誰なのだろう。そしてマヤとの関係は。黒井夫妻も同伴しているのなら、マヤとかなり親密な人物と思われる。結婚を誓い合った相手なのか。もしそうだとするともう一人は二人にとってどういう存在なのだろうか。

「なにを考えてる？」

「えっ!?」

富山の言葉で我に返る。物思いにふけっていたようだ。

「しっかりしてくれよ、頼むぞ」

「大丈夫です。乗客の捜査をその刑事たちに任せるのは賛成です」

春日は装置に視線を戻した。デジタル表示は着実にカウントダウンしている。ダンボール箱の蓋を開けてから、あっという間に十五分が経過していた。

「これから解除に入る。全員防爆防護服着用！」

富山の指示により四人は互いに手伝いながら防爆防護服を着用した。それだけで十五分かかる。

「ところで警視監はお前のことをよく知っているようだったな」

「ええ……まあ」

春日は曖昧に相槌を打つ。

「どんなコネを持ってんだよ。このままお前だけ出世するつもりじゃないだろうな。数年後にはお前の部下になるなんてごめんだぞ」

「そんなこと絶対にないですから」

春日は防護服の最終的なチェックをしながら答えた。富山はこんな会話で空気を和ませようとしてくれるが、さすがにマヤのことは話せない。それでも二人を眺めていた加藤と橋本の表情は緊張の色がわずかながら薄まったようだ。

「さて、諸君。残り時間は二時間半を切った……」

そのときだった。

基板上のいくつかのＬＥＤが慌ただしく赤い点滅を始め、最下層の基板の底部から機械的な作動音が鳴った。

「ひっ！」

春日たちは反射的にその場から飛び退いた。
一、二、三、四……。
春日は目をつぶりながら数を数えていた。そして五をカウントしたところでゆっくりと目を開いた。

まだ生きてる……。

目に入ったのは爆破装置が収まったダンボール箱とその傍らで尻餅をついている富山たちだった。彼らも目を見開いた強ばった表情で、肩で大きく息をしていた。

「な、なんだったんだ、今のは」

富山がダンボール箱に向かって問いかけた。防護マスクに備えられた強化プラスティック製の顔面ガードを通して、脂汗でぐっしょりと濡れた彼のおののいた顔が覗いている。

「お、おそらく起動チェックをしたんだと思います。ちゃんと電波が通じているか犯人がテストしたんですよ」

橋本が息を切らしながら言った。

「つまり……」

春日は唾を呑み込んだ。

「起爆端末を持った人間が、リヴァイアサンの中にいるということです！」

橋本が興奮気味に告げた。

「バカな……身代金目的のくせに犯人はそんなリスクを冒すつもりなのか」

春日には犯人の思惑がまるで読めなかった。

「犯人が乗船してるってことは起爆するつもりなんてハナからないんですよ。そもそもその爆弾だってダミーかもしれません」

加藤が取り繕ったような笑みを浮かべながら主張する。

「爆弾がダミーだったらどうして起爆装置のチェックなんてするんだよ。爆弾が本物だからこそチェックするんだろうが」

「そ、そうだな」

橋本の指摘に加藤も得心したようだ。

橋本の言うとおり、爆弾がダミーであればわざわざ遠隔で起動をチェックする意味がない。解除作業に入った爆発物処理班に対するブラフの可能性もあるが、とりあえず今は爆弾は本物であると想定するべきだろう。本物であろうとなかろうと、装置さえ解除してしまえばリヴァイアサンへの危機は回避できる。

　あとは船内に潜んだ犯人を捜し出すだけだ。

「回路を遮断して遠隔起爆を阻止できないか。タイムリミット前に起爆されたら元も子もない。犯人がその気なら今すぐ起爆することだってできる。俺たちの存在が知られたら起爆してしまうかもしれん」

　富山が春日に言った。

「遠隔起爆装置の周囲もトラップだらけです。下手にいじれば犯人に通知がいくような仕組みになっているのかもしれない」

　春日はミラーを使って慎重に回路の構造を調べた。

「この回路はマモーが手がけたものだと思います」

　春日は今朝から気になっていたことを口にした。

「つまりやっぱり犯人はなりすましじゃない、マモー本人だというのか」

　富山が春日に向き直る。加藤も橋本も手を止めて春日に注目した。

「当時はもう少し単純な構造でしたが、これはおそらくそれをバージョンアップさせたものだと思います。ぱっと見では分かりにくいかもしれませんが、ところどころ設計者のクセというか好みが出ているように思えるんですよね」

「なんでお前がそんなことを知ってんだよ」

「そ、それは……」

そのとき富山の無線機のスピーカーから黒井篤郎の声が聞こえた。彼は「ちょっと待て」と春日の話を遮った。

「現在の状況を報告してくれ」

富山は爆弾装置の構造と遠隔で起爆できる仕組みについて話した。そして起爆させる端末を所持した人間がリヴァイアサンに乗っていることも。

「乗客の中に三人の警視庁の刑事がいるようです。彼らに端末を持った人間を捜し出すよう指示してください。おそらくスマートフォンやPDAを改造したものだと思われます。捜し出すのは困難かもしれませんが、正直、爆弾の解除も同じレベルで困難です」

富山の言葉に黒井が歯ぎしりする音が聞こえたような気がした。

17

「ああ、くそっ!」

春日はあまりのもどかしさに声を上げてしまった。

基板同士をつなぐリード線が、何本も基板と基板の狭い隙間を通っている。そのうちのひとつのポリエチレン外部被覆材を除去して、内部の金属線を露出させる作業の真っ最中だった。

本来なら工具店で取り扱っているようなワイヤーストリッパーを使うのだが、作業場が狭すぎるため工具が入らない。そこでレーザーを照射して内部の金属線にダメージを与えず被覆材だけを取り除くことができる、科学警察研究所が開発したポータブルサイズのレーザージャケットカッターを使っているが、最近開発されたばかりとあって春日も扱いに慣れていない。

歯科医師が検診のときに使うものより二回りほど大きくしたミラーを基板の間に滑り込ませて、リード線の位置を確認しながら、そこへ細長い光ファイバーを通して先端の照射口からレーザーを当てる。隙間には複数のリード線が張りめぐらされているが、ターゲットとなるリード線以外を傷つけるわけにはいかない。さらに基板回路に当ててしまえば、なにが起こるか分からない。

しかし分厚い防護服を着用していると、繊細な作業がままならず手元が狂ってしまう。今もレーザーが別のリード線に触れてしまった。赤色の被覆材がジュッと溶けて内部の金属線の一部がむき出しになった。

幸い、装置に異常は出ていない。

「落ち着け」

富山は春日の肩にそっと手を置いた。額の汗を拭おうにも、強化プラスティックのシールドで覆われているためそれもできない。すでに体中は汗だらけで、インナーシャツがグショグショに濡れて重くなっているのが分かる。まるでサウナに入っているような気分である。極度の緊張と酸欠で気が遠くなりそうだ。

今回は三千八百人の生命だけでなく、今までに扱ったことがない高度かつ複雑な装置と対峙しているのだ。これまでの仕事とは比べものにならないプレッシャーだ。

時限爆弾を解除するには、大まかに三つの方法がある。

まずは信管外し。

信管は火薬に発火させる装置であるが、当然これを外せば爆発しない。信管は特にプラスティック爆弾には必須であり、当然この装置にも確認できる。しかし複数仕込まれているので、ある一つを外せば別のスイッチが入るような仕掛けを施されている可能性が高い。なので安易に外すわけにもいかない。

次に回路の電気を遮断すること。

当然のことだが、回路の通電を切ることができれば起爆しない。しかし、この回路のいたるところに設置されているブラックボックスの内部に、予備回路が仕込まれている可能性がある。その場合、メインの電気供給が切れたら爆発する仕組みになっているかもしれない。

最後に起爆装置を解除する。

この回路には遠隔起爆装置が設置されているようだ。客船内に潜伏しているテロリストのメンバーが送信機を持っていて、スイッチを押せば起爆することができるようになっているのだろう。回路の上のなんらかのトラップに触れてしまうと、おそらくそのメンバーに情報が通知されるように仕掛けられている可能性が高い。少なくとも起爆装置の除去は避けたほうがいいだろう。

「防護服が鬱陶しいんですけど」

春日は仕事のプレッシャー以上に、防護服着用のストレスを感じていた。

これのせいで思うように手先や体を動かせないし、集中力も妨げられている。

貨物庫内は空調が効いていないため、ただただ蒸し暑い。上の階は天国そのものなのに、階段を下れば、快適さとはほど遠い空間が広がっている。

だが、この爆弾が爆発すれば、上の天国はここ以上の地獄と化すだろう。

「着用は規則だぞ」

「そもそも爆発してしまえば、こんなもん身につけていたところで意味がないでしょ。こんな格好で死ぬなんてごめんです」

富山は部下たちを見回した。加藤も橋本も口にせずとも、表情で同じことを訴えていた。

「そうだな。これだけの爆発物だ。起爆されれば防護服もろとも木っ端微塵だ。たしかに意味がねぇな」

富山はニカッとした笑顔を見せた。それを合図に、春日たちは防護服を脱ぎだした。脱衣に十分ほどかかった。

「ふぅ、生き返った気がする」

汗で濡れたシャツ姿だが、外気に肌を撫でられると心地好い。

「爆弾を目の前にして生き返ってもな」

「地獄の中にもオアシスだ」

先ほどまでは緊張感を顔に貼りつけていた加藤も橋本も、嬉しそうに頬を緩めている。

「お前ら、このことは内緒だからな」

富山が念を押すように言った。こんなことがばれたら懲戒ものだ。

「分かってますって。これで仕事がやりやすくなった。あんな完全武装じゃ、どうにもならない」

春日はタオルで顔の汗を拭き取りながら言った。汗を拭うことができるだけでも随分と違う。このレベルの爆発物処理は、歯科治療のような繊細な作業が求められる。分厚い手袋をしているだけで、本来の能力の半分も発揮できない。防護マスクも視界をかなり悪くさせている。防護服を着用しているだけで五分の作業がその何倍もかかってしまうのだ。それは結局、隊員たちの生存率を著しく下げていることに他ならない。

まさに本末転倒だ。しかしこんな生死を分ける状況においても規則だの法律だのに縛られている。自分たちは正義の味方やヒーローではなく公務員なのだということを思い知らされる。

同じ思いをめぐらせたのか、富山や加藤たちも皮肉な笑みを浮かべている。死装束くらい自分で決めたい。といってもシャツにスラックスでは色気がない。それでもＳＦ映画を思わせる防護服で作業をすることを考えれば随分とマシである。

「とにかく続けよう」

富山が装置に設置されたデジタル時計の表示を顎で指した。

タイムリミットはちょうど二時間後だ。時間の経過が早く感じられてしまう。

春日はコードの切除部にミラーを向けて、先端が照射口である光ファイバーを近づけた。位置と角度を慎重に確認して照射ボタンを押す。ジューという音とともにレーザーによって被覆材が炙られて溶けていく。金属線の一部を完全にむき出しにすると、さらにもう一本のリード線に同じ作業を施した。

防護服を脱いだことで指さばきが軽快になった。さらに顔面防護シールドがないことで視界もかなり広がっている。春日は慎重な手つきでむき出しにした金属線のそれぞれに鰐口(わにぐち)クリップを挟み込んだ。二つのクリップはやはりリード線でつながっている。そうすることで電気的な信号を切り替え、バイパスすることができる。

「くそ、ダメか」

春日は舌打ちを呑み込んだ。

回路を確認してバイパスさせれば時間の進行を止めることができると思ったのだが、デジタル表示にそれが反映された気配はない。表示は冷淡にカウントダウンを続けている。

分かってはいたが手強い相手だ。

「他の回路で試してみよう」

富山が辛抱強さを感じさせる声をかけてきた。春日はなにかを殴りつけたい気分だったがぐっと抑えた。焦りや怖れや怒りは手元を狂わせる。そして思考を鈍らせてしまう。怖じ気づくのは論外にしても、慎重になる程度の臆病さが必要である。立ち向かう勇気は必須だが、蛮勇であってはならない。そしてなにより大切なのは仲間たちへの信頼感である。

しかしながらこの装置……。

そのときまたも富山の無線機が鳴った。

「こちら富山です」

「私だ」

声の主は黒井篤郎警視監だった。

「マモーと名乗る犯人について本庁より報告が入った。マモーはここ数年ほど各国でマークされているテロリストだ。二年前、パリで起きた美術館爆破事件は覚えているだろう」

「ええ、多数の死傷者と美術品に被害が出ましたよね」

パリ郊外にある美術館の爆破事件は、日本でも大きなニュースとして報道された。

「その首謀者が脅迫電話で、やはりボイスチェンジャーで声を変えてマモーと名乗っていたそうだ。パリの事件でも美術品を要求している。そのとき使用された爆弾も今回のように実に手の込んだ装置が施されていたらしい。今回の事件も同一犯の可能性が高いというのが警察庁の見解だ」

やはり……。

春日は独り言を呑み込んだ。富山が春日の顔を見て目を細めたが、すぐに無線機に向き直った。春日は作業場に視線を戻し、テスターを使って各部の抵抗値や電圧・電流値の測定を始めた。

どこをいじればカウントを止めることができるのか、どこをいじれば起爆してしまうのか。回路が複雑だし、ブラックボックスが多くて判別が難しい。

「同じような爆弾が使われた事件が、二十年前にもロンドンで起こっている。あのときは中心街に建つオフィスビルが爆破されて大ニュースになった」

篤郎の言葉を聞き、胃を鷲づかみにされたような痛みが走った。

「たしか日本人も巻き込まれた事件ですよね」

富山が重苦しい口調で返した。春日は呼吸が乱れそうになるのをなんとか抑えた。その様子に富山たちは気づいていないようだ。

そのまま作業を続けながらも、やりとりに耳を傾けた。

「そのビルには複数の日系企業が入っていて、テロによって八名の日本人の犠牲者が出た」

「あの事件も犯人が捕まっていなかったですよね。それがマモーというわけですか」

「この事件で首謀者がマモーと名乗っているわけではない。ただ、爆弾の構造や手口の一致性から、アメリカＣＩＡや英国ＭＩ６はマモーによる犯行の可能性が高いとみているようだ。マモーという名前が出てきたのは、二年前のパリ美術館爆破事件が初めてだが、各国の諜報機関は何年も前からやつの存在をマークしていたようだ。我が国でも我々警察庁はもちろん、内閣情報調査室や防衛省情報本部がマークしていた」

警察庁には警備局公安課、外事情報部といった諜報機関が存在する。また同じように警視庁や各道府県の警察本部にも規模は違えど同じような組織が設置されている。

「とんでもないヤツですね」

富山は恨めしそうにハイテクで固められた爆弾を見つめた。

「爆破されたビルのフロアには美術館が入っていて、そのコレクションにも大きな被害が出たそうだ」

「また美術品ですか」

「どうやら強いこだわりを持っているようだ」

「マモーは芸術家、またはコレクターなんですかね」

「今のところ正体不明だ。最近になってマモーと名乗りだしたが、国籍や年齢はおろか性別すら分かっていないということらしい。それはともかく……そこに春日巡査はいるか」

「はい、解除作業の真っ最中です」

富山は春日と目を合わせた。

「彼に伝えてほしい。この任務に私情を挟むなと」

「どういうことですか？」

富山は春日を見つめる目を丸くした。

「二十年前のロンドンのテロで彼は両親を亡くしている」

「ええっ⁉」

富山だけでなく加藤も橋本も驚いた表情を春日に向けた。

「春日くん、私の声が聞こえているか」

スピーカーの野太い声が春日に呼びかけた。

「はい、聞いています」

春日は作業の手を止めて無線機に向かって答えた。

やはり知られていたか……。

「私もついさっきまで知らなかった。先ほど警察庁の本部から報告を受けたばかりだ。ご両親のことは残念だった」

富山が「俺も知らなかったぞ。だから回路を見てマモーの手口だと分かったのか」とささやきかけてきた。

「ありがとうございます。両親のことは上司にも同僚にも話したことがないので」

「この場合、君が任務に適正かどうかという話になるが……」

「私情うんぬんの話でしたら問題ありません。俺は職務を遂行する、それだけです」

「実に頼もしい答えだ。実のところ君たち以外に適任者がおらん。なんといっても君たちは精鋭チームだからな。ところで春日くん、いま二人だけで話せんか」

「え、ええ……」

篤郎の思わぬ呼びかけに戸惑った。

「これを持って貨物庫の外で話してこい。俺たちはここで作業を続ける」

富山が無線機を差し出した。春日はそれを受け取ると富山たちを残して貨物庫の外に出た。

「今なら話せます」

無線機のマイクに声をかけると篤郎の咳払いが聞こえた。

「任務中にすまんな。こんなときになんだが、実は私には悩みがある」

「な、なんでしょうか」

こんな緊急事態に悩みごと相談を持ちかけてくるなんて……相当のことだろう。

「娘のことだ」

「マヤさんですか」

「父親ともなるとこんなときでも娘のことで悩まされる」

篤郎はマヤのことになると、常軌を逸することがある。彼に銃口を向けられたこともあるのだ。

「いま彼女、船に乗っていますよね。同乗している刑事二人というのは誰なんですか」

「そのことなんだよ。そのうちの一人が娘のフィアンセ候補ということらしいのだ」

春日の胸がチクリと痛んだ。その候補に自分の名前が入っていない。

やはりマヤに対する思いは根強く残っている。彼女にフラれてからずっと忘れよう忘れようと自分に言い聞かせてきた。彼女の顔も見ず声も聞かなければ忘れられるだろうと、意識的に接触しないようにしてきた。彼女に関する情報もできるだけ遮断した。だから彼女の異性関係については知る由もなかった。

「マヤさんが選ぶ男性ですから、きっと優秀で立派な刑事なんでしょうね」

「ところが釈然としないのだ」

スピーカーから届く篤郎の深いため息が春日の耳を撫でた。

「二人はどんな人物なんですか」

やはりマヤの相手のことは気になってしまう。分かっているのは二人が捜査一課の刑事だということだけだ。

「一人は浜田という私と同じ東大卒のキャリアで経歴は申し分ないのだが、娘より年下で見た目からして頼りにならん。まるで刑事ごっこ遊びをしている子供だ。しかし娘への愛情は本物に思える。そしてもう一人は代官様という男だ」

「ダイカンサマ？　お代官様の代官様ですか」

春日の脳裏に時代劇に出てくる悪代官が浮かぶ。

「とてもそうは見えないが、そうらしい」

「珍しい名字ですね」

「どうも娘にとってこの男が本命のようだ。経歴はこれといって見るべきものはないが、君みたいに長身で顔立ちは整っている。いくつかの難事件解決に大きく貢献していて刑事としてはたしかに優秀だ」

「そ、それならお嬢さんにふさわしいのでは」

春日は自分の気持ちを抑え込んだ。代官様という刑事とはまるで面識がない。どんな男なのだろう。

「この男が実に煮え切らんのだ。娘に対する気持ちが本物なのかどうか、まるで伝わってこない。もしかすると自分の出世のために娘を利用しようとしているのかもしれん」

周囲を気にしているのか篤郎は声を潜めた。

「警視監としては二人にフィアンセ候補として不安を感じているというわけですね」

今にも爆弾が爆発して船が沈没するかもしれないというのに、どんな会話だよと失笑してしまう。

「男の真価というのは極限状況で発揮されるものだ。もし彼の娘に対する気持ちが本物であれば命を賭けて守ろうとするはずだ。君だったらどうするかね」

「俺ならそうします」

これは心からの言葉だった。愛する人のためだったら命を捨てることだってできる。

マヤのためだったら！

それが通じたように篤郎は「うむ、よろしい」と頼もしげな声で言った。

「そろそろ娘には安心して任せられる相手が必要だと思う。私が娘の相手に求めるのは覚悟だ。娘のためだったら命を捨てて地獄に堕ちることも厭わない、そんな信念の持ち主だ」

「その覚悟が俺にはあります！」

春日は無線機に向かって力強く訴えた。今まで抑え込んでいた思いが一気に飛び出した。

「君ならそう言ってくれると思っていた。いま我々は極限状況の真っ只中にいる。そんな中で覚悟を見せた男に娘の人生を任せたいと思う。言っていることが分かるな？」

「分かります」

「よろしい。私からはそれだけだ」

無線通信が切れた。

爆弾を解除してマヤを守る。それができるのは浜田でも代官様でもない。

俺だけなのだ。

これはマヤをめぐる恋の争奪戦だ。

それでもいいと思った。ついさっきまで彼女のことは忘れよう、諦めようとしてきたのだ。

しかしそれもままならないほどに彼女への未練は深かった。そしてそれは一生涯にわたって打ち消せるものではないということが分かっている。自分にはマヤが必要なのだ。

彼女の声が聞きたい。言葉が聞きたい。

そしてなにより……彼女に罵(のの)しられたい。

徹底的に罵倒されたい！　踏みにじられたい！

彼女の罵詈雑言(ばりぞうごん)が耳に届かなくなってからの日常に感じていたのは空疎だった。マヤの尖った声が白黒になっていた日常に彩りを与える。

今こそ命がけでマヤにふさわしい男になる。

そしてマヤをこの手に取り戻すのだ。

18

四階霊安室。

「西園寺さん、いったいこの船でなにが起こっているの」

マヤは厳しい表情で西園寺に詰め寄った。

「い、いや、それは……」

彼は小首を何度も傾げながら後ずさる。体が江陣原を載せたストレッチャーに当たった。その傍らでマネージャーの山本はうなだれている。

「船長！」

そのとき、制服姿の男性が部屋の中に飛び込んできた。胸につけたネームプレートには「一等航海士・玉置(たまき)恵介(けいすけ)」とある。

「どうした」

西園寺が尋ねると、玉置は代官山たちを見やり、西園寺の耳に顔を近づけ、手で覆いをしながら、なにかを伝えた。

「なんてことだ……」

話を聞き終えた西園寺は、険しい表情で唇を噛んだ。

「西園寺さん。そろそろ質問に答えてもらえるかしら」

腕を組みながら彼らのやりとりを眺めていたマヤが声をかけると、西園寺はこちらに向き直った。

「パニックが起こらないように内密にしておりましたが、犯人がネット上で犯行声明を流したようです」

「犯行声明？　なんのことよ」

西園寺は答えあぐねているように、口をモゴモゴとさせている。

「これですね」

いつの間にか意識を取り戻していた浜田がスマートフォンの画面をマヤと代官山に向けた。

「爆弾？」

船内ではただならぬことが起こっていると感じていたが想像以上だった。

「なるほどね」

マヤは涼しい顔で得心している。

「ちょ、黒井さん。爆弾ですよ。爆発したら俺たち死んじゃうじゃないですか」

「大丈夫よ。パパがすでに手を打っているはずだわ」

「それはそうですけど……」

篤郎に入ってきた電話はその件だったのだろう。

「現在、警視庁の爆発物処理班が対処してます」

西園寺が告げるとマヤが彼に向き直った。

「ソルちゃんが来てるの？」

「ソルちゃん？」

西園寺が聞き返す。代官山も大いに気になった。

「知り合いのあだ名よ。ソルちゃんのソルはイタリア語で太陽の意味。彼の名前が太陽なのね。そんなイメージ全然しないんだけど。むしろ冥王星とか天王星とかそんな感じ」

男性を冥王星や天王星にたとえられても、まるでピンと来ない。

「ああ、春日さんのことですね。お知り合いだったんですか」

西園寺もその男性のことを知っているようだ。

「ええ、昔いろいろあったかな」

マヤはチラリと代官山を見た。

「姫様！　いろいろってなんですか」

「いろいろはいろいろよ。人生いろいろって言うでしょ」

彼女は肩をすくめた。

「ここに来て新たなライバル登場ですよ、代官山さん」

浜田は険しい表情で顔を代官山に近づける。ミルクのような甘い香りがした。この男の正体は子供ではないのかと思えてしまう。

「爆発物処理班ということは警備部ですよね」

代官山が聞くとマヤはうなずいた。警視庁の爆発物処理班は各機動隊または特科車両隊に配置されている。一般的に優秀と認められた人材が配属される。

「彼は両親を爆弾テロで亡くしているわ。だからあんな部署に志願したのね」

マヤにしては珍しく淋しげな口調だった。テロで命を落とす日本人なんてどれほどいるのだろう。真っ先に代官山の頭に浮かんできたのはアメリカ同時多発テロだ。あのときも日本人が犠牲になった。

「爆発物処理班だなんて……美味しすぎる部署じゃないですか。ずるい、卑怯だ」

浜田が代官山の傍らで地団駄を踏んでいる。彼が配属されていたらとっくに船は沈没しているだろう。先ほど海上でホバリングしているヘリを見たことを思い出した。あれは爆発物処理班の連中を運んできたのだろう。船と距離を取ったのは犯人を警戒してのことであるのは間違いない。

春日太陽とはどんな人物なのだろう。

事件より彼のことが気になるのは、どうしてなのだろう。

「犯行声明がネット上に流されたとなると、乗客たちがパニックになる可能性があります」

西園寺は爆弾よりもそちらのほうを心配しているようだ。

「たしかにあれだけの乗客がパニックになったらまずいわね」

マヤが天井を見上げながら尖った顎をさすった。犯行声明がネット上に流されたなら、乗客の何人かはすでに閲覧しているだろう。一人でも知ればそこから爆発的な速度で伝播していくに違いない。

「犯人像はつかんでいるんですか」

代官山は西園寺に聞いた。

「マモーと名乗るテロリストだ」

突然、恰幅の良い男性が部屋に入ってきて告げた。

黒井篤郎だ。相変わらず険しい表情のままだ。

「とりあえず私が陣頭指揮を執ることになった。爆発物処理は春日くんたちが取り組んでいる。彼のことは知っているだろう」

「ええ。彼、どうしているのかしら。久しぶりに会ってみたいわ」

「爆発物処理はただでさえプレッシャーとストレスが大きい。それでいて繊細な作業が要求される。今は職務に集中させるべきだ」

篤郎は首を横に振りながら言った。

「だからこそよ。私の顔を見れば、彼のモチベーションもマックスになるんじゃないかしら」

マヤは自信ありげな笑みを浮かべた。

「なるほど。愛する者を命がけで守ろうとするのが男だからな」

篤郎はふむとうなずいた。

「僕も命を賭ける覚悟があります！」

浜田が手を挙げてピョンピョンと跳びはねながらアピールする。

「ソルちゃんはどこにいるの」

「貨物庫だ」

父子はまるで浜田がそこに存在していないかのようにやりとりしている。

「なるほど。そんな場所に爆弾が仕掛けられているのね。それでタイムリミットはどうなっているの」

「もう二時間を切っている」

篤郎は答えたあと、深いため息をついた。

「二時間ですか！」

代官山が聞き返すと篤郎ははっきりとうなずいた。

思った以上に事態は切迫している。鼓動が胸板を叩き始めた。

西園寺の喉仏が大きく上下している。

「犯人からの要求はあったんでしょ？」

マヤの問いかけに篤郎の表情がわずかに曇った。

「三十分ほど前に身代金である美術品の受け渡しが行われる予定だったが、犯人は現れなかったようだ。その後、犯人からの連絡はない」

「もぉ、ダメだぁ〜」

浜田は頭を抱えながらその場でうずくまった。篤郎はそんな彼を呆れたような目つきで一瞥した。マヤの婿候補合戦で大減点間違いなし、いや、落選決定だろう。

「もし爆発したらどうなるんですか」

今度は西園寺に尋ねた。

「リヴァイアサンの造りは堅牢です。大波や衝突などの外的衝撃にはある程度耐えることができます。しかし船内での衝撃にはどこまで耐え得るのか未知数です。火災や浸水には対処できるシステムが構築されていますが、さすがに爆発となると……」

彼は唇を舐めて言葉を切った。

「最悪、沈没もあり得るのかね」

すかさず篤郎が尋ねる。

「もちろん爆発の規模にもよりますが……否定はできません」

西園寺は重苦しい口調で答えた。

テロリストなら中途半端なことはしないはずだ。やるからには沈没を狙ってくるだろう。

「その場合、乗客全員の安全を保障することができるのかね」

篤郎は落ち着いた口調で聞いた。

「なにぶん前例がないことなので、クルーたちにとって初めての経験となります。もちろん訓練を受けていますが……最善を尽くすとしか言いようがありません」

西園寺の返答は歯切れが悪い。

現実的に考えて、沈没なんてことになれば乗客と乗務員の全員を適切に誘導するのは不可能だろう。パニックに陥る者も少なくないだろうし、船体の損傷によっては脱出経路を断たれる者も出るはずだ。

代官山は映画『タイタニック』を思い出した。学生時代、交際していた女性と名画座で鑑賞した。着実に沈んでいく船内は、まさに地獄絵図だった。あの状況で訓練マニュアルが通用するとはとても思えない。両角加代のように、認知症で車椅子の高齢者だっているのだ。

爆発で負傷した乗客は誰がどうするのだろう。数百、場合によっては千人を超える乗客乗員の命が海の藻屑と化すかもしれない。その中には政治家や企業人など要人も多い。それを知悉（ちしつ）しているからこそ、犯人は爆弾を仕掛けたのだ。

「とにかく爆発を食い止めるしかないようだな」

篤郎が言うと、西園寺は脂汗で濡れた顔でコクリとうなずいた。彼は過大なプレッシャーで卒倒しそうになっているに違いない。それでも船長としての使命と責任感が彼の気力を支えているのだろうか。

同様のプレッシャーを篤郎も抱えているはずだ。しかし、彼の表情に怯えや恐怖は窺えない。そこにあるのは強い正義感、そしてなにより娘を守ろうとする父親としての覚悟だろうか。さすがは警察庁のナンバー2だ。

代官山はそんな篤郎を心から頼もしく思った。

浜田は子供のように床で丸まって震えている。ほんの一分前には命がけでマヤを守ると雄々しく宣言していたはずだが、これが浜田クオリティである。

そんな彼をマヤは爪先で蹴っている。

彼女の表情にも、恐怖や絶望は窺えない。むしろこの状況を心底楽しんでいるようにも思える。肝が据わっているというよりも、度が過ぎた悪趣味なのだ。頭の中は溺死体で埋め尽くされた海面が広がっているに違いない。自分もその中の一人になるかもしれないというのに。

「爆発物処理班の報告によると、船内に遠隔操作で爆弾を起爆できる装置を持っている人物がいるらしい」

「それはつまり犯人が船に乗っているということですか」

代官山が尋ねると篤郎は首肯した。

爆弾を仕掛けた船に、犯人が乗り込んでいるとは意外だった。そこまで危険を冒す必要があるのだろうか。

「そうなると爆弾はハッタリかもしれませんね」

西園寺が努めて明るくしたような口調で言った。彼の言うとおり、自爆テロではないのだから犯人が乗り込む必然性がない。

「処理班たちの報告ではそれは期待できなそうだ。犯人は確実な脱出経路を確保しているのかもしれん。とりあえず今は、爆発物は本物だと想定して動くべきだろう」

「解除できそうですか」

再び代官山が問いかける。

「現時点ではなんとも言えん。トラップが幾層にも施されて、相当に複雑な構造になっているとのことだ。今は一つ一つトラップを解除していく作業を継続中だ」

この船内で一番のプレッシャーとストレスに晒されているのは、爆発物処理班の連中だろう。もし彼らの立場だったら正気を保てる自信がない。

「ソルちゃんはたしかに優秀だけど、ここぞというときに力を発揮できないタイプなのよねえ。いるわよね、そういう人。模試では毎回A判定のくせに、本番でしくじるみたいな」

マヤは相変わらず爪先で浜田を蹴りながら言った。

それを聞いて西園寺の表情が曇った。

「解除できる確率は良くて五分五分だろうと私も思っている」

言いながら篤郎はうずくまっている浜田の背中をつかんで無理やり立たせた。浜田の顔は涙と鼻水でグシャグシャである。それでも事あるごとに死線をさまよいくぐり抜けてきた不死身体質だ。今回はどんな死線が彼を待ち受けているのだろう。

「マヤ、お前たち三人でなんとしてでも犯人を見つけ出して爆弾を解除するパスコードを聞き出してくれ。もう一刻の猶予もない。爆発物処理と船内捜査の二段構えでいく」

篤郎がマヤに向き直って言うと彼女はコクリとうなずいた。

「代官様とタイタニックも悪くないわね……と言いたいところだけど、ディカプリオに似ても似つかないわ」

「悪かったですね。当時はともかく今のディカプリオにならルックスでも負けてませんよ」

『タイタニック』の頃はともかく、最近のディカプリオは、渋みが無駄に増しすぎてむさ苦しいおっさんみたいだ。

「この状況ですごい会話ですね」

西園寺が、感心とも呆れともつかぬ口調で言った。

「とにかく、犯人を見つけ出せ。やつとて起爆させるには覚悟が必要なはずだ。身の危険を確信しなければボタンは押さないだろう。しかし、そうでなければ一気に決着をつけるかもしれない。やつを見つけ出しても接触は慎重に頼んだぞ」

「分かったわ。パパはどうするの」

「私は船長とともにブリッジで陣頭指揮を執る。あそこなら警察庁と直接連絡をとることができるからな」

「うーん、やっぱり気になるなあ」

突然、マヤが小首を傾げながら言った。

「なんだ？」

篤郎が目を細めた。

「江陣原さとみよ。犯人がテロリストと同一人物かはともかく、やはり防犯カメラのトラブルのことを知っていたんじゃないかと思うの。そうじゃなければ防犯カメラの見えるあの場所で犯行に及ぶとは思えないわ」

リヴァイアサンのセキュリティの高さは周知の事実だし、各所に設置された防犯カメラがいやでも目につくはずだ。速やかにターゲットの首の骨を折るような犯人が、防犯カメラの存在を見落としていたとは思えない。

「防犯カメラのトラブルを知っているのは、一部のクルーだけでしたよね」

代官山は西園寺に問い質すと、彼は戸惑ったようにうなずいた。

「あと本社の幹部の数名とメーカーの担当者たちも知っています」

「そちらから漏れた可能性もあるわけね」

そうなってくると、あと二時間足らずで漏洩元を特定するのは不可能だ。

「乗客だけで二千七百人ですよ。今から全員の身体検査なんて無理でしょう」

代官山が訴えると西園寺は目を伏せた。

爆発物処理班の連中によれば、起爆装置はスマートフォンくらいの大きさではないかという。それなら、チェックを受けているときだけ身につけないでおけばよい。ベッドの下や引き出しの中など、客室内には隠し場所がいくらでもある。全クルーを動員しても装置を見つけ出すのは難しいだろう。ましてやクルーの中に犯人がいないとは限らないのだ。

「江陣原さとみはこの件と関係あるのか」

篤郎がストレッチャーの上に横たわる江陣原の死体を見つめた。山本が死体に寄り添うようにして立ちつくしている。こちらの話に気が向いていないようだ。

「彼女は犯人と接触したかもしれないわね。なんらかのきっかけで相手に不審を抱いたとか」

「それで口封じされたということですか」

「あり得なくはないでしょ」

「実は……」

突然、山本が声をかけてきた。

「どうしたんですか、山本さん」

西園寺が山本に向き直った。

「皆さん、ご存じだと思いますが、江陣原は近年、女優業だけでなく映画の製作にも関わっています。実は、彼女が監督主演を務めるプロジェクトが動いていたんですが、それはあるテロリストを描いた作品だったんです」

「まさかそのテロリストがマモーだなんて言うんじゃないでしょうね!?」

西園寺の言葉に山本はゆっくりとうなずいた。

「江陣原はここ数年、女優業をこなしながらシナリオの執筆に力を入れていました。この物語は自分で書くんだと相当に入れ込んでましたね。それだけマモーというテロリストに惹かれたんだと思います。マモーは一匹狼で絶対に他人を信用しない。正体を知った者は確実に消される。移動の車中や食事のときにも、その話ばかりしてましたからね。取材もかなりしていました。そのために相当なお金をつぎ込んでいました」

「そんな彼女が偶然、憧れのテロリストとかち合ったというのかしら。本当はマモーがこの船に乗ることを知っていたんじゃないの？」

マヤが問い質すと山本は小さくうなずいた。

「もちろん確信はありません。ただこの船にはウィリアム・ホッパーの『ミッドナイト・ホークス』が載っています」

「なんなの、それ」

「姫様、知らないんですか。ウィリアム・ホッパーは二十世紀初頭にニューヨークで活動していたアシュカン派の画家ですよ。主に夜の路地裏や高層ビルの暗がりなど都会生活の孤独をテーマとした作品が多いです。死後になって評価された画家で、作品の大半は生前の小火で焼失してしまい三作品しか残ってなかったんですが、そのうちひとつは数年前に盗難にあって、もうひとつはテロによって失われたんですよ。だから猿渡源三（さるわたりげんぞう）氏が所蔵する『ミッドナイト・ホークス』がウィリアム・ホッパーの唯一の作品となるわけです」

先ほどまで床で丸まっていた浜田が、今は得意気に蘊蓄を傾けている。代官山はこの立ち直りの早さが羨ましくもある。

それはともかく、すぐにマヤを警戒した。浜田に対してどんな仕打ちをくり出してくるか分からない。しかし今回は父親がいる手前か「ふうん」と興味なさそうにうなずくだけだった。

「そのウィリアム・ホッパーの絵画がどう関係するのかね」

篤郎が先を促す。

「江陣原は数年前の『屋上の猫』盗難事件はマモーの仕業だと考えていました。そして『裏窓の女』は二年前、パリの美術館で起こった爆弾テロで失われた。これもマモーの仕業でした」

「いったいマモーはどうして美術品ばかりを狙うんだね」

「これは江陣原が立てた説なんですが、寡作画家の作品の大半を壊していけば、残された作品の価値はうなぎ上り、というわけです」

「なるほど。三つしかないウィリアム・ホッパーのうち二つが失われれば、残された作品は唯一無二になるというわけか」

「江陣原は取材の過程で『屋上の猫』はマモーの手に渡っているはずだと確信してました。だからマモーはホッパーの他の二作品をこの世から抹消しようとしているというわけです。ましてや猿渡氏の所蔵する『ミッドナイト・ホークス』はホッパーの最高傑作とされています」

山本はスマートフォンの画面を見せながら言った。そこには『ミッドナイト・ホークス』が表示されている。暗がりの路地にある、煌々と灯りのついたバーで疲れ切った表情の男女三人がなにやら店員と話をしている。単調な構図と色彩、大胆なコントラスト、強調された輪郭線で描かれた作品には大都会で生活する人たちの孤独な雰囲気が見事に活写されているように思う。

地味な作品だが、思わず見入ってしまうなにかがある。

代官山は美術についてはずぶの素人だが、この絵画の評価が高いのも分かる気がする。

「だったら『ミッドナイト・ホークス』を破壊するのではなく盗んでしまえばいいのではないのかね」

篤郎がもっともな意見をぶつけた。

「これも江陣原が長年の取材で突き止めたことなんですが、マモーは『猫』にまつわる作品に強いこだわりを持っているようです。四年前にバーミンガムのオフィスビルでも爆弾テロが起こっています。当局はIRAの犯行と見なしているようですが、そのビルの中にロスチャイルド系列の財団のオフィスが入っていて、所有していたレオナール藤井の作品が失われています。それによって藤井の現存する作品はひとつだけになりました。それには『猫』が描かれています」

「藤井が一九〇二年にモンマルトルで描いた『愛猫』ですね。十五年前に所有者の自宅が火災にあって焼失したそうです」

さすがは蘊蓄王の浜田である。

その知識がわずかでも実生活に活かせればいいのだが。

「その火事は放火の疑いが強かったそうです。江陣原はマモーの犯行と考えていたようです。そのエピソードはシナリオで描かれていましたからね。『愛猫』は焼失したのではなく盗まれたのだと言っていました。どうやらマモーは猫にまつわる美術品をコレクションしている。マモーが関わったとされる事件の数々を分析していくと、そういう結論に至ったようです」

山本によればこれまでにテロの被害にあった美術品の中に「猫」が描かれた作品はひとつもなく、またテロによって価値の上がった「猫」作品がいくつか出てきたという。さらにそのうちのいくつかはマモーによって強奪されているというのが江陣原の見解だ。

「つまり現在『愛猫』はマモーの手の中にあるというわけか。そして絵の価値を高めるために、バーミンガムで爆弾テロを起こした」

山本はぎらついた瞳を向けて、強くうなずいた。

「ちょ、ちょっと待ってください。たかだか猫の絵の価値を高めるためだけにリヴァイアサンに爆弾を仕掛けたというのですか。いくらなんでも……」

代官山の主張に山本は鼻を鳴らした。

「いくらなんでもあり得ない……警察や公安にそう思わせることが目的だと江陣原は言っていました。現に警察は、バーミンガムのテロをIRAの犯行と見なしてますから。江陣原以外、美術品の価値に着目した人間はおそらくいません」

テロとは本来、宗教的・政治的な思想に基づいた大義があるはずだ。しかしこれは完全に私利私欲である。そのために数千人の命を奪うことも厭わない。代官山が今まで向き合ってきた悪人たちの中でも最凶最悪である。交渉や説得なんて通用しそうもない。犯人に対する怒り以上に、怖れを感じた。

「それで江陣原さとみは殺されたというわけですか」

代官山はにわかには信じられない気持ちだった。

「ええ。おそらくそうでしょう。マモーの正体に迫っていたというジャーナリストが何人も消息を絶っているという話です。江陣原は彼らはマモーによって人知れず消されたと確信していました。私は江陣原がマモーを追っていたことを知っていましたが、このリヴァイアサンにマモーの獲物が載っていたことは乗船するまで知りませんでした。彼女はそのことを私に告げずに、リヴァイアサンでの休暇を持ちかけた。私に止められると思ったから内緒にしていたんでしょう」

山本は悔しそうに唇を噛んだ。

「猿渡氏はどこにいる」

猿渡源三は猿渡コンツェルンの総帥である。八十過ぎの老人であるが今でも矍鑠としており、ときどきニュースや新聞などで顔や名前を見かける。筋金入りの美術愛好家で美術の教科書に載るような偉人ともいえる芸術家たちの作品を多数所有しているそうだ。まさにリヴァイアサンの乗客にふさわしい人物である。

「すぐに確認します」

一等航海士の玉置は部屋を飛び出していった。

「普段はセキュリティの高い施設に厳重に保管しているようなので、いくらテロリストでもおいそれとは手が出せなかった。だからリヴァイアサンに載せられている今がチャンスなんですよ。それで江陣原はリヴァイアサンに乗り込んだ。本物のマモーと邂逅できるかもしれないと考えたんです」

山本の握りしめた指の関節が真っ白になっている。

「絵画はどこに保管されているの」

「貨物庫です。来月から香港の美術館に展示される予定です」

西園寺が答えた。なんでも猿渡は自室に持ち込みたいと主張したがサイズが大きいためそれは叶わなかったそうだ。また保険会社との契約上、然るべき貨物庫での運搬でないと保険が適用されないという事情もあるらしい。しかしこの貨物庫、防犯カメラは設置されているが、警備員が常駐していないためセキュリティにおいては万全とはいえない。それでも普段よりは警備員の巡回の頻度を上げているという。もっとも今回のように貴重品を運搬することを目的とした船ではないから無理もない話だ。

「起爆されれば間違いなく木っ端微塵ね」

どうしてこんな状況でマヤは愉快そうにしていられるのか。自分たちも木っ端微塵になるかもしれないのだ。遺体の回収も絶望的だろう。そんなことを考えると全身が冷たくなる。

「それにしても解せないわ」

「黒井さん、まだなにかあるんですか」

代官山は腕を組みながら首を捻っているマヤに声をかけた。

「マモーが乗船していることよ。もし起爆すれば逃げ場はない。乗客に紛れたところで誰かに顔を覚えられる。絵画を狙うにしても別の場所でいいわけでしょう。搬送先の香港でもいくらでもチャンスがある。むしろ香港の美術館を吹っ飛ばすほうが安全よ。どうしてそんなリスクを冒す必要があるのかしら」

そのことは代官山も疑問に思っていたところだ。それについて、山本もなにも答えなかった。それからしばらくして、一等航海士の玉置からトランシーバーによる連絡が入った。

「猿渡氏は無事のようです。ただ、乗客たちの間でパニックが広がりつつあります」

トランシーバーを耳から離した西園寺が報告した。

「我々は速やかに乗客の避難誘導に入ります。よろしいですか」

西園寺は篤郎に許可を求めた。

「こうなってしまった以上やむを得ない。乗客の命が最優先です。よろしくお願いします」

「なんとか起爆を食い止めてください」

そう言い残して部屋を出ていこうとする彼を篤郎が呼び止めた。

「船内には起爆装置を携えた犯人が潜んでいます。相手を刺激しないよう細心の注意を払っていただきたい」

「分かっています」

西園寺は決意を込めたような目つきで敬礼をすると、今度は部屋を飛び出していった。

テロリストの声明はネット上に流されたばかりだが、もうすでに乗客の多くは把握していることだろう。

手がつけられないほどのパニックになるのは時間の問題だ。

「さあ、時間がない。お前たちは船内に潜む犯人を追ってくれ」

篤郎の指示にマヤはうなずくと、

「行くわよ」

と代官山と浜田に声をかけてさっさと部屋を出ていった。

19

「厳しいな……」

春日と加藤の作業を目で追いながら、富山がうめくように言った。

先ほどから回路の随所に仕込まれたトラップを解除しようとしているが、思うようにいかない。トラップのように見せかけるダミーも数多く仕込まれていて、作業の多くが徒労に終わっているのだ。遠隔操作できる起爆装置周りはリスクが高すぎて手が出せない。遠隔操作を司る(つかさど)であろう回路をいじれば、犯人に通知されてしまう可能性が高い。

春日は汗でぐっしょりと濡れている加藤と顔を見合わせた。爆発物処理班の精鋭である彼の表情にも恐怖や怯えの色が濃くなっている。

あれからチーフセキュリティの石川が進捗状況を確認に来た。さらに西園寺船長に指示されたからと爆破装置をデジタルカメラで撮影していった。デジタルで表示されたカウントダウンを見て彼の顔は蒼白となった。しかしなにも言わずそそくさとカメラを抱えて逃げるように貨物庫を出ていった。

カウントダウンは八十分を切っていた。しかしこの段階でまるで手応えが感じられない。ここまで追い込まれるのは初めてのことだ。陸上なら解除不能と判断されれば避難することができるが、海上の船内ではそれがかなわない。

「橋本、そっちはどうだ」

富山が声をかけると橋本は苦々しい顔を向けた。

彼はパスコード解析を担当している。装置の回路にパソコンを接続させて、警察庁の附属機関である科学警察研究所が開発したという特殊なソフトウェアを使って解析作業を進めている。

「高度な暗号を使っているので、解析できたとしても丸一日以上かかります」

どうやら進捗は芳しくないようだ。現実的にはパスコード入力が一番安全確実な解除手段である。装置にはブルートゥースによるワイヤレスの、手のひらサイズのキーボードが同梱されていて、これを使ってパスコードを入力するようになっている。橋本によれば数回の誤入力程度なら起爆することはないが、コンピューターを使って無作為入力を高速でくり返す方法は危険だという判断だ。一定回数を上回れば起爆してしまうようにプログラムされているようだ。

「パスコードさえ分かれば万事解決なのにな」

富山が濡れた髪の毛をクシャクシャと掻きむしりながら言った。

「どこかにヒントがないですかね」

加藤が額の汗を拭いながら言った。

「たとえば犯人像にヒントがあるかもしれない」

なんらかのヒントがあれば無限大といえるパスコードの組み合わせをある程度限定できる。ある研究によればテロリストが設定するパスコードはなんらかのメッセージが込められているケースが多いという話を春日は聞いたことがある。

だから爆発物処理は犯人に関する情報が重要なのだ。

「だけど正体不明のテロリストなんでしょう」

加藤が声を上ずらせた。

国籍や年齢はおろか、性別すら分からないでは人物像を割り出しようもない。今頃、警察庁も各国の情報機関と連携して情報を集めている真っ最中だろうが、残り七十四分では期待できそうもない。

そうこうするうちにカウントダウンが七十三分を切った。一分経過するのが早すぎる。

「もはや映画一本にもならないんだな」

富山が哀しげにつぶやいた。

ああ、死ぬ前にせめてマヤに会いたかった。七十三分後に自分は生きていないかもしれない……どうにも実感ができない。そしてそれを回避できるかどうか自分自身にかかっている。

全乗客乗員の命を背負っているのだ。そのプレッシャーすら今は薄らいでいる。無意識のうちに観念しているのかもしれない。

「だめですよ、諦めては！」

春日は富山たちに向かって口調を強めることで自身を鼓舞した。

顔を上げると、そこに胸の前で腕を組んだマヤの姿が浮かんできた。相変わらずどこか自信ありげな笑みを浮かべながら、見下すような目で見つめている。

そうだ、彼女を死なせるわけにはいかない。命を賭けて彼女を守ると父親にも誓ったのだ。

そしてこの最悪の窮地は最高のチャンスでもある。

見事に結果を出せば、マヤを取り戻せるのだ。

「いつまでかかってんの。ほんとに使えないわね」

マヤの刺々（とげとげ）しい声が聞こえてくる。幻聴とはいえなんと心地の好い、そしてリアルな声だ。

マヤにたとえ母親を中傷されたとしても、自尊心が大いに傷ついたとしても、彼女の声を聞きたい……受け止めたい！

「おい、春日。もしかしてあの子……」

富山の呼びかけに我に返った。彼は前方を指さしている。

そこにはマヤの幻影が……まだ残っている？

「なによ。幽霊を見るような目で私を見て」

「マ、マヤちゃん？」

春日は幻影に声をかけた。

よく見るとマヤの両隣に男性が立っている。ひとりは整った顔立ちの長身で、もうひとりは小柄で子供のような可愛らしい顔をしている。

「私を小娘みたいに呼ばないでほしいわね。知ってる？　ちゃん付けは立派なセクハラよ。それに防護服を着用する規則のはずよ。監察官に通報してやるわ」

どうやら幻影ではなく本物のようだ。まさかマヤがここに姿を見せるとは思わなかった。

「捜査一課の浜田警部補です」

「同じく代官山巡査です」

二人の男性が春日たちに敬礼を向けた。加藤も橋本も手を止めて敬礼を返す。富山は立ち上がって所属と氏名を伝えた。

「ふうん、これが爆破装置？　見た感じ、かなり複雑なようね」

マヤは春日たちに近づくと装置を見回しながら言った。

「で、どうなの。もちろん解除できるんでしょうね」

彼女は挑戦的な目つきを春日に向けた。

「おい、あれが噂の黒井マヤか」

富山が小声で聞いてきた。

「ええ。警察庁次長のひとり娘です」

「刃向かうととんでもないことになるって噂だぞ」

「噂じゃないです」

春日も小声で答える。

「おっさんの内緒話はキモいわよ。それともそういう関係なの。庁内報にリークしちゃおうかしら」

マヤが底意地悪そうに笑う。全然変わってない。

「ご覧のとおり、鋭意解除中だよ。ただ、難儀しているのは事実だ」

加藤と橋本は作業に戻っている。

「あら、これってタイムリミットが六十九分ってこと？　それでは避難誘導もままならないでしょうね。あなたたちが解除できなければ乗客の大半は海の藻屑よ。もちろんあなたたちも骨も残らないくらいにバラバラになるわ。本当、責任重大ね。薄給に到底見合わない。もはや社会の奴隷同然よ。あなたたち下級公務員の鑑だわ」

マヤがケラケラと笑う。

「黒井さん！」

代官山が彼女を諫めている。数年前までその役割は春日のものだった。

いや、どうしてなのだろう。

心臓にグサグサくるのに心地好い。クセになる。もっともっと救いのない絶望的な言葉をかけてほしくなるが、加藤も橋本も富山も、彼女の言葉に顔を歪めていた。

「姫様、『ミッドナイト・ホークス』はこれみたいです。ラベルにそう書いてありますよ」

浜田が隣の棚に収められている大きめの木箱を指さした。

「これが本命ね」

マヤが木箱に近づきながら言った。

「本命ってどういうことですか」

富山が近くに立っている代官山に尋ねた。

「いや、実は……」

彼は江陣原さとみのマネージャー・山本から聞いた話を簡単に説明した。

「江陣原さとみが殺されたんですか!?」

春日たちが作業に没頭しているうちに、上のデッキではとんでもないことが起こっていた。

あの大物女優が殺害されていたなんて……。

彼女が犯人について取材をしていたことにも驚かされた。

そして、犯人の本当の目的にも――。

「江陣原さとみなら、パスコードにつながるヒントを握っていたかもしれない」

富山が心底残念そうに言った。

「とりあえず中身を調べてみましょう。浜田くん、代官様、頼んだわ」

マヤに指示された二人の刑事は、棚から木箱を下ろして蓋を開けた。

「嘘だろ」

代官山が立ち上がって呆然とした様子で箱の中身を見つめている。春日たちも作業を止めて木箱に近づいた。中には大きな額縁に入ったキャンバスが見える。しかしそこに描かれているのは闇だった……というかなにかで真っ黒に塗りつぶされている。

「え、これって偽物？」

浜田が代官山を見上げながら言った。

「いいえ。どうやらこれが『ミッドナイト・ホークス』みたいね」

マヤがキャンバスの表面に手を当てながら言った。

「あり得ないですよ。だって真っ黒じゃないですか。こんなの絵じゃないですよ」

「もともとはちゃんとした絵だったのよ。誰かがキャンバスの上に特殊な薬品を振りかけたようね」

春日は絵画に顔を近づけて表面を指で探ってみた。たしかにマヤの言うとおりだ。これでは修復不可能だ。『ミッドナイト・ホークス』なら元美術部だった春日も知っている。ウィリアム・ホッパーの作品で相当な価値がある。

「そんなバカな……」

代官山が眉をひそめながら真っ黒になった絵を眺めている。

「いったい誰がこんなことを……ってやっぱりマモーですよね」

浜田が言うとマヤが「まあ、そうでしょうね」とそっけなく答えた。

「ソルちゃん、無線でパパにこのことを伝えてもらえる？」

「う、うん」

春日は富山から無線機を受け取ると篤郎に絵画が薬品によって破壊されたこと、そしてついでに作業の進捗状況を伝えた。篤郎からは引き続き解除作業に専念するよう指示を受けた。さらにこれから乗客の避難誘導を始めるということも伝えられた。

「だけどこれがマモーの仕業としたら変じゃないですか」

代官山と同じ疑問を春日も持った。他の連中もそうだろう。

「たしかにおかしいわね。そもそも薬品で絵画を塗り潰すつもりだったなら、わざわざこんな大がかりな爆弾を仕掛ける必要がない」

薬品が失敗したことを想定して爆弾を仕掛けたというのも、あまりに現実離れしすぎている。そうだとしても、もはや起爆させる理由がない。船内にいる犯人にとっても相当なリスクになる。そもそも爆弾を仕掛けた船に犯人が乗っていること自体が不自然なのだ。

「わけの分からない犯人ですね」

代官山が肩をすぼめている。

「薬品と爆弾は同一人物じゃないかもしれないわね」

「複数犯ということですか」

代官山が言うと、マヤは首を横に振った。

「両者はまったく違う目的を持っていたということよ。そもそもこの爆弾だって本当にマモーが仕掛けたものなの？　犯行声明だって本人である確証はどこにもないわ」

「たしかにそうだけど、江陣原さとみも『ミッドナイト・ホークス』もマモーとは少なからず縁がある。マモーが乗船している可能性は高いと思う」

春日は彼女に自分なりの見解を告げた。

「だから薬品はマモーかもしれないけど、爆弾はどうかなって言ってんの」

マヤが爆弾を爪先で蹴りながら言った。

思わず春日たち処理班全員が、身構えるポーズを取った。

「ば、爆発したらどうすんだ！」

富山が声を荒らげたが、マヤは鼻で笑っている。

「どうせハッタリよ。仕掛けた犯人がマモーだろうが別人だろうが、船に乗り込んでいる時点で、爆発させるつもりなんて最初からなかったに決まってるわ」

「それが……そうでもないんだ。どんなに構造を複雑にしたところで回路を分析していけば必ず判別がつく。まだすべての回路を把握しているわけじゃないが、それでもこの装置がハッタリじゃないことはほぼ断言できる。犯人が遠隔で起爆する、またはタイムリミットが来れば爆発する。そしてこの回路の構造はマモーの手によるものだ。俺はずっとマモーのことを調べてきたんだ。だから分かるんだよ」

「遠隔操作ができるなら装置を止めることもできるんじゃないの？」

「たしかにそうなんだけど、犯人がそれをしてくれるという保証はないよ」

「マジで爆発すんの？」

マヤはそっと足を引っ込めた。こういうところが可愛らしい。

「とにかく我々はギリギリまで解除に専念します。刑事部の皆さんはどうか犯人を見つけ出してください。ヤツからパスコードを聞き出すのが現実的です」

富山が告げると代官山と浜田は「はい」と敬礼した。

「ソルちゃん」

代官山たちを横目にマヤが春日に近づいてきた。

「命あったら、また飲みましょうよ。昔みたいに」

「命あったら……」

「私たちの命はあなたにかかってるのよ」

そう言ってマヤが胸に拳骨を当ててきた。

「約束する。絶対に君を守る」

「さあ、行くわよ」

春日の言葉を最後まで聞かずにマヤは代官山たちを引き連れて貨物庫を出ていった。

「昔の彼女ってあの子なんだな」

すかさず近づいてきた富山が肘をぶつけてきた。

「え、ええ……まあ」

今さら否定するつもりもない。加藤も橋本も笑っている。

「爆発を止められなかったら、あの世でも父親に殺されるんじゃないのか」

「そうなりそうですね」

春日は装置を見やった。カウントダウンはついに一時間を切っている。

「まだ一時間もあるんだ。なんとかなるさ」

富山が春日の肩を叩きながら快活に笑った。

気分がハイになっているのか、それともやけくそになっているのか。

春日も笑った。

もうここまで来たら笑うしかないだろう。

20

代官山たちは五階のラウンジ、アトリウムホールにいた。

つい先ほどまで乗客たちがくつろいでいた空間なのに、今は張り詰めた空気が漂っている。

アトリウムホールは、乗客たちでほぼ埋まっていた。年配者はソファなどに腰掛けているが、多くの者たちは身を寄せ合いながら立っている。まるでラッシュ時の満員電車を思わせる混雑ぶりだ。ざっと眺めたところ五百人はいるだろう。彼らは吹き抜けとなっている一階上の踊り場を見上げている。

そこには船長の西園寺と一等航海士の玉置の姿があった。西園寺は拡声器を手にしている。

「皆さん、すでにご存じの方も多いと思いますが、当リヴァイアサンに爆発物を仕掛けたという声明がインターネット上に流されています」

犯行声明を見た者たちは情報を求めて自然とこのラウンジに集まってきたようだ。

ネットに流されてからほんの数十分である。しかしこれだけ集まっていてもほんの一部にすぎない。まだ情報を知らない乗客が大多数だ。乗客全員がここに押し寄せてきたらパニックどころの騒ぎではない。

「爆弾は確認できたのか！」

男性の乗客が声を上げた。

「貨物庫でそれらしい荷物が見つかったのは事実です」

西園寺の返答に乗客たちはざわめいた。

「それは本物なのか」

「現在、機動隊の爆発物処理班が確認作業を行っています」

乗客たちのざわつきがさらに大きくなった。

「リヴァイアサンは大丈夫なのか!?」

また別の男性が声を上げる。

「皆さん、まずは落ち着いてください。爆発物が本物かどうか現在確認中です。仮にもし爆発を起こしても私たちのリヴァイアサンはびくともしません。爆発に伴って発生するであろう火災や浸水に対するセキュリティシステムも万全です」

今度は玉置が答えた。しかしざわつきは大きくなるばかりだ。乗客たちの表情には怯えや恐怖と一緒に、船長たちに対する不信感が浮かんでいる。

「ちょっと待て。貨物庫に保管されている私の絵はどうなるんだ? 美術的価値の高い逸品だぞ」

高齢の男性が手を挙げて尋ねた。どうやら彼が猿渡らしい。彼の『ミッドナイト・ホークス』の価値がほぼゼロになったことはまだ知らされていないようだ。あのキャンバスを見たら心臓発作を起こしてしまうかもしれない。

「この中にマモーはいますかね」

代官山は注意深く乗客たちを見回しながら言った。

「そもそも男か女かも分からないんでしょ。ノーヒントで見つけ出すなんて絶対に無理よ」

マヤは右手を横に振った。

「とかなんとか言って、実は犯人の目星がついているんじゃないですか」

「またまた、どうしてそんなことを言うの。何度も言わせていただくけど私は超能力者ではありません」

彼女は真犯人を確信しても、上司にも相棒にも報告しない。犯人が逮捕されてしまえば、事件が解決してしまうからだ。解決すればその犯人はそれ以上殺人を犯せない。つまり殺人死体が見られないというわけである。

「さすがに無理ですよね」

今回は早く犯人を確保しなければ自分たちの命が危ない。さすがにマヤも内緒にするようなことはないだろう。

「皆さんには安全のため避難していただきます」

船長の呼びかけに乗客たちはどよめいた。

「それって救命ボートに乗れということかしら」

年配の女性が聞き返す。

「万が一のためです。処理班によれば爆発物はダミーの可能性が高いということです。もし本物だったとしても処理班によって速やかに解除されます。なので貨物庫に保管されている荷物も問題ありません。皆さんには一時的に救命ボートに退避していただいて、安全が確認できたのちにこちらに戻るということになります」

春日たちは爆発物は本物だと言っていた。状況は相当に切迫している。

この場合、嘘も方便だ。タイムリミットがあと一時間足らずだと知れば、乗客たちもパニックを起こしてしまうだろう。西園寺は乗客たちに不安を与えないよう、笑みを浮かべながらソフトな口調で伝えている。絵画の所有者である猿渡も船長の言葉を信じたようで大人しくしている。絵より今は命の心配をすべきだが、それを言うわけにはいかない。

「どうかご協力のほどよろしくお願いします。これからクルーが皆さんを救命ボートが設置されているデッキにご案内します。お部屋に残っているお連れの方たちも我々が案内いたしますので、お部屋に戻られなくても結構でございます」

それからクルーたちの声がして誘導が始まった。乗客たちは静かに彼らの指示に従って移動を始めた。

「そういえばお母様はどうしてます？」

浜田が言うとマヤは「おそらくまだ部屋にいると思うわ」と言った。乗客の中に羊子の姿は認められない。

「とりあえず状況を伝えましょう」

代官山たちは混雑するエレベーターを避けて階段に向かった。緊急時なので専用エレベーターも開放されているようだ。しかし階段も渋滞を起こしている。

「乗客と乗員合わせて三千八百人ですよ。今から一時間以内に全員を避難させるなんてできるんですかね」

代官山はそっとマヤに言った。

「まあ、現実的に考えて無理でしょうね。よくて避難できるのは三分の一ってところじゃない」

「二千五百人ほどが助からないってことですか」

「日本最悪の海難事故になるでしょうね。いくらテロリストが相手とはいえ、船長の判断が遅すぎるわ。もっと早くに避難指示を出すべきだったのよ。リヴァイアサンの処女航海ということで判断が鈍ったのね」

「つまり我々の唯一の希望は……」

「ソルちゃんたちよ。私たちもなんとかしたいけど、正体不明の犯人を見つけ出すなんて不可能にもほどがあるわ」

「ですよねぇ……」

代官山は階段に並ぶ行列を見上げた。乗客たちは亀のような歩みで階段を一歩一歩上っている。こんなペースでは羊子の部屋に到着する前にタイムリミットが来てしまう。

「警視庁の者です。通してください」

マヤは警察手帳を掲げて人ごみを掻き分けながら、強引に上っていった。

代官山も浜田もポケットから手帳を取り出してマヤに倣った。

21

やがて三人はロイヤルデッキにたどり着いた。非常時とあって普段は施錠されている非常階段の扉も開いていた。

通路では慌ただしく乗客たちが行き来している。部屋から荷物を運び出す者もいた。しかしまだ騒動を知らない客たちは、豪奢なスイートでのんびりと過ごしているのだろう。

代官山たちは羊子の客室のチャイムを押した。間もなく扉が開いて羊子が顔を覗かせる。

「あら、お父さんは見つかったの?」

彼女は代官山たちに向かって優雅な笑みを向けた。

「ママ、相変わらず暢気ねぇ。部屋の外では大変なことになっているのよ」

マヤが半ば呆れ顔で言う。

「テロリストさんたちが爆弾でも仕掛けたのかしら」

羊子の言葉に一瞬、代官山の体は固まってしまった。

彼女はすでに知っていたのか。

「ウフフ、冗談よ。なぁに？　大変なことって」

羊子の口調は無邪気だった。本当になにも分かってないようだ。

思わずずっこけそうになる。

「嘘から出たまことっていうけど、つまりそういうことよ」

「ふぅん、それは大変なことになったわねぇ」

羊子はつぶらな目を少しだけ見開いたが、その口調に緊張や緊迫感など微塵も感じられない。

「奥様、すぐに避難しなくてはなりません」

浜田が一歩前に出て訴えるように言った。

「あらあら、それは大がかりね。まるで『タイタニック』みたい」

羊子はまるで人ごとのような口ぶりだ。これまでの人生、危険や苦難などとは無縁だったのだろう。なにが起こっても、夫である篤郎に守られてきたに違いない。

「とにかくママは避難してちょうだい。マジでヤバいんだから」

「マヤ、そんな下品な言葉使ってはだめよ」

羊子はそっと娘をたしなめる。

「奥様、ここは速やかに避難してください。爆弾は我々がなんとか食い止めますが、万が一ということもあります」

「代官様がおっしゃるなら、喜んでそうさせてもらうわ」

彼女はどこか嬉しそうに答えた。浜田が恨めしそうな顔を向けている。

「ママ、急いで」

「こんなお洋服では人前に出られないわ。着替えなくちゃ」

羊子がそそくさと部屋に戻ろうとする。

「お洋服なんてどうだっていいじゃない。すぐに避難しないと、間に合わなくなるわ」

マヤが羊子の腕をつかんで強い口調で言った。

「そ、そうなの」

やっと事態を呑み込めたのか、彼女は素直にうなずいた。

そのとき通路に警報が鳴り響いた。

『乗客の皆様、船長の西園寺でございます。ブリッジよりお伝えいたします。先ほど船内で不審物が発見されました。現在、機動隊が処理中ですが、安全のため皆様全員に一時的に避難をしていただきます。これから速やかに……』

西園寺の声が船内放送に流され、乗客全員の避難を促している。

「あら、本当に大変なことになっているのね」

羊子は天井のスピーカーを見上げながら言った。

「荷物は貴重品など最低限にしてください。救命艇にそれほど多くは積めません」

不安げな羊子に、代官山は優しく言った。

「そうね、一人でも多く乗せなくちゃならないものね」

彼女は納得したようにうなずいた。

「ママ、一人で大丈夫？　パパと私たちは、起爆装置を持った犯人を追わなくちゃならないの」

マヤは少し心配げに聞いた。

「ええ、大丈夫よ。こう見えても私は警察官の妻よ。心配なんていらないわ」

羊子はキリリと表情を引き締めた。弱々しい女性だとばかり思っていたが、黒井家の人間なだけに、有事の際には気丈でいられるのだろうか。黒井篤郎の妻であれば今までにも過酷な修羅場を踏んできたはずだ。そんな羊子は凜然(りんぜん)とした目を娘に向けている。代官山は彼女のことを頼もしく思った。

「救命艇は、下の九階のデッキに設置されています」

浜田が告げると、彼女はしっかりとうなずいた。そして部屋を出て階段のほうに向かおうとしたが、足を止めて代官山たち三人に向き直った。

その表情にいつものような優雅な笑みは浮かんでいない。背筋を伸ばし、今までに見せたことのない毅然とした顔つきだ。

「マヤ」

羊子は娘の名前を呼んだ。

「なに？」

「言うまでもないけど多くの人たちの命がかかっているわ。全身全霊で警察官としての職務を全うしなさい」

「はい」

マヤは姿勢を正すと顎を引いて歯切れよく答えた。羊子は満足したように微笑むと、踵(きびす)を返して階段に向かっていった。

「奥様、大丈夫かなあ」

浜田が心配そうに言う。言っている本人が一番心配だ。

「とにかく犯人を捜しましょう」

代官山たちは羊子の背中を追う形で廊下を進んだ。階段ブースは下りの乗客たちでひしめき合っている。ブースに入るにも五人ほどが順番待ちをしていた。羊子は最後尾に並んだ。

「どうやって見つけたらいいんだ」

この群衆の中にいるかもしれないし、まだ客室に留まっているかもしれない。特定するには人数が多すぎる。階段を下りる乗客の何人かはスマートフォンやタブレットなどの端末を手にしている。それが起爆装置かもしれないのだ。

「あっ！」

浜田が前方を指さした。そこには車椅子に乗った老女が自力で車輪を回していた。

「あら、お知り合いなの」

順番待ちをしている羊子が浜田に問いかける。

「両角さん」

老女はマキの祖母である両角加代だ。代官山たちは彼女のもとへ駆け寄った。老女を心配したのか羊子もついてきた。

「あら、雄三さん。ごきげんよう」

彼女はニッコリと微笑んだ。

こんなときでもチャーミングなおばあちゃんである。とはいえきっと事態を把握していないに違いない。それにしてもいまだに代官山のことを「雄三さん」と思っているようだ。

羊子は目を白黒させている。

「お孫さんはどうしたんですか」

問いかけると加代はぼんやりとした顔で首を捻った。

「マキさんですよ。一緒じゃなかったんですか」

「はて……？　マキはこの船には乗ってませんわ」

彼女は不思議そうな顔を向けている。

「いやいや、さっきまで一緒だったですよ。ねえ、浜田さん」

「一緒でしたよ。可愛らしいお孫さんですよね」

浜田が愛想を浮かべながら答えた。

「そりゃ、私の孫ですからね。私に似てるとよく言われますの」

「そ、そうなんですか……」

浜田の愛想が苦笑に変わった。マキもたしかに美形で可愛らしいルックスをしているが、加代とはそれほど似てはいない。

「これを見てくださいな。孫の写真を持ってるの」

彼女はポーチの中を探り始めた。しかし見当たらないようで「おかしいわね」と唇を尖らせている。

「いえ、先ほど見せてもらいましたから」

その写真は加代が他人に見せびらかすからと、マキがどこかに隠したと言っていた。ニューヨークの街並みをバックにした写真だが、写っているのは若い頃の加代だと言っていた。若いときの彼女は相当に別嬪さんだった。彼女の顔立ちには今でも美しさの片鱗が残されている。そしてゆったりとした優雅で上品な雰囲気は、どことなく羊子を思わせる。恵まれた豊かな生活を送っている者が自然に身につける佇まいなのだろう。同じ境遇にあるマヤがそうならないのが不思議でもある。

「あら、そうだったかしら。最近、物忘れがひどくて。もうおばあちゃんですから」

加代は口元を指先で隠しながらオホホと笑う。乗客たちが慌ただしく廊下を行き来しているが、加代は気にしていないようだ。

やはり軽度とはいえ認知症が出ているのだろう。口調も動作も緩慢である。

「とにかく……一緒にいた女性は、どこに行ったんですか」

「ああ、あの子ね。それが……いつの間にかいなくなったの。だからこうして捜しているのよ」

彼女は左右を見渡しながら言った。まだマキのことを他人だと思い込んでいるようだ。とはいえ、いちいち説明している猶予はない。「一緒にいた女性」として認識しているのなら、そのまま聞いてみることにした。

「いつからいなくなったんですか」

「そうね……」

加代は人差し指を頰に当てながら記憶を探るように天井を見上げた。

「そうそう、思い出した。気分が悪くなったからと部屋を出ていったわ。顔を押さえていたわね」

「顔を押さえていた?」

「ええ。なんだかとても辛そうな声だったので心配だったの」

加代は不安げな口調だった。

「辛そうというのは病気かなにかですか」

「よく分からないの。でもこうやって顔を手で押さえて……。泣いている顔を見られたくなかったのね、きっと。辛そうな泣き声だったわ」

彼女は両手のひらで顔を覆う仕草をしながら言った。

「それが彼女を見た最後ですか」

「そう。私はそれからお昼寝をしてしまったの。目が覚めてもあの子が戻っていなかったのよ。私、一人だとちょっと不安なの。雄三さんたち、警察の方なのでしょう。こんなことをお願いするのは申し訳ないと思うのだけど、彼女を捜していただけないかしら」

加代はすがるように代官山の腕をつかんで頼んだ。代官山たちが刑事であることは覚えていたようだ。

相変わらず雄三と呼ばれたままではあるが。

「もちろんです。我々としてもお孫さん……彼女のことは放っておけません。実は、今この船は大変なことになってまして、両角さんには一時的に避難してもらう必要があります」

「あら、タイタニック号みたいに沈没でもするのかしら」

彼女なりのジョークなのだろう、少しおどけた様子で言った。代官山は腰を低くして彼女に目線を合わせた。

「そんなことにはなりませんが、念のための避難です。その間に我々が彼女を捜し出して避難させます」

代官山は優しく答えた。

「雄三さんがいてくれて心強いわ。本当にありがとう」

加代は代官山の手をギュッと握った。

「よろしかったら、私が救命艇のあるデッキまでお連れしますわ」

羊子はそう言って、車椅子の背後に回って手押しハンドルを握った。

「ママ、大丈夫なの」

マヤが心配そうに聞くと、羊子は毅然とうなずいた。

「おばあちゃんのことは私に任せて、あなたたちは仕事に専念しなさい。お孫さんのことも頼んだわよ」

「命がけで職務を果たします！」

浜田が前に出て羊子に向かって敬礼をした。ポンコツのくせして、こういうときだけスタンドプレーだ。しかし命を落とすかもしれないという極限状況の中で、プレッシャーとストレスの大きな職責を全うしようとする覚悟と気概は充分に伝わってきた。彼のような絶望的な役立たずでも心強く感じる。

そうこうするうちに、羊子は加代の車椅子を押して階段ブースに続く列に並んだ。すると、並んでいる乗客たちは加代と羊子に順番をゆずる。そして階段を下りる他の乗客たちは羊子と協力して加代と車椅子を運んでいった。彼らの姿を見ているとまだまだ世の中、捨てたものではないと思う。

「両角さんとママは大丈夫みたいね」

やりとりを眺めていたマヤの表情に、安堵が浮かんでいる。

「それにしてもマキさんはどうしちゃったんだろう」

浜田が言うと、マヤも顔を曇らせた。

「医務室に向かったのかしら」

気分が悪いと言っていたらしいからその可能性が高い。

「それだったらすでに避難しているのかも」

浜田がパチンと指を鳴らす。

「彼女が加代さんを置いていくなんて考えられませんよ」

「そうですよねぇ……」

浜田が腕を組んでうなるように言った。

「動けなくなるくらいに重症だったのかもしれないわ。女の子だからいろいろあるわよ」

マヤの言うとおりかもしれない。加代は「とても辛そうな声だった」と言っていた。女性であれば生理痛など男性には分からない痛みが起こりうる。人によっては歩けないほどになることもあるらしい。しかし先ほど見たマキには、そんな様子はまるで感じられなかった。どちらかといえば健康的で潑剌(はつらつ)とした印象だった。その直後から、なんらかの体調不良が出てしまったのだろうか。

「とにかく医務室に行ってみましょう」

「そうね。彼女がおばあちゃんを置き去りにしているのは不自然だわ」

医務室はたしか四階だ。

「すいません、警視庁の者です。通してください」

代官山たちは警察手帳を掲げながら、人ごみを掻き分けて階段を下っていった。

22

乗客たちが協力的だったこともあって、間もなく医務室に到着することができた。

ノックをすると中から男性の声が聞こえた。

扉を開くと室内では五十代だろうか、首に聴診器を引っかけた白衣姿の細身で長身の男性が、看護師の女性と一緒に薬品類や注射器などをバッグに詰めていた。避難で負傷したり体調を崩すであろう乗客たちのために準備をしているようだ。

「警視庁の浜田です。こちらに両角マキさんという若い女性は来ませんでしたか」

白衣姿の男性と看護師は手を止めてこちらを向いた。男性の白衣に縫いつけられたプラスティック製のネームプレートには「医師・有村要二(ありむらようじ)」と刻印されていた。

「いえ、若い女性は来られてないです」

有村は首を横に振りながら答えた。

「他に医務室というか専属のドクターはいらっしゃるんですか」

「私だけです」

リヴァイアサンにはドクターは有村一人だけで、あと二名の看護師が常駐しているという。看護師のもう一人は患者の避難の補助に向かっているようだ。

「若い女性と言ったけど、若くない女性は来たってことなの？」

おもむろにマヤが質問した。

「ええ。年配の女性が気分が悪いと来られました」

「年配ってどのくらいなの」

「七十代です」

有村はカルテを見ながら告げた。

「その患者さんはどうなったの」

「個人情報になるので症状は伏せますが、いくつかの薬を処方しました」

「で、診察はいつ終わったの」

「ほんの十分ほど前です。体調が優れない様子で心配だったので、避難場所まで同行しようとそこの椅子に腰掛けて待っていてもらったんですが、いつの間にかいなくなってしまったんです」

有村と看護師が避難の準備をしている間に、部屋を出ていってしまったらしい。

「トイレですかねぇ」

浜田がすこしずれてきた額の包帯を直しながら言った。

「先ほど彼女がトイレを確認したんですが誰もいなかったみたいです」

有村は看護師を指さしながら言った。彼女もうなずいている。

だとすればその老女はいったいどこに行ってしまったのだろうか。

「その患者の名前は？」

マヤは有村に詰め寄るようにして尋ねた。

「ですから個人情報……」

突然、マヤは患者用の丸椅子を蹴飛ばした。吹き飛んだイスは大きな音を立てて壁に激突した。代官山も含めてそこにいる者全員がのけぞった。

「先生、分かってんの。この船にはバ・ク・ダ・ンが仕掛けられていて、あと五十分であなたは海の藻屑と化す運命なんだけど」

マヤの言葉に有村は喉仏を大きく上下させた。

「爆発物処理班が解除していると聞きましたよ。船長が言うには選りすぐりのエキスパートだって」

「先生には特別にいいことを教えてあげる。解除を期待しても無駄よ」

マヤが底意地悪そうな笑みを浮かべながら言うと、有村の血の気がサッと引いた。

「黒井さん！」

代官山はすかさず彼女の腕を引こうとしたが、乱暴に振りほどかれた。

「いいじゃない、本当のことなんだから。末期のガン患者も告知をしてあげれば、残り少ない人生を大切に過ごすことができるわ。私は医者が末期ガン患者にしていることをしてあげたのよ」

「それとこれとはわけが違うでしょ！　それに処理班の連中がなんとかしてくれるかもしれない」

「相変わらずおめでたいわね。タイムリミットはすでに五十分を切ってるわ。あんなハリウッド映画に出てくるような大がかりな装置を短時間でどうこうできると本気で思っているの？」

「そ、それは……」

たしかに解除の可能性は低い。先ほどの段階で作業は相当に難航している様子だった。下手に回路をいじればタイムリミット前に起爆してしまうことも考えられる。ここが陸上であれば逃げ出すこともできる。しかし船上ではどうにもならない。助かる術は爆弾を止める他ない。

方法は二つ。

一つは処理班が解除すること。

もう一つは代官山たちが起爆装置を持った犯人を捕まえて解除させることだ。

「五十分足らずだなんて……避難だって無理だ」

有村は全身の力が抜けたように椅子に腰を落とした。看護師も呆然とした顔つきで立ちすくんでいる。

「なんであんなこと言っちゃうんですか」

代官山はマヤの耳元で声を尖らせた。

「まるで危機感を持ってないから活を入れて差し上げたのよ」

絶対嘘だ。単に怖がらせたかっただけに違いない。

「先生、その患者の名前を教えてちょうだい」

マヤは有村の前に立つと冷ややかな目で見下ろしながら聞いた。

「両角加代さんです」

「はぁ？」

思いがけない名前に代官山も浜田も間抜けな声を出してしまった。マヤがすかさず有村の手からカルテを奪い取る。代官山も覗いてみたが加代の名前と生年月日が記入されていた。年齢欄には七十五歳と書き込まれていた。

「本当に両角さんだったんですか」

代官山は有村に問い質した。

「本人がそう名乗っていましたし、健康保険証も持参されてましたよ」

「先生は両角加代さんをご存じない？」

「マサキグループの両角家の奥様ですよね。とはいえ初対面でしたけど」

健康保険証はパスポートや運転免許証と違って顔写真がない。つまり他人が加代になりすましても気づかないというわけだ。そして有村はその患者の言うことを鵜呑みにしたようだ。

「車椅子でしたか」

「いいえ。歩いてここまで来られましたよ」

代官山はマヤと顔を見合わせた。ここを訪れた患者は明らかに加代とは別人である。

「その女性は間違いなく高齢者だったのかしら」

「間違えるわけないじゃないですか」

有村は、どうしてそんな質問をするんだと言わんばかりにマヤを見た。

「どんな感じだったの、その患者」

マヤが尋ねると、有村は小さく息を吐いた。

「ですから高齢者ですよ」

「だからどんな老人かって聞いてるの」

マヤは痺れを切らしたように口調を強めた。

「こう言っては失礼ですけど、顔は皺くちゃで肌はカサカサに干からびてました。頭髪はかなり薄くなっていて地肌が見える状態です。年齢は七十五歳ですが、それ以上に老いて見えました。脈も取ってみたんですが、不整脈が出ていました。だから心配しているんです」

マヤは目を細めた。不審人物に違いないが、テロリストだとすれば、まさかそこまで高齢者だったとは想定外だ。

「他に気になったことはないの」

マヤはさらに有村に問いかけた。

「舌の状態を検査するために口を開いてもらったんですが、年齢のわりに歯が丈夫なようでした。この年齢になると入れ歯の人も多いんですが、すべての歯がきれいに残ってましたからね。見た目は八十代後半から九十代といったところですけど歯だけは四十代でも通用しそうです」

「他に特徴はありませんでしたか。着衣とかどうですか」

今度は浜田が質問する。

「ええっと……」

「上はファッションブランドのロゴが入ったＴシャツにベージュのジャケット、下はジャケットよりも色の薄いベージュのスカートでした」

答えたのは看護師だった。

「ファッションブランドですか？」

「ちょっと若作りな着こなしでしたよ」

代官山の問いかけに有村が肩をすぼめた。看護師が言うには二十代、三十代女性に人気のブランドだという。そんなシャツを着用する老女。加代になりすました人物はファッショナブルな女性なのだろうか。

どうにもイメージができない。

「先生、私たちもそろそろ避難しないと……」

看護師が有村に不安げな声をかけた。

「そ、そうだな。刑事さん、私たちもそろそろいいですか」

彼は薬品や器具の入ったバッグをそそくさと肩に掛けた。

「今さら遅いんだけどね」

「黒井さん！」

代官山が制したが、そのころには有村と看護師は部屋を飛び出していた。

「もう五十分切ってるのよ。どうしろと言うの」

マヤは苦笑しながら肩をすくめた。

「最後まで諦めたらダメですよ」

「そうですよ、姫様。まだ五十分近くあります。その間に犯人を見つけられるかもしれない」

「あら、二人とも心強いこと言ってくれるのね」

彼女はフッと鼻を鳴らした。

「僕は姫様を守るって誓いましたから」

浜田は決意のこもった真剣な目を彼女に向けた。

「二人がそう言うならもう少し頑張ってみようかしら」

マヤは手を伸ばすと、浜田の髪の毛をそっと撫でた。そのあとデコピンをするのではないかと、代官山は思わず身構えたが間もなく彼女は手を離した。マヤが浜田に優しく触れる姿を見るのは思えば初めてのことだ。しかしこの優しさがなにか良からぬことの前触れのような気がして却って不気味でもある。

それよりも少し諦めムード漂う発言をするマヤが気になる。

こんなときに限って、彼女の千里眼ともいえる推理は発動しないのか。むしろ本当になにも浮かんでこないから自暴自棄になっていたのかもしれない。

「患者の正体もそうですが、マキさんのことが気がかりです」

浜田のほうは頬を赤くしながらも嬉しそうな口調だ。たしかにマキのことが心配である。

「加代さんを騙っている老人は誰なんですかね。もしかしてそいつがマモー？」

代官山の言葉にマヤは両手を虚空に放り出した。

「さぁ、私が知るわけないじゃない」

もしそうだとすると老人のテロリストということになる。

「もう一度、マキさんの部屋を確認してみましょう。戻っているかもしれない」

代官山が提案すると、マヤも浜田もうなずいた。

23

医務室を出た三人は、乗客たちでひしめき合う階段を上ってロイヤルデッキに戻った。そして彼女の部屋の前に立つ。ドアノブを回してみるが鍵がかかっているため開かない。客室は全室オートロックである。

「ちょっと君」

浜田は慌ただしく通りかかった客室乗務員を呼び止めて警察手帳を見せた。そしてマスターキーで部屋の鍵を開けさせた。

三人は中に入った。

さすがはグランドスイートルームだけあって内装も調度品も豪奢である。広めのリビングルームにウォークインクローゼットのついたベッドルームが二つ、他にはパウダールーム、そしてバスルームという間取りである。加代とマキの二人には随分とゆったりとした広さだ。

しかし部屋にマキの姿は見当たらない。

マヤはベッドルームに入ってなにやらクローゼットの中を調べている。

代官山はバスルームに入ってみた。扉を開くと洗面化粧室が広がっている。大理石を使ってデザインされたいかにも高級そうな洗面台が設置されていて、大きな鏡には代官山の姿が映し出されている。洗面台の右側はバス、左側がトイレになっているようだ。代官山は洗面台に近づいて、あまりの不気味さに眉をひそめた。

「なんだ、こりゃ」

洗面ボウルには大量の髪の毛が散らばっていた。そのうちの一部をそっと指でつまんでみた。全体的にぱさついた感触だが、長さや色からして加代ではなくマキのものなのは間違いない。彼女はここで髪を切ったのだろうか。

「いやいや」

代官山は髪の毛の束を眺めながら首を横に振った。

どう見ても毛は根本からの長さである。さらに検分してみると切ったのではなく引き抜いていることに気づいた。毛の多くに毛根らしきものが認められる。それもかなりの量だ。これだけ抜いてしまえば頭にはわずかにしか残っていないのではないか。

「いったいどういうことだよ……」

代官山は混乱を覚えながらバスルームを出た。

「彼女、あれから着替えたようね」

マヤはジャケットとシャツ、パンツを掲げた。ベッド上に脱ぎっぱなしになっていたという。それらはマキを最後に見たときに着用していたものだ。そしてシャツやパンツに黒いシミが広がっている。マヤはそっとそのシミに触れて鼻を近づけた。

「なるほど、コーヒーをこぼしたのね。だから着替えたんだわ」

そう言いながらマヤはソファの上にマキの着衣を置いた。そしてそれぞれのポケットの中身を確認していく。ジャケットはすべて空だったが、パンツの尻ポケットには一枚の写真が入っていた。座ったことで写真には皺が寄っていた。

「加代さんの写真ですね」

覗き込んだ浜田の言うとおり、若かりしころの加代の姿が写っている。

「あら？」

写真を裏返したマヤがまるで映画女優がするように片方の眉をつり上げた。

そこには「30歳になっちゃった」とサインペンで書き込まれていた。

「ええ？　この加代さんって三十歳なんですか」

浜田が目をパチクリさせながら言った。

「いやいや、三十にはとても見えませんよ」

彼女はカメラに優美な笑みを向けていた。彼女に似ている顔立ちの昭和の女優がいたが、名前が思い出せない。つまり女優でも充分に通用するほどの美形である。マサキグループの創始者が一目惚れしたというのも納得できる。その美貌の面影は、老人となった今も残されている。

そしてなにより三十歳とあるが、二十歳でも通りそうなほどに若々しい。マキの二つ上の姉だと言われても不自然さを感じないほどだ。そう思うと今の加代は美しさを保っているものの、見た目は年齢相応だろう。

マヤはじっと写真を見つめている。

彼女は今の加代の年齢になればどのような顔立ちをしているのだろうか。美人は一生美人でいられるものなのだろうか。そんなことをつい考えてしまう。

「私の顔になにかついているの？　まさかおばあちゃんになった私の顔を想像していたんじゃないでしょうね」

「と、とんでもない！」

代官山は顔をブンブンと振った。

超能力者か！

「まあ、あなたは幸せよ」

「どういうことですか」

「この世で最後に見るものが美しいものだからよ」

「そ、そうですね……」

マヤは相変わらずだ。

時計を見ると、タイムリミットは四十分に迫っていた。この時点で犯人の正体をつかめていない。

ただ、マキがなにかとんでもないことに巻き込まれている気がしてならない。もしかすればそれが犯人に結びつくのだろうか。タイムリミットが迫った今回ばかりはそうであってほしいと願う。ヒントとなるものがなければどうしようもない。

再び、マヤは加代の写真に見入る。写真の背景には、ニューヨークの街並みがぼんやりと浮かんでいた。画像が新しく見えるのは、パソコンで修正したからだ、とマキが言っていた。

しばらく写真を眺めて代官山は首を傾げた。

——いったいなんなのだろう。

この写真に妙な違和感を覚える。そう思わせるなにかが写っているのだろうか。

しかしその正体がはっきりしない。頭の中が靄に包まれているようでもどかしい。代官山は髪の毛を乱暴に掻きむしりながら写真を注視した。だけどやはりそれがなんなのか特定できない。

気のせいか……。

なにかを見出したと思ったのは錯覚だったのか。

「加代さんは自分の写真を見て孫だと言ってましたよね。そのときのマキさん、ちょっと怖い顔してましたよ。いくら認知症でも自分の顔を覚えてないなんてショックだったんでしょうね」

浜田は写真を眺めながら淋しげに言った。

「それ以上に三十歳の写真ですからね。マキさんはたぶんまだ十代でしょう。そりゃ怒りますよ……あっ！」

代官山は洗面台の状況を思い出して声を上げげた。

「どうしたんですか」

すかさず浜田が問いかける。

「こっちを見てください」

代官山は浜田とマヤを洗面台まで促した。

「髪の毛じゃないですか」

浜田が目を丸くした。マヤは髪の束を手に取ってその感触を確かめているようだ。

「どうやらマキさんはここで髪の毛を引き抜いた……じゃなくて何者かに無理やり引き抜かれたんだと思います」

代官山が言うと浜田は辛そうに眉を八の字にした。

「誰がいったいどうしてそんなひどいことをするんですか」

「きっと彼女はマモーに拉致されたんですよ。マモーについてなんらかの秘密を知ってしまったんです」

「江陣原さとみと同じ目に……」

浜田が言葉を切った。それ以上は考えたくない。

時計を見ると、タイムリミットまではあと三十五分。

「どちらにしてもマモーを見つけ出すしかありません。やつをとらえることができれば爆弾も止められるし、マキさんも取り戻すことができるかもしれない」

代官山は言葉に空回りを感じていた。

たった三十五分やそこらでどうしろというのだろう。

「時間がない、行くわよ！」

突然、マヤが部屋を飛び出した。代官山と浜田は慌ててマヤを追いかける。彼女は駆け足で階段を上っていく。

「行くってどこに行くんですか！」

「ブリッジよ」

「ブリッジになんの用ですか」

「少しは想像力を働かせたら？」

マヤは小馬鹿にするように言った。

「もしかしてあの写真ですか」

「へえ、なにか気づいたんだ」

「い、いえ……でもなんか違和感があったんですよね。きっとなにかが写っていたんだと思います」

その正体が分からずじまいだ。

「いいえ、違うわね。写っていたんじゃなくて写っていなかったのよ」

「ええぇ!?　どういうことですか」

代官山にはちんぷんかんぷんだった。

「だからそれがどういうことなのか、確かめにいくのよ」

「その答えがブリッジにあるんですね」

「ハズレだったらタイムリミットで私たちは絶賛ご臨終よ」

「誰が絶賛するんですか」

どうやらマヤはいつものように前もって推理を開陳するつもりはないようだ。

とりあえず時間がない。

まずはブリッジにたどり着くことが先決のようだ。

マヤたちは人ごみをかき分けながら、再び階段を上がっていった。

24

船の航行を司るブリッジはロイヤルデッキの一つ上のフロアの先頭部にある。

マヤは到着するやいなや中に乗り込んでいった。大海原をパノラマに見渡せる窓の前にはさまざまな計器類、モニターがセットされている。それらはすべて見るからに最新鋭の設備のようだ。中央に他の装置群から孤立して設置されているのが操舵装置だろう。西園寺は今どきのクルーズ船はオートパイロットだと言っていた。

「これがマグネットコンパスに気象ファクシミリ、こっちがプロペラやサイドスラスターを制御するリモートコントロールシステム、あっちが自動船舶識別装置のＡＩＳ、そしてそれが電子海図表示システムのＥＣＤＩＳですね」

浜田が室内を跳び回ってあれこれ解説するが誰一人見向きもしない。

ブリッジには西園寺のほかに航海士と思われる三名の男性クルーと、黒井篤郎の姿があった。

西園寺はこちらを見て目を白黒させている。

「お前たち、成果はあったのか⁉」

篤郎が代官山たちに寄ってきた。

「い、いや……それが……」

浜田がしどろもどろに答える。

「なにをやっているんだ！　タイムリミットは三十分後だぞ」

篤郎は青筋を立てて怒鳴りつけた。浜田が代官山の背中の後ろに身を隠す。

「パパ、落ち着いて」

マヤが両手でまあまあと鎮める仕草をしながら言った。

「すまん。つい興奮してしまった」

篤郎は咳払いしながら謝った。西園寺や他のクルーたちの表情にも絶望感が漂っている。

「マモーは見つけられてないけど、やつを知っている人間から聞き出せばいいことよ」

マヤの言葉に篤郎は目を細めた。

「知っているって誰が知っているんだ」

彼は身を乗り出してマヤに尋ねる。

「その人が素直に話してくれるかどうかなんだけど」

「そんなの拷問でもなんでもすればいいだろ」

篤郎が言うと冗談に聞こえない。いや、目は真剣そのものだ。

「西園寺さん」

突然、マヤは船長に声をかけた。

「な、なんでしょうか」

彼は強ばった顔つきで彼女を見た。

「この女性はいったい誰なの？」

マヤはポケットから写真を取り出すと相手の顔の前に突き出した。

代官山からは写真の裏側が見える。そこには「30歳になっちゃった」と書き込まれている。

その女性は誰もなにも、若かりし頃の両角加代だ。

代官山はマヤの意図がさっぱり分からなかった。浜田も同様のようでポカンとした顔を向けている。篤郎のほうは腕を組んだまま二人のやりとりを静観していた。

西園寺は頬を引きつらせながら写真を見つめている。

「もちろんご存じよね」

「は、はい……」

「誰なの」

「両角……様ですが」

彼は聞き取りにくい声で答えた。視線をあちらこちらにさまよわせ、額には脂汗が浮かんでいる。

「フルネームを教えてほしいの」

マヤはさらに写真を西園寺の顔に近づけた。彼は写真から顔を背けながら俯いた。制服の胸の辺りをつかんで肩で息をしている。クルーの一人が心配そうに西園寺の背中に手を当てた。

「船長、大丈夫ですか」

「ああ、大丈夫だ」

それからしばらくして意を決したように顔を上げるとマヤに向き直った。

「両角マキ様です」

「はぁ!?」

代官山と浜田の素っ頓狂な声が重なった。

「じゃ、じゃあ、加代さんと一緒にいたマキさんは誰なんですか?」

浜田が混乱した様子で西園寺に聞いた。

「そもそもこの女性って両角加代さんですよね」

加齢した今でも写真の面影が残っている。

「たしかに加代さんとマキさんは血がつながっているだけあってよく似てらっしゃると思い

ます」

西園寺の答えに代官山の中でますます混乱が広がった。

「マキさんはおいくつなの」

マヤが質問する。

「たしか三十歳になられたと聞きました」

「つまりこれは最近の写真ということね」

「そうだと思います」

――そうかっ！

二人のやりとりを聞いて代官山は膝を打った。

「代官山さん、どうしたんです」

浜田が戸惑った様子で言った。

「この写真には違和感を覚えていたんですが、それがなんなのかやっと気づきました」

「あら、代官様。やっと気づいたの」

マヤは写真を指で弾いた。

「ええ。黒井さんはいつ気づいたんですか」

「彼女のポケットから写真を見つけた、ついさっきよ。私としたことが遅すぎだわ」

　マヤは悔しそうに肩をすぼめた。

「俺の覚えた違和感。それはなにかが写っていたからではなく、本来写っているべきものが写っていなかったから……なんですね」

　それは先ほどマヤが指摘したヒントだ。

「いったいなんの話をしているんですか!?　僕にはさっぱり分かりませんよ」

　浜田が泣きそうな声で言った。

「この女性が加代さんだと、この風景はあり得ないんですよ」

　代官山は女性の背後にぼんやりと浮かんでいるニューヨークの街並みを指さした。

「そうかなあ。普通にニューヨークだと思うんですけど」

「三十歳の加代さんなら今から四十五年前です。それならここあたりに『あるもの』が写ってなくてはなりませんよね」

　代官山は該当する部位を指さした。

「そっか……」

　しばらく難しそうな顔をして眺めていた浜田だったが、突然指を鳴らした。

「気づきました？」

「いや、全然」

思わずずっこけそうになる。相変わらずの浜田クオリティだ。

「『あるもの』が写ってないからこの写真は少なくとも二〇〇一年九月十一日以降ということになります」

代官山はヒントを与えた。

「ワールドトレードセンタービルだろ。時間がないんだ。さっさと話を進めんか！」

篤郎が痺れを切らした様子で口を挟んだ。

「パパの言うとおり、この写真にはワールドトレードセンタービルが写っていない。浜田くん、ワールドトレードセンタービルが完成したのはいつ？」

「一九七二年にノースタワー、一九七三年にサウスタワーが完成して同年の四月四日に落成式典が行われています」

さすがは生き字引だけあって浜田の面目躍如といったところだ。

ちなみに高さ百十階を誇るこの二つのタワーは二〇〇一年九月十一日、アメリカ同時多発テロ事件によって完全崩落している。ノースタワーには九十五階にアメリカン航空十一便が、それから間もなくサウスタワーにはユナイテッド航空一七五便が直撃した。二機の旅客機はイスラム系国際テロ組織アルカイダのメンバーによってハイジャックされて、それぞれのタワーに自爆突撃した。航空機の燃料により火災が発生、その高熱で鉄骨の強度が次々と低下し、荷重を支えきれなくなったビル本体は短時間で崩落したというわけである。また巨大なツインタワーの崩落による衝撃によって、コンプレックスを形成する他のビル群も崩壊した。これにより二千七百四十九人もの死者を出す大惨事となってしまった。

「もしこれが三十歳の加代さんならここに二つのタワーが写っているはずよ。そうでないのならこの女性が加代さんということはあり得ない。顔立ちがよく似ているから血縁者であることは間違いない。年齢的に娘とは考えにくいから孫ね。加代さん本人も、この写真の女性を自分の孫だと言っていたわ」

マキは古い写真を画像編集ソフトを使って鮮明にしたと言っていたが、そうではなくてもともとこの写真は古くなかったのだ。

さらにマヤが続ける。

「だけど私たちが会った両角マキと名乗る女性はこの写真の女性を若かりし頃のおばあちゃんだと説明していた。彼女は明らかにニセ者だわ。そいつは加代さんが認知症であることをいいことに彼女の孫になりすました」

マヤは西園寺に向かって、静かに告げた。

「なのにあなたはニセ者の両角マキに対して本人であるかのように振る舞った。あなたは両角家とは親交があったんだから、本物のマキさんを知っているはずです」

代官山は西園寺に詰め寄った。彼は困り果てた顔をして後ずさった。

「西園寺さん、いったいどういうことですかな」

今度は篤郎が西園寺に問い質した。

「聞くまでもないわ。マキさんを騙る女の正体がマモー。そして西園寺さんは彼女とグルだった」

「ち、違う！　グルなんかじゃない！」

西園寺は大声で否定した。

「まあ、あなたが希代のテロリストと通じていたなんて考えにくい。おそらく脅迫でもされていたんじゃないの」

マヤの言葉に西園寺は観念したようにうなずいた。

「じ、実は……」

彼は苦しそうに唇を噛んでいる。

「西園寺さん、数千人の命にかかわることですぞ」

西園寺の背中に手を当てながらも篤郎が厳しい口調で言った。

「希美が……娘が誘拐されたんです」

彼は泣きそうな声で答えた。今まで誰にも言えずに苦しかったのだろう、彼は答えたあとに大きく息を吐いた。それを聞いていた他のクルーたちは目を見張っている。

「なるほど、それで脅迫されていたのね。だからあのマキと名乗る女と旧知の仲のように接していた」

マヤが尖った顎をさすった。

「申し訳ございません」

西園寺は帽子を脱いで頭を下げた。クルーたちは複雑そうな表情を向けている。彼らにも子供がいるのかもしれない。

「防犯カメラのトラブルの情報を流したのも西園寺さんなのね」

「ロイヤルデッキの防犯カメラを止めるように指示されたのですが、たまたまトラブルが起こっていたのでそのことを伝えました」

「まあ、メインの目的は『ミッドナイト・ホークス』を破壊することだったんでしょうけど、自身の正体について多くを嗅ぎつけた江陣原さとみを仕留めるには絶好のタイミングだった」

マヤは冷たく言い放った。

「私のせいで江陣原さんがあんなことになってしまった」

西園寺は頭を抱えながら苦しそうに歯を食いしばった。

「そんなに気に病むことはないわ。遅かれ早かれ江陣原はマモーに仕留められていたわよ」

マヤの言い様は慰めにもならない。慰める気は毛頭ないだろうけど。

「警察の人間がいることが分かっているのに、どうしてもっと早くに打ち明けてくれなかったんですか。手の打ちようがあったはずなのに」

篤郎の問いかけに彼はゆっくりと顔を上げた。目が真っ赤に充血している。

「あの女は凶悪で非情なテロリストです。警察とも通じているから、妙なマネをすればすぐに分かると脅されました」

「そんなことを信じたのですか」

「はったりかもしれない、そう思いました。だけど娘の命がかかっている。リスクを冒すことができなかったんです」

西園寺は悔しそうに唇を噛んだ。

「それはともかくあの両角マキになりすました少女がマモーなんてあり得ないでしょう。彼女はせいぜい二十歳前後ですよ。マモーはそれなりの年齢のはずです」

一連の美術品テロはここ二十年の間に起こっている。二十歳前後であれば数年前でも子供である。いくら邪悪な人間であっても年端もいかない子供が、そんな大がかりな事件を起こせるとは思えない。

「あと、加代さんの名前を騙った老女も気になります。マモーならその老女がマモーなんじゃないですかね」

代官山の言葉に、西園寺が意外そうな顔を向けた。

「加代さんになりすましている女性がいるんですか」

代官山は医務室に駆け込んできたという老女のことを手短に説明した。

「西園寺さんは心当たりがないんですか」

「え、ええ、そんな女性は知りません。私に接触してきたのはマキさんになりすました女性だけです」

「マキさんになりすました女性とその老女がグルなのかもしれませんね」

浜田の意見には同感だ。今回の事件には少なくとも二人の人間がかかわっている。江陣原はマモーの正体に迫ってしまったので口封じのために殺された。マキになりすました女と老女、どちらかが江陣原を手にかけたのだろう。

「マキさんのニセ者と最後に接触したのはいつなの」

再びマヤが西園寺に問いかけた。

「一時間ほど前です。このトランシーバーで話をしました」

西園寺のトランシーバーの周波数を伝えてあるという。

「彼女の声だったのね」

「ええ、そうだと思います」

「その女、爆弾のことはなんて言ってるの」

「それが……ちょっと変なんですよ」

西園寺は小さく首を傾げる。

「話して」

マヤが促すと彼はうなずいた。

「爆弾を解除してほしい旨を伝えたら『はあ？』と素っ頓狂な声を上げてました」

「どういうことなの」

「新宿ビルの爆弾のことを話すと、なにか考え込むようにしばらく沈黙が続いたんです」

マヤがじっと西園寺を見つめている。

「それで爆弾の解除はしてくれそうなんですか」

代官山は思わず問い質した。

「私が秘密を守っている限りは爆弾は起動しない、と言いました」

秘密とはマキが別人であることと、西園寺の娘が誘拐されていることの二点だろう。しかし彼はここで告白してしまった。そのことをマモーは察知しているのだろうか。

「ああ、そうだ。それから変なことを聞いてきました。その爆弾はどこで見つけたのかと」

西園寺は指を鳴らしながら言った。

「どこで見つけたもなにも、仕掛けた張本人がなにを言っているんだ」

篤郎が口元を歪めた。

「さらに爆弾の写真を提供するように指示されました」

写真の画像ファイルを指示されたメールアドレスに送ったという。

「もしかしたらマキさんのニセ者は爆弾のことを知らないのかなぁ」

浜田が腕を組んで首を傾げた。

西園寺の話からは、たしかにそんな印象を受ける。

「爆弾を仕掛けたのはマキさんのニセ者ではなくて、行方不明の老女のほうってことですかね」

代官山が言うと篤郎は首を横に振った。

「その二人はグルなのだろう。仕掛けたのが老女だったとしても、若いほうが知らないというのは考えられん」

「たしかにそうですよね……」

時計を見るとタイムリミットはいよいよ二十分を切っている。それぞれが時計を確認して表情を強ばらせる。相変わらずマヤだけは涼しい顔を決めているが。

「爆弾を仕掛けた犯人はこの船に乗っているんです。私は爆弾はハッタリだと思っています」

西園寺が力強く告げた。楽観的すぎると思うが、そう信じたい気持ちも分かる。しかし、犯人はもうすでに避難しているかもしれないのだ。

「船長、そろそろ我々も……」

クルーたちが西園寺を急かすと彼はうなずいた。

「皆さん、万が一のことも考えて早急に避難してください。さあ、誘導してくれ」

彼はクルーの一人に指示を与えた。

「西園寺さんはどうするんですか」

「私はリヴァイアサンの船長です。最後まで船に残ります」

西園寺は手にしていた帽子を被ると表情を引き締めた。

「まあ、爆弾がハッタリじゃなかったら西園寺さんも私たちも助からないわ。今だって乗客の三分の一も避難できてないんじゃないの。タイタニック号以来の大惨事になるわね」

マヤが両手を虚空に放り出して肩をすくめてみせると、西園寺たちの表情が曇った。

「マヤ、そろそろ意地悪は止めなさい」

篤郎が宥めとも叱責ともつかぬ口調で言った。

「意地悪なんてしてないわよ。物事を現実的に分析しているだけだわ」

マヤは拗ねたように唇を尖らせた。

「お前のことだ。もう犯人も爆弾処理のことも目処がついているんだろう」

さすがは父親だ。娘のことをよく分かっていらっしゃる！

「あのね、どうして私にそんなことが分かるっていうのよ。何度も言うけど私は超能力者ではありません」

「はたしてそうかね。もしなんの目処も立っていなければ、お前は真っ先に避難しているんじゃないか？」

たしかに！

この余裕は自分たちは絶対に安全という確信があるからこそだろう。爆発が止められないと分かっているのなら、いくらマヤでもここまでのんびりとはしていられないはずだ。

そうに違いない。

そう信じたい！

「そ、それは……こう見えても刑事ですからね」

マヤはプイと顔を背けた。

「黒井さん、そこまで分かっているなら、もうちゃっちゃと解決してくださいよぉ」

代官山はうんざりした思いで言った。いつものことだが彼女には振り回されっぱなしだ。

「代官様までそんなこと言うの。悪いけど今回はほんの一部しか読めてないんだから」

「一部は見抜いているんですね」

「そんな期待しないでよ。本当にごくごく一部なんだからね」

「そのごくごく一部ってなんなんですか」

「せいぜいマモーの正体よ」

マヤは両肩をすぼめた。

「充分じゃないですかっ！」

時計を見る。もう時間がない。

「爆弾は止められるのか」

篤郎が力の入った目を娘に向けた。

「さあ、それはソルちゃんたち次第じゃないの」

そう言ってマヤは出口に向かった。

「どこに行くんですか」

代官山は彼女のあとを追いながら問いかけた。

「爆発したらどうせ助からないんですもの。最後の挨拶にいってくるわ」

マヤは床を指さしながら言った。おそらく爆発物処理班のいる貨物庫を指しているのだろう。

代官山と浜田は彼女についてブリッジを出た。

25

春日は絶望を噛みしめていた。

加藤も橋本も、そして富山も、顔から明らかに血の気が引いているのが分かる。

もう五分以上、誰も言葉を発していない。ただ黙々と回路を分析しているだけだった。

「なぁに、まだ十五分もあるさ」

沈黙を破ったのは富山だった。加藤も橋本もフッと鼻で笑った。ここまでに二時間四十五分かかっている。それがあと十五分でクリアできるとは到底思えない。しかしそれを口にするわけにいかないのは皆が分かっている。

「富山さん……俺たちもう助かりませんよね」

橋本が声をわずかに震わせている。

「こいつを解除しなければ、な」

「ですよねぇ……アハハハ」

彼は弱々しい笑い声を立てた。加藤も頰を引きつらせながら微笑んでいる。富山もわずかに口角を上げながらうなずいている。自分もきっと彼らと同じ顔をしているんだろうな、と春日は思った。

こんな極限状態では笑うしかない。とはいえパニックを起こさないあたり、さすがは高度な訓練を受けているだけある。機動隊員にとって一番重要な資質とは、卓越した運動能力や体力、明晰(めいせき)な頭脳や判断能力ではない。圧倒的な窮地においていかに混乱状態に陥らずに平常心を保っていられるか。特に爆発物処理班にとっては必須の資質である。

「先日の浦和レッズの試合を観たか。ラスト十分どころか五分で逆転したぞ」

埼玉県出身の富山は浦和レッズの熱心なサポーターだ。非番の日には足繁く観戦に赴いているらしい。こんなところでサッカーを持ち出すとはいかにも富山らしい。彼はどんな状況でもユーモアを忘れない。こういうときには特に心強い。

「逆転ありますかねぇ」

加藤が投げやりとも諦めともつかぬ口調で言った。

「やるしかないだろ。諦めたら試合終了だぞ」

「どっかで聞いたことがある台詞ですね」

加藤が鼻で笑った。

「俺は諦めませんよ」

全員の視線が春日に向いた。

「そうだよな。これはお前にとって弔い合戦だ」

「同じ爆弾で死ぬなんてことになったら、親不孝ですから」

春日の両親は二十年前にロンドンで起きた爆弾テロで命を奪われている。そしてその首謀者はマモーである可能性が高いとされていた。それを知った春日は独自にマモーについていろいろと調べた。マモーが頻繁に使用したといわれる爆弾についての情報はいくつかつかんでいる。その回路の構造は今朝の新宿、そしてこのリヴァイアサンに仕掛けられたものと、たしかによく似ているという感触を得た。しかし把握しているのは大ざっぱな構造であって、個々のトラップやセキュリティの詳細まではつかみ切れていなかった。いち警察官に過ぎない春日では得られる情報にも限界があるのだ。だからこの爆発物がマモーの手によるものであるという確信は得られなかった。しかしこの船にマモーらしき人物が乗っていたとなればその可能性が高い。

マモーと対峙することになるなんて……因果にもほどがある。しかしやはり心のどこかでそれを望んでいたのは確かだ。

爆発を食い止めるにはこれらのトラップやセキュリティをすべてクリアしなければならない。しかしこれまでに解除できたのは全体の八割といったところだ。そして残された二割が極めて難関だ。たとえばパスコードを解読しようにも、高度な暗号技術が施されているようで、持ち込んだ高性能PCでも歯が立ちそうにない。またいくつかのトラップ回路も相当に複雑化されており、下手にいじればすぐにでも起爆してしまいそうで思うように手が出せない。このトラップが最後の一つであれば一か八かの賭けに出られるが、この段階では自殺行為に等しい。それなら最後の一秒まで時間を大切に使いたい。

「現実的にはパスコードですね。パスコードさえ分かればすぐにでも解除ができるのに……」

橋本がPCの画面を眺めながら唇を噛んだ。

「捜一の連中はどうだったんだ」

上のデッキではマヤたちが犯人を追っているはずだ。

しかしまだこの時点で連絡がない。

「上には四千人近くの人間がいるんです。さすがに無理でしょう。俺たちでなんとかこいつを解除しないと……」

春日が言いかけたそのときだった。

一人の老女がこちらに近づいてきた。顔が皺くちゃで髪の毛が薄く地肌が覗いている。ほっそりとした体格で顔だけ見れば八十代後半、それ以上といったところか。足下はヨタヨタしていておぼつかない。「Miss Dead」という洒脱なロゴと黒猫のデザインの入ったＴシャツとベージュのジャケットを身につけている。「Miss Dead」といえば若い女性に人気のブランドだ。

シャツもスカートも全体的に若作りである。

「避難指示が出てます。すぐに避難してください！」

富山が老女に近づいて声をかけた。

「あなたたちは機動隊でしょ」

彼女はしわがれ声で言った。そして動悸がしているのか、少し苦しそうに胸を押さえながら肩で息をしている。

「どうしてこんなところにいるんですか。避難場所は上のデッキですよ」

富山は老女の問いかけには答えず、強い口調で言った。しかし彼女は富山を苛立たしそうに睨んでいる。

「ちゃんとできたの？」

「なにがですか」

富山は迷惑そうに聞き返す。

「爆弾の解除に決まってんでしょ」

「そんなことを確かめに、わざわざここまで来たんですか」

「そりゃそうでしょうよ。命がかかっているんだから」

老女はヨタヨタした足取りで春日たちに近づいてきた。

「あと十分……解除はままならないようね」

彼女はデジタル表示を見やった。

デッドリミットだけになるべく見ないようにしたいところだが、どうしても目が向いてしまう。

「おばあちゃん、近づかないで！」

彼女が回路を覗き込もうとしたので加藤が立ち上がって制した。

「おばあちゃんとは失礼ね。まあ、こんななりではそう言われてもしょうがないわね」

老女は白い歯を見せた。年齢のわりにきれいな歯をしている。よく見ると薄くなっている髪の毛も妙に黒々していてツヤがあった。着衣と歯と髪の毛のツヤだけは若いようだが、どう見てもおばあちゃんである。

「我々も全力を尽くしているところです。どうか邪魔をしないでいただきたい！」

富山は彼女の腕を引いて、装置から離した。

「年寄りに乱暴なことすると罰が当たるわよ」

「もう充分に当たってますよ」

富山は、これが爆発したらこれ以上の罰があるのか、と言わんばかりにため息をついた。

老女の相手は富山に任せることにして、春日は息を止めて指先に感覚を集中させるとリード線のカバーを剝いた部位にクリップを取りつけた。テスターのメーターが反応する。

起爆はなし。

大きく息を吐く。

またひとつトラップ回路を解除できた。しかしまだ三つほどある。構造が複雑なため後回しにしてきた部分だ。むしろこれからが山場といえる。

時間の経過が早くも遅くも感じる。

この感覚は処理をしているとよく起こる。

他の処理班のメンバーも同じことを言っていた。時間の経過が早く感じてしまうのを打ち消そうという心理が作用しているのだろう、と富山が言っていたがその通りだと思う。

「人や物を壊そうとする者たちにそれを守ろうとする者たち、ね。私はあなたたちのような人間を尊敬するわ」

老女は春日に向き直って言った。口元にはどことなく皮肉めいた笑みを浮かべている。

なんなんだ、この老人は……。

「すぐに上のデッキに向かってください」

富山は彼女の背中に手を置いて出口のほうに促した。

「はいはい。分かりましたよ。私は老い先短いから最後くらいお役に立とうと思ったのよ。本当に気まぐれだわ。こんなこと滅多にしないんだからね」

「お気遣いありがとうございます」

富山は慇懃に頭を下げた。

「じゃあこれ読んでね」

老女は一枚の封筒を差し出した。リヴァイアサンの船体のイラストが入っているから、客室に用意されていたものだろう。

「なんですか、これは」

富山は戸惑った様子で封筒を受け取りながら問いかけた。

「あなたたちへのファンレターよ。時間がないんだから早く読んだほうがいいわよ」

「なにがファンレターだよ」と加藤がうんざりした様子でつぶやいている。若い女性ならともかく、あんな老人からもらっても嬉しくもなんともない。今、ほしいのは起爆を解除するパスコードだ。それを知ることができれば乗客乗員を、なによりマヤを救うことができる。そのファンレターの中にパスコードが書かれていたらいいのに、と現実的でもないことを願ってしまう。

死ぬこと以上に悔しいのは、パズルの答え合わせができないことだ。なにをどうすれば解除できたのか。

せめて正解くらいは知りたい。

「あなたも早く避難してください。急げばまだ間に合います」

「それはどうかしら」

老女は鼻を鳴らすとそのまま出口に姿を消した。

「なんなんだ、あのばあさんは……とんだ邪魔が入ったな。さあ、仕事に集中してくれ」

富山は手にした封筒でもう片方の手をはたいて部下たちを促した。

デジタル表示は八分を切ろうとしている。

「八分と思うな。四百八十秒あると思え」

富山の言葉はなんの慰めにも励ましにもなっていない。

この短い時間をわずかでも彩ってくれるなにかがほしいところだ。春日はチアガール姿のマヤを思い浮かべようとしたが、上手くイメージできなかった。こんなことが知れたら彼女に殴られそうだ。

「富山さん、ファンレターを読んでくださいよ」

突然、橋本が手を挙げた。

加藤も「俺も聞きたいです」と同調した。

富山と目が合う。思えばファンレターをもらうなんて人生初めての経験だ。有名人でもなければまず無縁だろう。そしてこれが最後になるかもしれない。

春日も内容を知りたくなった。

「ぜひ読んでください」

「ではそうするか。各自、仕事の手は止めないで聞いてくれ」

富山は封筒を開けると中から丁寧に畳まれた一枚の便せんを取り出した。

「なかなか達筆のようだ」

彼は咳払いをすると便せんを開いて文章を読み上げた。

『ワガハイハネコデアルナマエハマダナイドコデウマレタカトントケントウガツカヌナンデモウスグライジメジメシタトコロデニャーニャーナイテイタコトダケハキオクシテイル』

富山はたどたどしく読み上げた。

「それだけですか？」

橋本が目を白黒させた。

「これが全文だ。それも句読点がまったくないから読みにくいったらありゃしない」

富山は文面を春日たちに向けた。たしかに句読点も改行も一文字空けもなく、一見するとカタカナの羅列にしか思えない。しかし富山の読み上げた文章は知っているフレーズである。

「それって夏目漱石ですよね」

加藤の言うとおり明らかに『吾輩は猫である』の冒頭である。

「あのババア、俺たちをからかったのか」

富山は苛立たしげに便せんを丸めると床にたたきつけた。

「そんなイタズラをするためにわざわざこんなところに来たんですか」

橋本は感心したように息を吐いた。爆発物が仕掛けられているのは知っているはずだ。それにもかかわらず爆弾の設置された現場まで赴くなんて信じられない。それも処理班をからかうためだ。それにしてもどうしてファンレターの内容が小説の丸写しなのか。

さっぱり意図が分からない。

「なにが老い先短いからお役に立ちたい、だ！　あのババア、ボケてんじゃないのか」

認知症には見えなかったが、そうなのかもしれない。たしかにいくらなんでも脈絡がなさすぎる。見分けがつきにくい軽度の認知症だったのかもしれない。見た目の年齢からして充分にあり得る。

「誰がボケてんのよ」

突然、次なる訪問者が姿を見せた。

「マヤちゃ……黒井さん！」

声の主ははたして黒井マヤだった。

後ろに代官山がついてきている。浜田の姿が見えない。彼は一緒ではないのか。

「犯人は？　マモーは!?」

春日はすがるような思いで問うた。代官山の表情は硬い。

嫌な予感がした。

「ごめんなさい。でも、いいとこまではいったのよ。リヴァイアサンの運命はあなたたちにかかっているわ。そういうこと」

マヤは切羽詰まった様子もなく肩をすくめた。その表情はまるで「電車に乗り遅れちゃったわ」程度である。

「そ、そうなんだ……」

「ちなみに乗客たちの避難もまるでおぼつかないわ。あれだけの人数だもの、明らかに船長の判断が遅すぎたのね。船が沈没すれば三分の一助かれば御の字じゃない」

春日は体の力が抜けていくのを感じた。

マヤたちが最後の最後に犯人を確保してくれるというほのかな希望もここで潰えた。さすがに四千人近くいる人間の中から二時間やそこらで犯人を特定するのは無理がある。爆弾解除以上の無理筋だ。

それでも「いいところまでいった」という。

マヤたちはどこまで犯人に迫ったのか。

「犯人は二十歳前後の女性である可能性が高いです」

「そんなに若いはずがない」

代官山の報告に春日は思わず言い返した。

過去の事件からしてマモーは四十歳以上のはずだ。二十歳前後というのは考えられない。

「犯人は乗客の一人になりすましていました。我々もその人物と接触していますが、年を偽っていたとしても二十歳前後にしか見えませんでした」

「最近の女性は中年でも見た目が若いですよ」

富山が口を挟むと代官山は首を横に振った。

「それでも限界はあるでしょう。その人物は高校生と言っても通じる見た目でした。アラフォーはもちろんアラサーもあり得ません」

「それってつまり犯人はマモーではないってことですか」

「その人物に関してはそうですね」

代官山が答えると、すぐ近くでマヤが小馬鹿にするように鼻で笑った。春日も以前、なにを言っても彼女に鼻で笑われていたことを思い出した。それとともに彼女と過ごした時間が脳裏に浮かんできた。

「ソルちゃん、仕事に集中しなさいよ」

マヤの言葉に我に返る。

「は、はい」

言われるままに作業に戻った。

トラップはあと三つ。もう時間はない。いっそのことこの三つの回路を一気にショートさせてしまおうか。運が良ければ無力化できるかもしれない。しかし経験上、その確率は限りなくゼロに近い。

どうせ死ぬなら最後にマヤを抱きしめたい。キスをしたい。

そんなことをしたら殴られるだろうけど。

いかん！　集中、集中！

春日は自分の頬をはたいた。

そんな春日を見て、代官山は目をパチクリとさせている。思えばこの刑事たちもこれほどの極限状況において平常心を保っている。マヤはともかく、この代官山もメンタルが相当に強いのだろう。捜査一課で鍛えられたに違いない。

マヤの相棒が務まっているのだからなおさらだ。

「その人物から聞き出すことはできないんですか」

富山がなおも問い質す。

「残念ながら我々が異変に気づいたときには、姿を消していました」

代官山は無念そうに首を振った。

「その人物に関してはマモーではない、とおっしゃいましたけど他にもいるんですか」

今度は橋本が聞く。

「ええ。もう一人、不審人物がいました。こちらも乗客の一人の名前を騙っていましたが、この二人が関与していると思われます」

犯人は少なくとも二人。

マモーは春日が調べた限り一匹狼のはずだ。今回に限りタッグを組んだのか、それとも無関係なのか。現状ではなんとも言えない。

代官山がさらに話を続ける。

「マモーならそちらの人物でしょう。二十歳前後というのはさすがにあり得ないですからね」

そのとき春日にはピンと来るものがあった。

「もしかしてその人物とはかなり高齢の女性ではありませんか」

質問をしたのは富山だった。彼も同じ直感を得たようだ。

「やっぱり彼女はここに来てたんですね！」

代官山が身を乗り出した。

「ええ、つい先ほどですよ。ほんの数分前です」

タイミング的にマヤたちとは入れ違いだったのだろう。そしてタイムリミットは三分に迫っている。

「その女性ならここを出た少し先にいたわよ」

マヤがいたずらっぽい笑みを浮かべている。

「その老女が不審人物なんですよね。そいつから話を聞き出さないんですか!?」

富山が代官山に詰め寄った。

「それは無理よ」

マヤが大げさに肩をすぼめた。

「どうして？」

富山がマヤに向き直った。

「だって死んでんだもん」

「はぁ!?」

富山と一緒に春日たち隊員一同は素っ頓狂な声を上げてしまった。

「我々は彼女と話をしたんですよ。つい五分ほど前に！」

富山は興奮気味に老女の立っていた場所を指さした。

「だったら殺されたのはこの五分の間ってことね」

「殺されたっ!?」

思わぬ展開に思考がついていけない。むしろマヤお得意のブラックジョークではないかとすら思えてくる。しかし代官山は険しい表情でうなずいている。

「今、浜田さんが死体を検分しているところです」

「本当に……殺されたんですか」

富山が目を見開いたまま問い質した。春日は船内の空気が冷たくなるのを感じた。

「ええ。滅多刺しの状態ですから間違いありません」

そんな手口なら犯人はその老女に強い怨恨を抱いている可能性が高い。

「ところでソルちゃん。事件当時、どこでなにをしていたの」

「な、なんで、俺!?」

マヤの質問に春日は思わず自身を指さした。明らかにアリバイの確認だ。彼女は春日を疑っている。

「あなたの両親はテロで亡くなっているわ。そのテロの首謀者がマモーとされている。動機は充分よね」

「いやいや、春日はここでずっと職務に当たっていました。その間、一度もここを離れていません。トイレ休憩すらとってないんだ。それなのにどうやってあのばあさんを滅多刺しにできるんだ!」

富山が目をつり上げて怒鳴った。部下を疑われたことに我慢ならないようだ。加藤も橋本もマヤを睨みながらうなずいている。

「そうなの。可能性のひとつを確認しただけよ。さすがにソルちゃんがあんなことできるとは思ってないわ」

彼女は相変わらず涼しげな顔を向けている。しかしその瞳は長い髪と同様漆黒だ。見つめているとブラックホールのように吸い込まれそうになる。

「分かってるよ。あらゆる可能性を疑うのは捜一の刑事にとって必要不可欠なことだから」

春日の言葉に代官山が少しホッとしたように表情を緩めた。

「姫様！」

そのとき浜田がトレンチコートの裾をなびかせながらマヤに駆け寄ってきた。

「なんなの」

彼女は鬱陶しそうな表情を浮かべて浜田に向き直った。

「おばあちゃんがちょっとだけ息を吹き返しました」

「マジですかっ!?」

代官山が両眉を上げた。

「生きてたの？」

「あ、でもまあすぐに死んじゃいましたけど」

浜田があっけらかんと答える。

「そりゃ、死ぬわよね。あれだけ滅多刺しにされちゃってるんだから」

マヤは愉快そうに言う。前々からそうだったが彼女は人が殺されると嬉しそうに口元を緩ませる。

「でもお迎えがいつ来ても不思議じゃないおばあちゃんを殺すなんてどういうつもりなんですかね」

浜田は淋しげに言った。

「それだけ怨恨が根深かったということよ」

多くの人間を殺めたテロリストだけに怨恨どころではないだろう。それにしてもそんな老婆の正体が本当にマモーなのだろうか。たしかにただ者ではなさそうな気配を感じたが、あんな老婆にあれほどの犯罪を起こせるのか。それも多くは単独犯といわれている。にわかには信じがたい。

「あ、そうそう」

浜田はパチンと指を鳴らした。

「どしたの」

「死ぬ間際に変なこと口走ってましたよ。口をパクパクさせていたので耳を近づけたんですけど、よく聞き取れなかったです」

「それってダイイングメッセージじゃないですか！　なんて聞こえたんですか」

代官山が浜田に顔を近づけて問い質した。

「ええっと、ファン……タ、としか聞こえなかったですね。おばあちゃん、息も絶え絶えでしたし」

「ファン、タか。ジュースかな」

富山や橋本たちも首を捻っている。あと二分……。

「僕はグレープ味が好き……痛っ!?」

突然、浜田が後頭部を押さえた。後ろからマヤが拳骨を食らわせたのだ。

「ファンレターじゃないですか」

春日はふとしたひらめきを口にした。

「ファンレター？」

代官山とマヤが春日に向き直って聞き返した。

「俺たち、その老女からファンレターをもらったんですよ」

春日は床に落ちている丸まった便せんを指さした。代官山はそれを拾い上げて広げた。

「これって漱石ですよね」

彼は文章を一読するとマヤに渡した。すぐに彼女も目を通している。後ろからは浜田が覗き込んでいた。

「なるほど。猫好きの彼女らしいわ」

マヤはフッと微笑んだ。

「猫好き?」

意味が分からず聞き返すと、代官山が「マモーは愛猫家だったようです」と答えた。なんでも猫が描かれている名画をコレクションしているという。そういえばあの老婆のTシャツには黒猫のデザインが施されていた。

そして彼女の目的は自身のコレクションの価値を高めるために、リヴァイアサンに持ち込まれた絵を破壊することだとつけ加えた。

「そんなことのために、こんな爆弾を?」

春日は思わず握り拳に力を込めた。コレクションなんかのために多くの人たちが犠牲になろうとしている。理不尽すぎるにもほどがある。

「おそらくこのファンレターが爆弾を解除する鍵になっているのよ」

マヤは春日にクシャクシャになった便せんを差し出した。

「なるほど! これがパスコードというわけか」

春日は彼女から奪い取るように便せんを受け取った。

「問題はタイムリミットね」

彼女はデジタル表示を指さした。

カウントダウンは三十秒を切っている。

春日は慌てて装置の前にしゃがみこむ。装置にはパスコード入力用のキーボードが備わっている。手のひらサイズでワイヤレスだ。

「これを打ち込めばいいんだな」

そうこうしているうちに早くも十秒経過してしまった。

残りは二十秒。

「でもこのキーボード、英字仕様だ」

文章はすべてカタカナだ。しかしキーにカタカナは印字されていない。

「ローマ字で打てばいいんじゃない」

「やってみる」

マヤの指摘を受けてそうすることにする。

いや、もはやあれこれ考えている時間がない。

春日はキーのひとつを押した。

「ちょ、ちょっと、ソルちゃん。あなたブラインドタッチできないの!?」

「そ、そうなんだよね」

パソコンは苦手なので入力するときはいつも人差し指だけで打っている。そのことで富山には笑われていた。

「代わります！　どいてください」

突然、浜田が割って入ってきた。

「お願いします」

春日は立ち上がると場所を浜田にゆずった。彼は自信に満ちた、実に頼もしい顔でうなずいた。

「浜田さん、あと七秒ですよ」

代官山が声をかけると浜田はものすごい速さでキーを打ち始めた。

文章は頭の中に入っているのか便せんを見ることなく打ち込んでいく。指が激しいダンスをしているように残像を描きながら動いている。

「すごい！」

その間、わずか二秒。

小型モニターには彼があっという間に入力したカタカナが表示されている。

「これでフィニッシュです」

浜田の指がエンターキーに触れようとしたそのときだった。

突然、マヤが彼の手をつかみ上げた。

「ひ、姫様!?」

浜田が驚いた表情でマヤを見上げる。

「文章が違う！」

「へっ!?」

浜田はモニターに視線を移すと慌てて入力した文書をデリートした。

「ちょ、あと三秒！」

代官山の喚(わめ)きと同時に浜田が入力を始めた。

速すぎて指の動きが見えない。

「フィニッシュ！」

彼がエンターキーを叩き込んだと同時にデジタルがゼロを表示した。

春日は思わず目をつぶって両腕で顔を塞いだ。
一、二、三、四……。
心の中でカウントする。

十まで数えたところで瞼を開いて腕をどけた。そこにはマヤたち刑事、そして富山たち隊員の姿があった。浜田はキーボードの前で額を拭っている。

カウントはゼロのまま止まっていた。

生きている！　みんな生きている！

「浜田さん、いいかげんにしてくださいよ！」

代官山が浜田を見ながら言った。マヤ以外、全員が腰を抜かしている。

「す、すみません」

浜田は頭を掻きながら、子供のように舌を出して謝った。

な、なんて可愛らしいんだ……。

「本当にもう、今回ばかりは私も肝を冷やしちゃったわよ」

さすがの彼女も頰を引きつらせている。実にレアな表情だ。

「で、なんて打ち間違えたんですか」

代官山はゆっくりと立ち上がりながら尋ねた。浜田は文章を暗記していたようだし、自信満々の表情をしていた。てっきり最初に入力したカタカナはファンレターの文章だと思っていたが違ったのだろうか。

「ダザイよ」

マヤが呆れたように答える。

「なんですか、それ？」

意味が分からず春日は聞き返した。

「太宰治の『人間失格』です」

浜田が申し訳なさそうに答えた。

代官山が「浜田クオリティ」と呆れたようにつぶやくのが聞こえた。

26

「本当に本当に本当に止まったんだな？」

富山がゆっくりと立ち上がりながら、信じられないといった口調で装置に近づいた。加藤も橋本もデジタル表示を覗き込んだ。

表示は「00：00：00：05」で止まっている。

耳を近づけるとハードディスクの駆動音がかすかに聞こえてくる。

「残り０・０５秒……」

代官山が額を拭いながら大きく息を吐いている。

「だいたいなんで打ち間違えるのよ。全然違うじゃない」

「姫様、痛い、痛いです」

マヤが浜田の片耳を引っ張り上げている。もう少し引っ張り上げたら耳がちぎれそうだ。

そんな彼は痛みに顔を歪めながらもどこか嬉しそうだ。

「漱石の文章は暗記していたので文面を見ないで打ち込んだのですが、どういうわけか脳内で太宰に変換されてしまいまして……」

「なるほど、あなたのことが書いてあるわけだものね」

妙に納得した様子でマヤは浜田の耳から指を離した。それにしてもこんな切迫した状況でああも盛大に打ち間違えるとは、わざとやっているとしか思えない。あんな人材がキャリアだなんて、日本の警察は大丈夫なのか。

富山が無線機で黒井篤郎に現状を報告している。

「発信器で起爆されないのか」

富山が無線機のマイクから口を離しながら問いかけた。篤郎に聞かれたのだろう。

「本気で爆発させるつもりならもう起爆させていると思います」

「犯人は起爆させるつもりがないのか」

加藤が答えると、富山は顎をさすりながら言った。

「死んでいるからじゃないですか」

代官山が貨物庫の出入り口のほうを指さした。

「あの老女か」

春日たちは全員立ち上がると、しばらくぶりに装置のそばを離れた。そして貨物庫を出て外の通路を進んだ。

「ここです」

一番先を歩いていた浜田が床を指さした。そこには先ほどの老女が横たわっていた。ブランドのロゴが入ったTシャツは真っ赤に染まっていて、ところどころに裂け目が見受けられた。

「刃物で滅多刺しにされてます」

彼の説明を聞くまでもなく、警察官である春日にはすぐに分かった。両目は見開いたままだが瞳にはすでに光が宿っていなかった。

「彼女がマモーなのか」

春日たち爆発物処理班の隊員は、先ほどまで話していた老女の死体を見下ろした。

「ちょっと失礼します」

代官山はしゃがみこむと、おもむろに遺体のスカートのポケットを漁り始めた。やがて横のポケットからスマートフォンを取り出した。

「これじゃないですかね」

彼は春日にスマートフォンを差し出した。春日は受け取って電源を入れてみた。しかしパスコードロックがかけられている。

「指紋認証ですよ」

横から眺めていた橋本がしゃがみこんで死体の右手を持ち上げた。

「こういうとき指紋認証って意味を成さないよな」

春日は死体の指にスマートフォンのホームボタンを押し当てた。一瞬でロックが解除されて、アプリのアイコンが並ぶ画面が起動する。並んでいるアイコンは四つしかない。そのうち一つはタイマーをかたどっているのでそれをタップしてみた。するとデジタルタイマーが表示されて、それは「00：00：00：05」で止まっている。

「装置の表示と同じじゃないか」

横から画面を覗いていた富山の指摘どおりだった。

デジタル表示のすぐ下には「ON／OFF」の文字を赤丸で囲んだアイコンが見える。

「これを押したら起爆する仕組みなんでしょうね」

デジタル表示が一致していることから、これが起爆装置とみて間違いないだろう。

「やっぱりこのばあさんがマモーだったんだ」

春日は再び床の上で動かなくなった老女に視線を向けた。それにしてもこんな老女が春日の両親をはじめ、多くの人間の命を奪ってきたテロリストとは思いもしなかった。

「おめでとう、ソルちゃん。これで任務完了ね」

マヤが春日に向かってにっこりと微笑んだ。

なんて美しいんだ。

彼女のこんな笑顔を見るのは久しぶり、いや初めてかもしれない。思わず心のすべてを持っていかれそうな笑みだ。彼女の笑顔を守れるのなら、命を差し出してもかまわない。

そんな彼女が労ってくれている。

春日は天にも昇るような気持ちだった。

「いや、俺はなにもしてないよ」

「まあ、そうよね。あなたたちは装置の回路を無駄にいじっていただけだし」

「え？」

突然、素っ気なくなるマヤに戸惑ったが、思い出せばいつものことだった。富山たち他の隊員も決まりの悪そうな表情を浮かべている。

「どちらにしても爆発物処理班の仕事は終わったわね。お疲れさま」

マヤは春日たちへの興味が失せたように死体に視線を向けた。そしてしゃがみ込んで検分を始める。その瞳は、まるできれいなスイーツや宝石を目の前にした少女のように、キラキラとしている。そんな彼女を富山たちは怪訝そうに見つめていた。

死体の周囲には傷口から流れ出した血溜まりが広がっている。

「手足のポーズに趣がないわね。大物テロリストのくせに六十点といったところかしら」

「及第点ですね」

代官山が呼応する。

なんの点数なのか分からないが、二人の間で通じ合っていることなのだろう。

「口は半開きがいいな」

「だから死体を動かさないでくださいよ」

代官山は、死体の口元を触ろうとするマヤの手をつかんで引っぱった。

「ほんと、うるさいわね。口の中を調べるのよ」

マヤは苛立たしげに代官山の手を振りほどいた。

「どうしてそんなところを調べる必要があるんですか」

「このおばあちゃんが本当に本人か確認する必要があるでしょ」

「意味が分からない」

マヤは、訝る代官山のことなどおかまいなしに死体の口を開くと、中を覗き込んだ。年齢のわりに健康そうな歯が並んでいるのが見えた。さらにマヤは瞼を開かせて眼球を検分したり、肌に触れてその質感を確かめているようだ。

「どうやら本物の老人のようね」

彼女は納得したように点頭すると、死体から手を離した。

「誰がどう見ても老人ですよ。それに結局、半開きにしてるじゃないですか」

代官山が呆れた様子で舌打ちをした。

この二人、いつもこんな感じなのか。息の合ったお笑いコンビのシュールなコント劇を思わせる。

「黒井警視監！」

突然、富山が姿勢を正して敬礼を向けた。彼の向いているほうには、篤郎と西園寺の姿があった。

「爆発物処理班の諸君、よくやってくれた」

篤郎は満面の笑みを広げながら、こちらに近づいてきた。それに対して西園寺はどことなく複雑そうな表情を向けている。今回の騒動でリヴァイアサンの処女航海が台無しになってしまったのだから無理もないだろう。

「捜査一課の皆さんのお力添えがあったからこそです」

富山がちらりと春日を見ながら言った。

春日も小さくうなずいた。

老女のファンレターを起爆解除のパスコードだと見抜いたのはマヤだ。そしてそのパスコードを制限時間内に入力したのが浜田である。彼には冷や汗をかかされたが。

春日は老女の言動に不自然さを感じながらも、ファンレターがパスコードになっていると は見抜けなかった。その点においては捜査一課の連中にお株を奪われてしまったというわけである。

だが、そんな体面的なことはもはやどうでもいいことだ。なにより自分たちは今こうして息をしている。それは四千人近い乗客や乗員たちも同じである。

「もし爆弾が爆発してしまったらとんでもないことになっていた。そうでしょう、西園寺さん」

篤郎が西園寺に話を振ると彼は神妙な顔つきでうなずいた。

「避難も思ったようには進んでいませんでした。もし爆発していたら七十パーセント以上の人間が命を落としていたと思われます」

西園寺の表情は硬いままだが、それでもほのかに安堵の色が窺える。彼らにとって緊急時の避難誘導は今後の課題となるだろう。そもそも乗客乗員の避難が進捗しなかったのは西園寺の判断の遅れに原因がある。その責任を今後追及されることになるだろう。

「ところで爆弾はもう本当に大丈夫なのだな」

篤郎が念押しすると富山が「はい」と歯切れよく答えた。

そして手にしていたスマートフォンを差し出す。

「これが起爆装置のようです」

彼は画面を篤郎に向けて説明をした。

「それをこの老女が持っていたというわけか」

篤郎は動かなくなった老女を見下ろした。同じように見下ろしている西園寺はなにを感じ取ったのか口元を押さえている。

「西園寺さん、この死体に見覚えがあるんですか」

代官山が尋ねると西園寺は顔を上げる。

「いいえ、面識はありません。ただこのＴシャツとスカート……」

「それがどうかしたんですか」

「このＴシャツとスカートは船内のブティックで販売されているもので、その店でしか手に入らない限定品なんですよ」

「そうなんですか……」

よく見ると「Miss Dead」と大きく打たれたロゴと黒猫のデザインの下に「Leviathan13」とこちらは小さなロゴが印字されている。ブランドとリヴァイアサンのコラボ商品だという。

「それを例のニセ者が購入していました」

「ニセ者？」

意味が分からず、春日は西園寺に聞き返した。

「若い女性の乗客になりすました不審者がいたんですよ。当初、我々はそいつがマモーだと考えて足取りを追っていました」

答えたのは代官山だった。なんでも両角マキという若い女性になりすました女が、西園寺の娘を誘拐して彼を脅迫していたという。さらに女優の江陣原さとみを殺害したのも、その女のしわざではないかという。

爆弾の解除に専念していて事情を知らない春日は大いに驚いた。それは他の隊員たちも同じだったようでポカンと口を開けている。

「私は商品を手にして満足そうにしている彼女に声をかけました。なんでも猫のデザインが気に入っているからと言ってました。そして『ナンバーが気に入らないけどね』とも」

「ナンバーとはこの『Leviathan13』の13のことですか？　そういえばスカートのポケットにも同じロゴが刺繍されてましたよ。そもそもこの数字はなんなんですか」

「このTシャツとスカートはセットになっていて百着限定ということで、ひとつひとつに番号が打ってあるんですよ。そうやってプレミア感をアピールしているんでしょう。その分、相当に高額な商品らしいです」

つまりこのナンバーが印字されたＴシャツとスカートは世界に一つしか存在しないということになる。このブランドの愛用者であれば高額であっても手に入れたくなるだろう。リヴァイアサンの乗客なら手が出せないことはないはずだ。

「つまりこの老女もＴシャツとスカートを購入したというわけか」

Ｔシャツのロゴを見つめながら篤郎が頬をさすった。

「それで……そのマキさんのニセ者なんですが、買ったばかりのビニール袋に収められたＴシャツを私に見せびらかしながら『ナンバーが気に入らない』と言ってました。それが13だったんです。一般的には不吉な数字だとされていますからそれが気に入らなかったんでしょう」

「ちょっと待ってください。どうしてマキさんのニセ者の服をこの老女が着用しているんですか」

代官山が口にした疑問はここにいる全員が思っていることだろう。

「さあ……」

その疑問に西園寺は首を捻るだけだった。

「やはりこの老女とニセ者が通じていたということなのかな」

浜田が可愛らしい顔を少しだけ横に傾けた。

「となるとこの老女がマモーで、マキさんのニセ者が協力者ですかね」

代官山の言葉に浜田と篤郎、そして西園寺がうなずいている。

年齢を考えるとマキという女性になりすましている若い女性がマモーであるとは考えにくい。

やはりこの老女がマモーだろう。

江陣原さとみを殺害したのも二人のうちどちらかだろうと代官山がつけ加えた。

「そして一番の問題はこの老女を殺したのが誰かということだ。殺人事件である以上、君たちの仕事だぞ」

篤郎は視線を代官山たち捜査一課の刑事に向けている。

「詳しい事情は分かりませんが、マキさんのニセ者の犯行かと思われます」

浜田の発言にマヤがクスリと笑い声を立てた。

「代官様はどう思う」

「俺もそう思います。二人の間になにかしらのトラブルが起きて、協力者であるマキさんのニセ者がマモーを殺害した。理由は彼女を捜し出せば分かることです」

代官山の発言に対してもマヤは小馬鹿にするように鼻を鳴らした。

「黒井さんはどう思っているんですか」

「さあ、犯人なんて誰でもいいんじゃない」

代官山の質問にマヤは退屈そうな口調で答えた。

「マヤ、そういう言い方は良くないぞ」

篤郎が娘を咎める。しかし口調は代官山や春日たちに言うときと比べて随分と穏やかだ。

「ニセ者はおそらく船内のどこかに身を潜めているはずです。なんとか捜し出すことはできないでしょうか」

西園寺がすがるように言った。犯人を捕まえなければ娘を取り戻すことがかなわないのだから必死だろう。

「捕まるのは時間の問題でしょう。まさか海に身を投げるわけにはいかないでしょうし、救命ボートで逃走を図ったところで逃げ切ることは不可能です」

篤郎の要請で自衛隊のヘリがこちらに向かっているという。救命ボートで逃走してもすぐに発見される。現実的には船内に身を隠すしかない。

「犯人は二十歳前後の若い女性です。乗客は比較的年配者が多かった印象ですが、どうなんですか」

浜田が西園寺に聞いた。

「二十歳前後の若い女性の乗客は十五人ほどしかいません。だから目立つ存在であると思います」

彼は何度もうなずきながら答えた。

「とはいえ船内はひとつの街ほどの規模がある。いくら目立つとはいえ身を潜める場所は多い」

「ここは乗客乗員に協力してもらったらどうでしょうか。船内放送で犯人の特徴を伝えて情報を募るんです。そして乗務員総出で船内を探索する。そうなればさすがに隠れ続けることは不可能でしょう」

「い、いや……しかし、乗務員はともかく乗客の皆さんにそんなことをさせるのは」

代官山の提案に西園寺は躊躇したように首を横に振っている。

「この期に及んでなにを言っているんですか。犯人は世界的なテロリストの協力者、または関係者ですよ。このあとだってなにをしでかすか分かりません。それに娘さんを取り戻すためには、どうしたって犯人確保が必須でしょう」

篤郎が西園寺に向き直って厳しい口調で告げた。彼は考え込むように目をつぶる。

「分かりました。我々も犯人確保に邁進します」

西園寺は瞼を開くとはっきりとした口調で応じた。

「ご協力感謝しますぞ。今は乗客へのサービスやホスピタリティよりも人命を優先してください」

　篤郎がその場に立ち会っている警察官たちを代表する形で頭を下げた。それを見た代官山と浜田が表情を引き締めている。絶対に犯人を見つけ出してやるという実に頼もしい、強い決意が窺えた。

「私は船内放送を通して乗客の皆さんに協力を呼びかけます。それから乗務員を総動員して全客室を含めた船内をチェック、さらには防犯カメラによる監視も徹底させましょう」

　西園寺は船長の自覚を取り戻したように力強い口ぶりだ。今回のことは船長自身の判断の遅れに問題があるのは間違いない。これから挽回してほしいところだ。

「いくら広い船内とはいえ四千人近い人間の目が光っている。徹底的に捜索すれば港に着くまで身を隠して船外に逃げるなどできるわけがない。犯人を捕まえてやつの正体を暴き、娘さんの居所を聞き出しましょう。今回の行為は国家に対する反逆に等しい。決して許すことはできない」

　篤郎が握り拳に力を入れている。心底犯人を憎んでいる目つきだ。

「両角マキのニセ者なんて探す必要はないんじゃない？」

　またもマヤが場の雰囲気に水を差すようなことを言う。こういうところは以前と変わっていない。しかし今回のそれは少々タチが悪い。犯人を見つけ出さなければ西園寺の娘は助からないし、リヴァイアサンの安全だって確保されないのだ。

いったい彼女はなにを考えているのか……昔から分からないことが多かった。そんなところが彼女の魅力だと思うのだが、今は状況が状況だ。

「だからなんでそういうことを言っちゃうんですか」

代官山が彼女のそばに寄って、小声ながらも口調を尖らせた。篤郎も西園寺も少々困った様子で二人を見つめている。父親ならここでガツンと言ってやるべきだと思うが、篤郎はその役目を代官山に託しているようだ。普段は威風堂々たる姿を見せつけているくせに、娘にからきし弱いのは相変わらずだ。だからあれほどまでにわがままに育ってしまうのだ。

そしてそれがまた彼女の魅力の一つでもあるのだが。

「なんでもなにも、両角マキのニセ者なんて探す必要性を感じないからよ」

「あの女は江陣原さとみの殺害、そしてテロの計画に関与している可能性が大きいんです。もはや見つけ出すという選択肢しかないじゃないですか。違いますか？」

代官山は身振り手振りを交えて訴える。

「まあ、あなたがそう思うのならそうすればいいわ。申し訳ないけど私はそんな無意味なことにエネルギーを使いたくないから。あなたたちで好きにやって」

マヤは涼しげな顔で言い放った。

「まったく……どうしてそうなるんだ」

さすがの代官山も諦めたようにため息をついてマヤから離れた。

ああなったら彼女に説得は通じない。

春日は、昔、必死になって言い聞かせようとしていたことを思い出す。彼女は「無意味なこと」「無駄なこと」と認めたら決して同調しない。ただ、彼女も駄々をこねているだけではないはずだ……と信じたいが、このやりとりは駄々をこねているようにしか思えない。そうまでして代官山の気を惹こうとしているのだろうか。

それも彼女らしくない気がするが。

「浜田さん、俺たちでマキさんのニセ者を追いましょう」

代官山が浜田に声をかける。

「え、ええ……だけど、姫様が」

「やる気がないと言ってんだから俺たちでやるしかないでしょう！」

代官山はあからさまな苛立ちを口調に滲ませている。

「は、はい」

そんな彼の迫力に気圧されたのか浜田が素直に応じた。

「行きましょう」

代官山は浜田を従えてマヤの脇を通り過ぎようとした。

「代官様」

マヤの呼びかけに二人は足を止めた。

「なんですか」

代官山は冷めた目つきでマヤを見やる。

「あなたたちに彼女を見つけ出すことはできないわ」

「どうしてそんなことが分かるんですか」

「分かるわよ、あなたのことは」

彼女は腕を組んだまま挑戦的な目つきを相手に向けた。

「姫様！　僕のことは？」

「知りたくもないわ」

マヤは素っ気なく、かつ即答した。

「そんなぁ……」

浜田はその場でへなへなとしゃがみ込んだ。本当にへなへなと音が聞こえてきそうな、まるで子供向けのアニメに出てくるキャラクターを見ているようだ。こんな刑事がキャリアだなんて本当に大丈夫なのか。しかし篤郎は浜田のことは気にも留めていないようだ。彼は観察するように代官山を見つめている。春日は爆弾解除という職務を全うした。しかし篤郎はまだ娘の相手を春日だとは認めていないようだ。それにやはりマヤの気持ちは代官山に向いているように思える。

「春日、俺たちも協力するぞ」

富山が春日の肩を叩いた。

「はい。だけどその前に彼女とちょっとだけ話をしたいんですが」

春日はマヤに一瞬だけ視線を向けた。

「早くしろよ」

なにを感じ取ったのか富山はニヤリとすると離れていった。

「言いたいことはそれだけですか」

代官山がしゃがみ込んだ浜田の両肩を引っ張り上げながらマヤを睨んだ。

「一つだけヒントをあげるわ」

「ヒントって……なんのヒントですか」

「ヒントはヒントよ」

マヤはおもむろに浜田を指さした。

「浜田さん？」

代官山は浜田を立たせて彼の膝についた汚れを払い落としてやった。

「あとはこっちね」

さらに彼女は指先の方向を変えた。

「黒井警視監？」

マヤは自分の父親を指していた。彼は老女の死体を見下ろしている。

「二人とも暗いわね」

爆弾を解除したとはいえ、事件は完全解決しているわけではない。表情が明るくないのは当然だろう。

浜田と篤郎の共通点。

東京大学卒のキャリアであること。そのくらいしか思いつかない。仮にそうだとしてそれがなんのヒントになるのだろう。思えば事あるごとにマヤは意味深な謎かけをして春日を困らせていた。意地悪なところもまるで変わってない。

またそれがいいのだが。

「とにかくあなたは両角マキのニセ者を捜し出すことね、頑張って」

マヤは馴れ馴れしい様子で代官山の背中をポンと叩いた。

「浜田さん、行きましょう」

彼は浜田を従えて春日たちから離れていった。

「私も行きます」

西園寺も篤郎に向けて制帽のつばをつまむと駆け出した。

「マヤちゃん、ちょっと」

春日はマヤを呼んで手招きをした。そして篤郎たちから少しだけ離れる。

「なんなの」

「俺、今回の仕事で分かったことがあるんだ」

「そうなの」

彼女は素っ気なく返す。

「この仕事はいつも命がけだけど、今回は命を賭ける価値があると本気で思ってたんだ」

「それは殊勝なことね」

マヤは小さく肩をすくめた。

「なあ、マヤちゃん」

「だからなによ」

「俺たちやり直せないか」

「やり直すってなにを？」

彼女は鼻から息を抜いた。

「いや、だから……」

「そもそもやり直すどころか、なにも始まってないと思うけど」

「そ、そうなのか」

たしかに彼女と深い関係になったことはない。でも気持ちや心は通じ合っていたはずだ。少なくとも春日はそう思っていた。

「それに私、相手がいるし」

「代官山さん？」

「そんな感じ」

マヤはほぼ無表情でうなずいた。

「愛してるのか」

「うーん、どうなんだろう」

彼女は小首を傾げながら答える。

「そんなことも分からないのか」

「愛にもいろいろあるでしょ。恋愛、友愛、人類愛、慈愛、母性愛、プラトン的恋愛……どれなのかしら」

「俺のことはどう思ってるんだよ」

「ソルちゃんのことも好きよ」

「ホントに!?」

「私、気になる人ができるといつもその人の死んだ姿を想像するの。代官様はもちろん、あなたの死体も想像したことがあるわ。ねえ、それってどういう愛だと思う？」

「さ、さあ……加虐性愛（サディズム）かな」

　そんな話、初めて聞いた。

「なによ、それ」

　マヤが頬を膨らませる。

「冗談だよ。とりあえず俺にもまだチャンスがあるってことだな」

　相手の死んだ姿を想像するなんて……。

　とはいえ彼女の頭の中に自分の死体がなければまったく相手にされてないということだ。嬉しさが不気味さをはるかに上回っている。

「その通りだ」

　突然、背後から男性の声がした。振り返るといつの間にか篤郎が近づいていた。

「いやだ、パパ。立ち聞きしてたの」

「大事な娘のことだから当然だ」

「私はもう子供じゃない。自分のことは自分で決めるわ」

「その選択が正しいとは限らない。父親として子供を正しい方向に導いてやらなくてはならん」

「私はいつだって正しいわよ」

マヤは小鼻を動かしながら言った。

「春日くん。娘のことは犯人を先に見つけ出した者に任せたいと思う」

「本当ですか」

春日は身を乗り出した。爆弾解除を成し遂げはしたが、最終的に止めたのは捜一の連中だ。

犯人を見つけ出す。

これが春日にとって敗者復活戦になる。

「パパ、なに勝手なことを言ってるのよ」

「もちろん最終的にはお前の気持ちで決めることだ。ただ、私はそういうつもりだということだ」

篤郎は春日に視線を向ける。

「春日、俺たちがついているぞ」

突然、富山に肩をたたかれた。

「いや、そんなこと……」

「水くさいですよ、春日さん」

橋本がにやけた顔を向けている。

「警備部バーサス刑事部のプライドを賭けた競争です。負けるわけにはいかないですよ」

加藤も愉快そうだ。

「そうだな、捜一の連中には負けられないな」

春日は照れくさい思いを持てあましながら応じる。

「ところで」

春日はマヤに声をかけた。彼女は漆黒の瞳を春日に向けた。

「まだなにか」

「君はもしかして、犯人がどこにいるのか分かってるんじゃないのか」

昔からマヤは一を聞いて十を知るようなところがあった。そして彼女は代官山に「見つけ出すことはできない」と断言していた。なにか心当たりがあるような口ぶりだ。

「さあ、どうかしら」

彼女は意味ありげな笑みを浮かべる。

「さっき捜一の連中に出したヒントってそういうことじゃないのか」

マヤは笑みをさらに広げた。

「ヒントの意味が分かったの？」

「黒井警視監と浜田さんの共通点は、東京大学を卒業していること」

「そうね」

「東京大学……東大……とうだい……トウダイ」

春日の脳裏に突然、岬に建ち、海に向かって光を放つ円筒状の建物が浮かんだ。強い光が漆黒の海面を照らし出している。

「灯台……暗い」

マヤは浜田と篤郎を指し示して「暗い」と言っていた。目の前に滅多刺しの死体が転がって、犯人が逃走中という状況が状況だけに表情が暗いのは当然だが、どうもそれもヒントの一環のように思えた。

「灯台下暗し」

マヤのヒントから浮かんだことわざをつぶやいた。すると一瞬だけマヤが目を細めた。

「もしかして当たり？」

「うふふ……」

彼女は意味深に笑っている。

灯台下暗し。灯台の下は暗いところから身近なことは却って気づきにくいことのたとえだ。

春日は自分の足下に視線を向けてみた。そこにはマモーと思われる老女の死体が転がっている。着衣が妙に若作りなのが気になってはいたが、両角マキなる若い女性が購入した限定商品だった。とてもではないがこの老女に似合っているとは思えない。むしろその若い女性が自分自身のために購入したと考えるのが自然だろう。

若いといえばこの老女の歯も年齢のわりに健康な状態を保っているようだ。春日の八十代で亡くなった祖母は総義歯だった。マヤは死体の歯にも関心を持っていたようだ。

あらためて春日はしゃがみ込むと、死体に手を合わせてから検分してみた。手袋をはめて唇に指を当ててそっと開かせてみる。いま初めて気がついたのだが下の前歯が若干大きいように思える。

そのとき突飛な着想が浮かんだ。

「もしかしてこの死体が両角マキのニセ者本人とか？」

春日は何気なしにその着想を口にした。

「このおばあちゃんが二十歳前後の両角マキのニセ者だと言うの？」

「冗談だよ。ずっと前に観た映画を思い出したんだ」

子供を事故で失った夫婦が幼女を養子に引き取ったことで起こる惨劇を描いた、ホラー映画だ。ラストに予想もしなかった大どんでん返しがあって驚かされたので、強く印象に残っている。あの頃はフラれたマヤをもう一度振り向かせようと苦手なホラー映画を観まくってホラー映画ファンであることを猛烈にアピールしていたのだ。件の映画もそのときに観たというわけだ。

そのうちに本当にホラー映画には詳しくなってしまったのだが……。だけど苦手なままである。

あの代官山もホラー映画ばかりを観させられているのだろうか。

「私もその結論なんだけどな」

「マジでっ⁉」

春日は思わず声を上げてしまった。

富山たちが目を丸くして春日を見つめていた。

27

「ちょっと待ってください」

代官山は思わず足を止めた。

老女の死体が転がっていた通路を真っ直ぐに進んで、突き当たりを右折すると階段がある。その階段のすぐ手前に乗務員用のトイレがあった。

「どうしたんですか」

浜田も立ち止まった。

「これ」

代官山はトイレの出入り口となる扉のノブを指さした。

浜田は顔を近づける。ドアノブはレバー式となっており素材はステンレスのようで、ゴールドのメッキが施されている。しかしレバーの一部にどす黒いシミが付着していた。

彼はそのシミにそっと指を触れた。

「血液のようですね」

浜田は指に付着したシミを代官山に見せながら言った。

「あれだけ滅多刺しにしたのだから犯人は返り血を浴びているはずです」

さらに言えばマモーと思われる老女を殺した犯人はまだ近くに潜んでいるはずだ。下手に動き回れば他の乗客たちの目に触れてしまう。返り血を浴びていれば不審に思われるから、まずはきれいに洗い落とす必要があるだろう。

「中ですか」

浜田は小声で扉を指さした。代官山は小さくうなずく。二人は扉を挟んで壁に背中をつけた。鼓動が少しだけ激しくなる。代官山は深呼吸をした。

浜田は子供の刑事ごっこのように、両手の指を二丁拳銃にかたどっていた。彼が当てにならないどころか足手まといになるのはもはやお約束だ。そのときのフォローも想定しなければならない。

代官山は気を引き締めた。

「いきますよ」

代官山はドアノブに手をかけた。血液の濡れた感触が気持ち悪い。心の中で三つカウントするとドアノブを引き下げて一気に扉を開いた。

入口のすぐそばに二台の洗面台、さらに奥には小便用の便器が三つ並び、それらに向き合う形で個室が三つ設置されていた。入口に近いほうの洗面台には、水によって薄められた血痕の溜まりがあちらこちらに残っている。何者かが手に付着した血液を洗い流そうとしたのだ。蛇口から水が流れっぱなしになっている。

手前二つの個室の扉は開いているが、一番奥は閉まっていた。姿は見えないが人の気配がする。

耳を澄ますと扉の閉まった個室から人の荒い息づかいが聞こえてきた。

「警視庁の者です。ドアを開けてください」

代官山は突然の襲撃を警戒して扉から離れた位置で声をかけた。しばらく待ったが返事がない。

「開けないつもりなら、我々がこじ開けることになりますよ」

再び、代官山が声をかけると個室の中から「今出る」と男性の声がした。聞き覚えのある声だ。やがて鍵が外される音がして扉がゆっくりと開いた。中から茶色のジャケットの長身の男性が出てきた。彫りの深い整った顔立ちはまるで映画俳優を思わせる。

「山本……さん？」

男性は江陣原さとみのマネージャーである山本ショウだった。

茶色のジャケットの表面にはところどころ黒いシミ、そして頬や額には血痕が点々とついていた。洗い落とし切れていない薄い血液が広がった手はナイフを握っている。

「凶器を捨てなさい！」

浜田は怒鳴りながら代官山の背中の後ろに身を隠した。代官山も思わず身構えたが、山本は観念した様子でナイフを床に落とした。代官山はすぐにナイフの柄を蹴って持ち主から遠ざける。ナイフは床を滑ると壁にぶつかって止まった。

「あんたがあのばあさんを刺したのか」

代官山は山本に詰め寄った。

「この状況では否定できなさそうだな」

「江陣原さんの仇討ちなのか」

「結果的にはそうなったね」

山本は投げやりな笑みを浮かべながら肩をすぼめた。

「つまりあんたはあの老女がマモーであることを知っていたということになる。だったらどうして俺たちやセキュリティのスタッフに通報しなかったんだ。いや、そもそもどうしてあの老女がマモーだってことを知っているんだ？」

マモーの正体については日本の警察どころか、アメリカの諜報機関ですら把握していないはずだ。

江陣原さとみが独自の調査で正体に行き着いていたのだろうか。

しかし山本は首を横に振った。

「マモーは正体不明のテロリストだ。国籍や年齢、性別すら分かっていない。私もマモーの正体を知ったのはつい先ほどだよ。やつの正体を突き止めるために爆弾を仕掛けたのさ」

「はぁっ!?」

これには代官山も浜田も素っ頓狂な声を上げてしまった。

「ちょ、ちょっ、なんだって？」

浜田が混乱した様子で聞き返す。

代官山も同様だ。

あの爆弾を仕掛けたのが山本。

あまりに予想外すぎて思考が追いつかない。

「リヴァイアサンにマモーが乗客になりすまして乗り込むことは江陣原が予見していた。目的はウィリアム・ホッパーの『ミッドナイト・ホークス』の破壊だ。あの絵画は普段は厳重に保管されていて外に出ることは滅多にない。破壊するならリヴァイアサンの処女航海が絶好のタイミングだ。だから彼女はマモーが乗り込んでくることを確信していた。とはいえマモーの身元に関する情報はゼロに等しい。そこで私はあの爆弾装置を裏ルートから入手した」

「ちょっと待て。芸能人のマネージャーのあんたに、そんなことができるのか」

「芸能界に足を突っ込んだのはここ数年のことだ。それまでは傭兵として海外を転々としていた。サバイバルゲーム好きが高じてね。そのうちゲームでは満足できなくなった。大学を出てすぐに自衛隊に入ったんだが、あそこでは本物の戦争ができない。だから海外に出たというわけさ」

山本は自分の若気を恥じ入るように苦笑した。

「裏ルートというのはそのときのコネか」

「ああ。拳銃だろうが手榴弾だろうが戦車だろうが金さえ払えばなんでも調達できる。その気になればプルトニウムだってな」

「さすがにそれは冗談だろ」

プルトニウムといえばスパイが出てくるアクション映画で悪の組織なんかにやたらと盗まれる代物だ。核兵器の原料になる放射性物質である。

「実際に国内に持ち込むのは容易じゃないし、そんな物騒なもん、ただでくれると言われてもお断りだがね。とはいえ、できないわけではないということだ」

そんな代物が民間でやりとりされているなんて考えただけで背筋が凍る。

「その裏ルートとやらからあの爆弾を入手したのか。あれはもちろんダミーなんだよな」

仕掛けた本人が搭乗しているのだからダミーだと考えた。しかし山本は首を横に振る。

「見破られてしまっては元も子もない。だから本物だ」

「バカな……本気で爆発させるつもりだったのか」

代官山は声を上ずらせた。

「まさか。万が一の場合は遠隔操作でカウントダウンを止められるようになっている。だけど……」

「だけど、なんだ？」

「十秒前に止めるつもりだったんだが止まらなかった。装置のトラブルだよ。あのときはさすがに肝を冷やしたね」

「ま、マジかよ」

その端末であるスマートフォンをあの老女の死体が所持していた。しかしそれは山本が殺害後に彼女の死体に仕込ませたものだという。本人の所持品と思わせるためにその場で死体の指紋登録まで施した。すべてはあの老女の犯行と思わせるためだ。

「爆弾はあのばあさんがもたらしたパスコードで止まったんだぞ。あんたが仕掛けた爆弾のパスコードをどうしてヤツが知っているんだ？」

老婆のもたらしたパスコード。ファンレターに書かれた夏目漱石の小説『吾輩は猫である』だ。

「マモーは高度な暗号技術の知識やスキルの持ち主だったといわれている。軍や民間の暗号技術開発に携わっていた可能性も高い。あの爆弾装置に使われている暗号回路はマモーが開発したものだと、裏の世界ではもっぱらの噂だ。以前にマモーが使っていた爆弾装置のパスコードは、その回路基板によって高度に暗号化されていたんだ。だから機動隊の連中がどんなに奮闘したところで、三時間やそこらで解読するのはまず不可能だ。その回路基板のコピーを搭載した爆弾装置が最近、ブラックマーケットに出回っている。私はそれを調達したというわけさ。マモーの開発した回路基板には一つだけ大きな特徴がある」

山本は代官山の前で人差し指を立てながら続けた。

「この暗号回路は所有者が設定したパスコードを高度なレベルで暗号化するわけだが、それとは別にもう一つパスコードが仕込まれているらしい」

「どういうことなんだ」

「私も専門家ではないので詳しいことは説明できないが、マモー自身が仕込んだパスコードが、回路を司るプログラム上に分からないように書き込まれているということだ。これはあとから変更することができない。そしてそのパスコードはマモー自身しか知らない。裏の業界ではマモーコードと呼ばれていて、こちらも高度に暗号化されているのでいまだ解読されていないそうだ」

「どうしてマモーは回路にそんなものを仕込んだんだ？」

「用心深いヤツのことだ。自分の意図しないところで回路が悪用されたとき、自らの手で解除できるよう保険をかけておいたのだろう」

「つまりあんたは、マモーをおびき寄せるためにあの爆弾を仕掛けたのか」

「マモーと名乗るテロリストが仕掛けた爆弾だけに、自分が開発した暗号回路基板が使われていると考えるだろう。爆発すれば船が沈没して、いくらヤツだって無事では済まない。救命艇に乗り込んだところで、巨体が沈没する際に発生する水流に巻き込まれて溺れ死ぬ可能性も高い。だから必ず爆弾を解除に来るはずだ。解除できるのはマモー本人と私以外にはいないからな。私は爆弾を仕掛けた貨物庫に近づく乗客はいないかと監視していた」

山本はポケットからスマートフォンを取り出した。なにやら操作を始めると画面を代官山に向けた。そこには貨物庫の出入り口が映し出されている。

「出入り口の通路にカメラを仕込んでおいたのか」

「これはＣＩＡが使っている超小型カメラだ。通路の壁に貼りつけてあるが小指の先ほどの大きさしかないからまず気づかれない。もちろんこちらも特殊なルートで入手した。独自の電波で多少離れていても、動画をリアルタイムにこの端末に送ってくれる優れものだ」

山本はこのカメラを使ってずっと貨物庫への出入りをチェックしていたという。

「そこへタイムリミット寸前になって、あのばあさんが現れたというわけか」

その老女と春日たちのやりとりを近くの物陰に潜んで盗み聞きしていた山本は、彼女がマモーであることを確信したという。そこで彼女が貨物庫から出てくるところを待ち伏せして所持していたナイフで滅多刺しにしてその場を立ち去った。

「新宿のビルに爆弾を仕掛けたのもあんたなのか」

「そうだ。本物のマモーを動かすためにはリアルな迫真性が必要だからな。狂言だと思われては意味がない。そのためにはヤツにはもちろん、警察にも本気になってもらわなくてはならない。そのための仕込みだよ」

「爆弾は本物だったんだろう。もし爆発していたらどうなるのか考えなかったのか」

「日本の機動隊は優秀だ。彼らはあの程度の装置なら解除できるさ。もっとも爆発したところでケガをする程度の爆薬にしておいたけどな。本番はリヴァイアサンだ」

山本は悪びれる様子もなく言った。

代官山は彼を一発思いきり殴りつけてやりたい衝動にかられたが、グッとこらえた。

「それにしてもあんな残虐な殺し方、よほどの怨恨がマモーにあったのか」

マモーは刃物で滅多刺しにされている。こういった手口の場合、大抵は強い怨恨が動機となっていることが多い。

山本はポケットから一枚の写真を取り出して代官山に向けた。髪の毛がブロンドで青い瞳の美しい女性が写っていた。

「アンナ、私の妻だ。荒(すさ)んだ傭兵生活を送っていた私が初めて愛した女性だ。彼女と過ごした時間は本当に幸せだった。しかしそんな時間は一年しか続かなかった。彼女は……」

山本が言葉を詰まらせる。声は湿り気を帯びていた。

「マモーが犯したテロの犠牲者なのか」

代官山が先読みすると、山本は唇を噛みしめたまま首肯した。

やはりそうなのか……。

代官山はやり切れない思いになった。

「その後、私は傭兵生活にさらにのめり込むようになった。この世界では武器商人や核兵器開発やテロリストといったきな臭い情報が入ってくる。私は危険な戦地に赴いてはマモーに関する情報を集めた。しかしどうしてもヤツには行き着かない。失望した私は傭兵に見切りをつけて日本に帰国した。そしてひょんなことからまだ無名だった江陣原さとみと、あるバーで出会った。少々酔っていた私は彼女に自分の身の上話をした。実は彼女も当時からマモーという謎のテロリストに強い関心を抱いていた。マモーのことを徹底的に調査していつか自分自身がマモーを演じたいと言った。彼女はマモーは女性ではないかと直感していたんだ。その出会いがきっかけで私は彼女のマネージャーをすることになった。そのときの私にはある企みがあったのさ。なんとか江陣原を有名女優にして、その彼女にマモーの正体に関する著作を書かせる。もちろん私も傭兵時代に得てきたマモーに関する情報を提供するし、彼女自身にも熱心に取材を進めさせた。そうやっていればいずれ、マモーのほうから江陣原に接触してくるんじゃないかとね。マモーは自分の正体を探ろうとする者を決して見逃さないし許さない」

「あんたは江陣原さとみを囮（おとり）にしたのか」

「そういうことになるな」

山本は小さく息を吐いた。「そうでもしなければヤツの正体を突き止めることはできなかった」

「彼女が殺されたのはあんたのせいだ！」

「そのことも含めて罰は受けるつもりだ」

山本は神妙な表情で言った。

「ふざけるな！　そもそも江陣原を殺害したのは、マモーじゃないかもしれない」

「ど、どういうことだ？」

山本は戸惑った様子で目を見開いた。

「マモーには協力者がいた可能性が高い。二十歳前後の若い女性だ」

山本は両角マキになりすました若い女性のことを知らないようだ。代官山は状況的に江陣原を殺害したのは、その女性の可能性が高いという話を伝えた。

「私の知る限り、マモーは一匹狼だったはず。協力者がいるなど信じられない」

「それはあんたの思い込みだったかもしれないというわけだ」

「その女はどこにいるんだ」

「聞きたいのはこちらのほうだ。マモーの協力者なら、これからもなにをしでかすか分からない」

「申し訳ないが、その女についてはまるで心当たりがない」

山本も首を傾げている。

「本当に心当たりがないのか」

彼がシラを切っているようには見えないし、またその必要もないはずだ。

「あんた方だってその女性とは親しくしていたんだろう。そいつがマモーの協力者だったなんて灯台下暗しもいいところだ」

「灯台下暗し？」

代官山の頭の中に山本が口にしたことわざが引っかかった。

「意味を知らないのか。灯台の下は暗いことから、身近なことは却って気づきにくいという……」

「そんなの知ってる！」

代官山は山本の言葉を手で遮った。

トウダイ……。

マヤのヒントに出てきたのも同じ読みの東大。そして「暗いわね」という言葉。

彼女のヒントは「灯台下暗し」を指しているのではないか。

やがて以前にマヤにＤＶＤを渡されて無理やり観させられた映画を思い出した。あのときは感想のレポートまで書かされたのだ。しかしこの映画は代官山にとって高評価だった。なんといってもラストにくり広げられる予想外の大どんでん返しだ。これには心底驚かされた。

もし、消えた女の真相があの映画のラストと同じだとしたら？

「浜田さん、山本をお願いします！」

「え、どこに行くんですか」

「とにかくよろしく！」

居ても立ってもいられず代官山は走り出した。

28

それから三十分後。

山本の両手には黒井篤郎によって手錠が嵌められた。

山本は素直に手錠を受け入れた。表情には悲しみも怒りも絶望も浮かんでいなかった。とはいえ思いを遂げたという満足や充実感も窺えない。彼の中でまだ処理し切れていないのかもしれない。

そして代官山は霊安室にいた。ストレッチャーの上には、マモーと思われる老女の死体が横たわっている。周囲には腐敗が進行しないようドライアイスが置かれていた。それを取り囲むように篤郎、マヤ、浜田、西園寺、そして春日たち爆発物処理班の連中が立って死体を見つめていた。

「両角加代さんはどうしていますか？」

篤郎が西園寺に問いかけた。

「今はお部屋に戻っています。ただ、付き添いをしたマキさんのニセ者のことはあまりよく覚えていらっしゃらないようです」

「まあ、それはそれで好都合だ。覚えていたらショックでしょうしな」

篤郎が息を吐きながら言うと、西園寺はもっともだと言わんばかりにうなずいた。

「あと、娘さんのことですが警察が全力を挙げて捜索中です。きっとどこかに監禁されているのでしょう。必ず見つけ出しますからご安心ください」

「よろしくお願いします」

西園寺は帽子を脱ぐと、篤郎に向かって深々と頭を下げた。西園寺の娘の安否については祈るしかない。

「そして消えた若い女の正体がこいつなのか」

篤郎が正体に向かって指をさした。

「その可能性が高いと思います」

代官山が静かに答えた。

「そんなことが本当にあり得るのか」

篤郎は指をさしたまま眉をひそめた。

「世間ではハイランダー症候群と呼ばれていますが、それはネット上で広がった架空の病名で医学界では認定されてません。病名の元ネタは漫画のようです」

さすがは蘊蓄王の浜田だ。そんな病名も、それが架空であるということも知らなかった。

「私にはいまだに信じられない。つい先ほどまで二十歳前後にしか見えない娘だった女が、短時間でここまで老け込むなんて」

篤郎は気味悪そうに老女を見つめている。そして指先は先ほどから動かなくなった彼女に向いていた。

「若い見た目のまま年を取っても変わらない人間は実際に存在します。有名なところではフランスの女優イザベル・アジャーニがそうではないかと言われてます」

「たしかに……あの女優は私も好きだがずっと見た目が変わらないな」

篤郎が納得したようにうなずいた。

「彼女もネット上ではハイランダー症候群ではないかと言われていました。ケースが少ないながらもいくつか報告されています。少女の見た目のまま老人になったケースもあるそうです」

「それにしてもここまで一気に老け込むなんてことがあるのか」

「プロジェリア症候群という早老症疾患がありますが、これは極端な症例なんでしょう。年を取っても見た目が変わらない病気の特徴として、寿命になると死亡する直前にこれまでの老化が一気に進んでしまうというケースがあるそうです。これも噂というか都市伝説レベルの話ですが。おそらくマモーがそうだったのではないかと」

浜田の解説にも篤郎は釈然としない様子で首を傾げている。わずか数十分ほどで老化が一気呵成（かせい）に進捗したのだ。無理もなかろう。

そう、つまり両角マキになりすましていたのはストレッチャーの上に横たわっている老女自身だったというわけだ。

あのときマヤに観させられた映画のラストと同じオチというわけである。

そして春日は老女の死体をギラついた目で見つめ、いや、睨みつけていた。その瞳には憎悪の色が浮かんでいるように見える。彼の両親はマモーのテロ行為によって命を落としているのだから無理もない。彼が爆発物処理班に配属を希望したのも、そういういきさつがあったからだ。その仕事をしていれば、いつか仇とまみえる日が来るかもしれないと考えたのだろう。しかし復讐は山本の手によって果たされてしまった。山本は船内にある留置室に入っている。帰国次第、警察に引き取られる手はずになっている。

「それにしても黒井さんはいつこの老女がハイランダー症候群だと気づいたのですか」

他の者たちも思っているのだろう疑問を代官山が代表して尋ねることとなった。

「歯よ」

彼女は自分の下の前歯を指先でカンカンと叩きながら言った。

「歯？」

「私の下の右側の前歯二本は癒合歯といって、くっついちゃってるの」

「そうなんですか」

代官山はマヤの口元に顔を近づけた。「ああ、ホントだ」

たしかに下の前歯の二本の輪郭が癒合していていびつな形をした一本の歯になっている。

しかしそれもこうやって近づいて観察しないと気づかない。そもそも他人の歯の本数や形なんてじっくりと観察することなど滅多にない。

「両角マキのニセ者の下前歯も癒合歯だった。だけど彼女の場合、左右ともそうだったの。左右ともそうなのは珍しいと聞いたことがあるから印象に残っていたわ」

そしてマヤはマモーの死体の口元を指さした。ゴム手袋をはめた浜田が下唇を引っぱって下の前歯を視認できるようにした。

「おお！」

一同からどよめきが起こる。

マモーの下の前歯は左右二本ずつ癒合している。彼女とは何度も顔を合わせていたのにそれには気づかなかった。マヤの観察力と洞察力には感心するほかない。

そういえばマキと初めて対面したとき、マヤはマキの口元を注視していた。それに気づいた彼女が口元を押さえながら「私の口元になにかついてます？」とマヤに問い質した一幕があった。マヤはマキの癒合歯が気になっていたのだ。

「肌や髪の老化は進んでいたけど、歯だけはきれいだった。本人の手入れもよかったのね。歳を取れば人の見た目は変わっていく。だけど歯だけは変わらないわ。大きさも形も歯並びも」

白骨死体が発見されたとき、歯が身元特定の決定打になることが多い。それは歯の特徴は唯一無二であり、失うことがない限り変わらないものだからだ。

「いったいこの女は何歳なんだ」

篤郎がマヤに問い質した。

「さあ……。詳しいことは検視官に調べてもらうことね。それにしても珍しい死体よ。一気に八十点に格上げよ」

「黒井さん！」

こんなところでも死体を採点することは忘れない。これからもマヤの殺人死体愛にはつき合わされることになりそうだ。

代官山は今一度、老女の死体を見た。

いったい彼女はいつどこで生まれてどんな人生を送ってきたのだろうか。自分の所有する美術品の価値を高めるためだけに、あそこまで容赦のないテロ行為に及ぶメンタリティとはどういうものなのか。今後の検証で解明することができるのだろうか。

「それにしてもあんな短時間で一気に老け込んでしまったことに、彼女はどう向き合ったんですかね。それだけじゃない。いきなり死へのカウントダウンが始まったわけです。私だったらパニックに陥るかもしれない」

富山の言葉にしんみりとした空気が一同の間に広がった。この老女は爆弾のカウントダウンの他に生命のカウントダウンも受けていたのだ。絶望的な心理に陥ったことだろう。

「もしかするとですけど……自分の死期を悟ったマモーは、最後の最後でリヴァイアサンの乗客乗員たちを救おうと思ったのかもしれませんね」

春日がポツリと言う。

「自分自身が助かりたいという一心じゃないのか」

富山が言い返す。

「それだったらあのファンレターであんな遠回しな言い方をしないと思います」

マモーはファンレターの文面がパスコードであるとは告げなかった。あのときは一刻を争っていた状況だ。助かりたい一心であれば起爆解除のパスコードであることを伝えたはずだと春日は言いたいのだろう。

「たしかにそうだな……」

富山は釈然としない様子ながらもうなずいた。

両親の命を奪った仇に対してそんな感情を抱くことに、きっと春日自身、複雑な心境を持てあましているに違いない。マモーを見つめる彼の瞳はどこか哀しげだ。しかし両親の死と仇の存在は彼の人生にとって大いなる呪縛となっていたはずだ。それから解き放たれたことで彼の人生の彩りがまた変わるかもしれない。

春日がマヤに視線を向けた。その瞳は慈しむような、優しい光に変わっていた。彼の今後の人生にはマヤが必要なのだろう。春日ならきっとマヤを幸せにできるし、彼自身も幸せになれる気がした。そう思うのに……。

「代官様、春日くん」

突然、篤郎が二人に向き直った。二人は反射的に姿勢を正した。

「ところで今回の勝負だが……」

隣に立つ春日から唾を呑み込む音が聞こえた。

「今回は引き分けだな。どちらも警察官として、そして娘の相手としてふさわしい仕事ぶりだった。君たちのような部下に恵まれて私も実に頼もしい」

篤郎は珍しく嬉しそうな笑みを浮かべている。

「あ、あ、あのぉ……僕のことを忘れてますけど」

浜田が慌てて間に割り込んできた。

「これからも娘のことをよろしく頼むぞ」

篤郎はまるで浜田がそこに存在していないかのように振る舞った。

「お任せください！」

それでも浜田は健気に敬礼を返す。なんだか見ていて気の毒になる。富山や西園寺はそんな浜田を見つめながら苦笑を漏らしていた。

「マヤちゃん、ちょっと」

春日がマヤに近づいた。

代官山もどうにも気になってそっと歩み寄った。

「俺、まだ君のこと諦めてないから。君のお父さんに認められて、君にふさわしい男になる。だからもう少し待っていてくれないか。チャンスがほしいんだ」

春日は代官山のことを気にも留めずにマヤに告げた。

「ってソルちゃんが言ってるけど代官様、あなたはどうするつもりなの」

マヤが視線を代官山に移した。いつになく真剣な顔つきで代官山を見つめている。いつも思うのだけれど、見惚れてしまうほどに美しい。

ソルちゃんこと春日も真っ直ぐに代官山を見据えている。どういうわけか浜田もだ。

——君たちを応援するよ。

声にならなかった。

言えなかった。

これはどういうことなのだろう。

それだけ強く彼女に惹かれているということか。ただなんとなく彼女を失いたくないという自覚はあった。しかしここではっきりと自分の気持ちを伝えないとマヤを春日に持っていかれそうな気がした。

マヤは代官山の言葉を待つように真っ直ぐな眼差しを向けている。

失いたくない！

代官山は大きく息を吸い込んだ。

「俺が君を……」

言いかけたそのときだった。

制服姿の男性乗務員の一人が、代官山たちのいる霊安室に駆け込んできた。

「どうした？」

西園寺が彼に声をかける。

ここまで走ってきたのか男性は息を切らせている。

「ひ、人が死んでます！」

「なんだと！　どこだ？」

「上のラウンジです。女性が倒れてました。背中にはナイフが刺さってます！」

西園寺は篤郎のほうを向いた。彼は表情を引き締めてうなずいた。

「寄港するまでに犯人を確保すること。それが娘の相手に求める私からの条件だ」

「はいっ！」

代官山と春日、ついでに浜田の声が重なった。

三人は我先にと部屋を飛び出した。

この作品は二〇一九年三月小社より刊行されたものです。

幻冬舎文庫

●好評既刊

ドS刑事 風が吹けば桶屋が儲かる殺人事件

七尾与史

静岡県浜松市で連続放火殺人事件が起こる。しかしドSな美人刑事・黒井マヤは「死体に萌える」ばかりでやる気ゼロ。相棒・代官山脩介は被害者の間で受け渡される「悪意のバトン」に気づくが。

●好評既刊

ドS刑事 朱に交われば赤くなる殺人事件

七尾与史

人気番組のクイズ王が、喉を包丁で掻き切られて殺害された。しかし容疑者の女は同様の手口で殺害された母親を残して失踪。その自宅には「悪魔払い」を信仰するカルト教団の祭壇があった——。

●好評既刊

ドS刑事 三つ子の魂百まで殺人事件

七尾与史

東京・立川で「スイーツ食べ過ぎ殺人事件」が発生。捜査が進むにつれ、〝姫様〟こと黒井マヤ刑事は心の奥底に眠っていた少女時代の「ある惨劇」の記憶を思い出す。ドSの意外なルーツとは?

●好評既刊

ドS刑事 桃栗三年柿八年殺人事件

七尾与史

慰安旅行のために〝いつになく〟事件をスマートに解決した黒井マヤ。彼女が提案した旅行先は、父の黒井篤郎がかつて難事件に遭遇した町だった。24年の時を超えて、父と娘の二つの事件が交差する。

●好評既刊

ドS刑事 さわらぬ神に祟りなし殺人事件

七尾与史

ドSすぎる女刑事・黒井マヤからプロポーズを迫られ、絶体絶命の代官山巡査。しかし容疑者が「怨霊」という奇妙な事件に巻き込まれ——。〝マヤの天敵〟白金不二子管理官ら新キャラクターも登場!

ドS刑事（エスデカ）

井の中の蛙大海を知らず殺人事件

七尾与史

令和3年4月10日　初版発行

発行人――石原正康
編集人――高部真人
発行所――株式会社幻冬舎
〒151-0051東京都渋谷区千駄ヶ谷4-9-7
電話　03(5411)6222(営業)
　　　03(5411)6211(編集)
　　　振替00120-8-767643
印刷・製本―中央精版印刷株式会社
装丁者――高橋雅之

幻冬舎文庫

ISBN978-4-344-43076-1　C0193　な-29-7

幻冬舎ホームページアドレス　https://www.gentosha.co.jp/
この本に関するご意見・ご感想をメールでお寄せいただく場合は、
comment@gentosha.co.jpまで。